鳳妝

文創風 022

洪奧 著

目錄

序文……005
第一章　東風夜放花千樹……007
第二章　驚鴻照影人何處……031
第三章　小樓幾多星如許……053
第四章　誰人偏憐梅花瘦……077
第五章　明鏡妝成朱顏改……101
第六章　舊事縈懷夢難入……125
第七章　薄硯烏墨不禁研……147
第八章　風聲細碎紅燭影……171
第九章　兩處沈醉換悲涼……195
第十章　一曲相思無盡窮……219
第十一章　寂寥深宮黃花瘦……245
番外之楚離衣　人間不許見白頭……269
番外之景珂　傾城……281

序文

淇奧

《鳳妝》是在我初入言情寫作這一行的那年寫成的。

帝王將相和后妃美人，其實一直都是我鍾愛的題材，記得當時寫這篇文時，我認真地看了許多資料，可是真正下筆寫的時候，卻還是覺得常常有力不從心的感覺，數次擱筆。但好在最終還是堅持了下來，也正是如此，才能獲得如今終於面世的機會。

這本書取材於南唐後主李煜的故事，但是我在以他為原型的前提下，在裡面加入了我喜歡的人物形象，並為小說裡的人物虛構了各自的性格，讓他們重新演繹一段不同於真實歷史的故事，並且首次嘗試以雙結局的形式完結了這個故事。

當然，這種結束方式不僅僅是編輯的要求，也是因為我始終都認為書裡的兩個男人，有他們各自的可愛之處，無論讓女主角捨棄哪一個，其實都是件很不近人情的事，因此我最終寫出了兩種不同的故事結局，也算是對備受我虐待的男女主角們的一種補償。

時至今日，再重讀此文，以我現在的眼光來看，這本書自然有它的不足之處，我卻還是很喜歡這個故事，也希望讀到這本書的人，會喜歡這個故事。

說起來我一直是個比較懶散的人，很多事情常常堅持不下去，唯有寫作這件事，我從來沒有半途而廢過，秉持著給讀者寫一個好故事的宗旨，我在這條路上如今已堅持了五年之久，寫了很多故事。在這個過程中，我很慶幸，我有一幫好朋友給我信心和陪伴，還有一個好編輯給我鼓勵，督促我繼續努力，讓我從來沒有覺得孤單過，因此，在這裡我要感謝她們，是她們的存在讓我的堅持沒有變成一個人的獨角戲。

如今此書即將在臺灣出版，我覺得十分榮幸，因為我之所以開始寫作，也是少時言情小說讀太多的結果。那時我喜歡的一批言情小說家，諸如席絹、于晴、樓雨晴、單飛雪等等全是臺灣作者，因此對於這次的出版，我非常重視，希望這本書能夠順利上市，並得到讀者的喜愛。

我知道寫作之路非但漫長無涯，而且永無止境，作為一名微不足道的寫作者，想要達到此生夢想的巔峰，我還需要付出更多的努力。但是我想我一定會這麼堅持下去，不論生活如何改變，我唯一能夠做到的，也許便是永不忘記我的初衷，為更多的人，寫出他們喜歡的故事。

第一章　東風夜放花千樹

正月十五的上元燈節夜，天子解除了宵禁令，城門全部開放，整個都城全都籠罩在一片喜氣洋洋的氛圍之中。

城內到處懸掛起了精巧的燈籠，更有幾處城門前豎起了十來丈高的燈架，上裹金銀織錦料，裝飾著萬盞彩燈，遠遠看去如海市蜃樓般美妙，卻又縹緲得彷彿天上宮闕才有的盛景。

好美！

身著男子裝束的許瑤光一路行來，看到如此燈景，情不自禁地感嘆了一聲。

街道上的人實在太多了，就在剛才，她不小心就和丫鬟碧瑚走散了。不過她也不是特別擔心，反正今晚家裡所有人都會到東城望月樓上看煙火，等到了時刻，她再趕過去也不遲。

人群裡，她走走停停，一會兒停下來看看街頭所賣的彩燈與家中的有何不同，一會兒卻又在各色食攤前駐足，不為吃，就只是看看，還好她今天纏著父親讓她改換了男裝，此刻一路行來，倒也沒遇上麻煩。

她並不覺得寒冷，只是人實在是多，摩肩接踵，也難怪一會兒工夫就不見了碧瑚。她輕輕搓了搓手，抬起頭看著高高懸掛的燈盞，禁不住微微一笑，深色斗篷掩住了身形，一張臉卻被燈盞映出淡淡的霞色，唇紅齒白，倒似一個俊俏書生。無意中發現身旁經過的女子頻頻回頭，她又是一笑，十分得意於自己此刻改換過的裝束。

眼看著時間差不多了，她才慢慢朝東城方向趕過去。走到了玉帶橋的時候，就見橋上擠滿了看燈的人，橋下也同樣擠滿了人。他們在放花燈，各色燈盞漂流水上，瑩瑩燭光輝映，水中一片珠玉般光輝，彷彿隱隱有霧氣升起，逐漸朦朧虛無。她扶著橋欄看了片刻，幾欲下橋伸手撈出一盞，看看那水中隨波而去的彩燈上寫了什麼。

上元節放花燈許願，歷來便是民間習俗。她雖然不曾在外面親手放過花燈，但是看橋下那些放花燈的年輕姑娘，個個都是面含羞色、臉透霞光、喜氣洋洋，也知道那上面大致會寫著什麼。

心下忍不住一片嚮往，隨即微微一笑，她轉身要走，人群卻突然喧鬧起來，如潮水般湧動，一避一讓間，她身不由己被人一撞，整個身子便不由自主地朝後退去。一察覺到身子懸空，她頓時驚呼出聲，雙手下意識擋在眼前想眼不見為淨，認命地接受自己即將落水的慘狀。

身旁的其他人同時驚呼，但是就在這一刻，耳畔卻砰然巨響，霎時火光齊亮，沖霄燦放，在夜空中劃過長長的美麗弧度後，瞬間如滿天星落，光華滿耀，懾人心魄。

風在耳邊掠過，一隻有力的手突然攬在她的腰間，睜眼去看的時候，正好滿天明亮。救她的男子雙眉微揚，腳尖在水中的彩燈上輕點，身姿飄逸絕倫，彷彿御風而行，水面輕輕晃了幾晃，一點點的散碎明光層層漾開，隨即上岸，將她輕輕放開。

人群中，有位錦衣公子微微一嘆。「好俊的功夫。」

「公子想要同他結識？」身後跟著的人好奇地開口。

錦衣公子俊美的臉上浮現一抹笑意。「算了，今晚就不必打擾了，上元之夜，理當盡興才是。」

玉帶橋邊小小的空地之上。

「小兄弟，你沒事吧？」男子對她一笑，隨即開口詢問。

耳畔又是一響，許瑤光渾身一震，抬頭看去，黑夜亮得彷彿倏忽白晝，光輝燦爛，繽紛如畫。

對面的男子依舊淡笑，一身煙色長衫，簡簡單單的，整個人卻如芝蘭玉樹般，在她眼中散發出瑩瑩的光彩，真真正正的劍眉星目，眸色深得幾乎讓人不可逼視，害她一陣心悸，忍不住移開視線。

與君初相逢，猶如故人歸。

「我沒事，多謝。」她笑了一笑，隨即看著夜色嘆息。「好美。」

「今天人多，小兄弟走路的時候多加小心。」男子對她略一點頭，隨即便要擠入人群。

風吹起他的衣衫下襬輕輕搖盪，彷彿一隻小兒懵懂的手，輕易抓住了她。

想到剛才他眉間之色，瑤光心下頓時一急，驀地追了上去。「大哥慢走！」

男子詫異地看向她伸來拉住他的手，隨即挑眉開口。「還有事嗎？」為什麼要喊住他？

她自己也微微愣了一下，側臉想一想，然後對那男子一笑。「大哥可是有急事要忙？」

男子抬頭看了一眼火樹銀花的街頭，隨即一笑。「沒事，隨便走一走而已。」

「那麼……可願小弟陪同？」她含笑看向對面的男子，微微有些緊張，不覺握緊了掩在衣袖中的手。

只是不想這麼快就和他分別而已。

至於為何如此，此刻，卻不願意深究。

男子愣了一下，隨即一笑點頭。「如此甚好。」

她心下暗自歡喜，隨他擠入人流，他見她身形瘦弱，下意識幫她擋住湧來的人群。

「不知道大哥怎麼稱呼？」瑤光抬頭看著他粲然一笑。

身旁的男子一笑開口。「我姓楚，楚離衣。」

默默將「楚離衣」三字放在唇間細品，她忍不住微微蹙眉。「大哥的名字好生淒清。」

「名字只是一個代號而已，」叫做楚離衣的男子卻無所謂似地挑眉，隨即看向他。「不知道小兄弟如何稱呼？」

「我姓許……」她突然間猶豫不決，一張臉驟然間脹紅，翻來覆去地怎麼也說不出一個字來。

若是告訴了他，豈不是等於對他昭告了自己的女兒身？

楚離衣見她面色緋紅，一張原本白淨如玉的臉彷彿突染輕霞，只道她有什麼隱衷，也不勉強，伸手朝前一指解圍。「那裡有猜燈謎的攤子，小兄弟願不願意去試一試運氣？」

她猛地抬頭，欣喜開口。「好啊！」

楚離衣一笑點頭，隨即帶著她走了過去。

燈謎攤前已經圍了不少人在那裡搖頭晃腦破解謎中之意，楚離衣見人多，怕衝撞到她，伸手一帶將她拉在身前，然後護著她擠了進去，只覺得身前彷彿微有幽香，卻沒在意，只是抬頭認真地去看上面垂掛的謎語。

一顆心猛然急遽跳動，瑤光頓時面紅耳赤，偷眼看他的神色，卻沒有什麼異樣。目光再落回自己身上，看到所穿的淡青男裝，這才輕輕地鬆了口氣。

他是將她當作「小兄弟」來看待呢，所以沒覺得有什麼不妥。

但是心中那一抹微微的遺憾……卻又所為何來？

「小兄弟？」耳邊傳來楚離衣的聲音，她猛地一驚，連忙抬頭看過去，卻見他笑笑地拿下一張字條給她看。

「頻哭上蒼何不應，射兩中藥名。」她輕聲開口，抬頭看向他盈盈一笑。「大哥可是猜出來了？」

「小兄弟你呢？」楚離衣含笑問她。

她眼眸一轉。「既然是兩個，我們一人猜一個好了。」

「好。」楚離衣點頭，帶她過去找到那攤子的老闆。

「兩位可是猜出來了？」胖胖的老闆含笑開口詢問。

楚離衣與她對視一眼，同時點了點頭，隨即楚離衣先說。「苦參。」

「天麻。」瑤光立即清脆地接了下句。

老闆點了點頭，笑呵呵地取了一盞精緻的彩燈遞給了她。

她喜孜孜地接了過去，看著楚離衣嫣然一笑。

楚離衣忍不住心下一跳，藉著那彩燈的燈光頓時驚訝地發現她耳上的舊痕。

「他」居然是「她」？

怪不得他剛才覺得怪怪的，覺得這位小兄弟未免太單薄了一些……

「大哥，我們繼續。」她喜笑顏開，伸手取下一張字條遞到他面前。「望斷南飛雁，射一俗語。」

「久仰。」楚離衣略一思忖，隨即開口，自己卻又伸手取下一張字條。「落花滿地不驚心，射一晉人名。」

她眸光靈活，未加停頓，已然笑著開口。「謝安。」

果然聰慧非凡，七竅玲瓏。

楚離衣含笑看她去找那老闆討彩，片刻後，卻見她拿著一個精緻的繡囊愛不釋手地回來，心下不由好笑。既是裝作男子，也不注意此刻的舉動。他微笑搖頭。「妳喜歡這個？」

她頓時一僵，反射般把繡囊藏在身後，慌張解釋。「我……我有一個妹妹……」

「原來如此。」楚離衣看她慌張，只覺得滿心好笑。

不知道她是誰家的千金……

許瑤光只覺得心虛，慌張地扯下一張字條拿給他看。「眉來眼去惹是非，射一字。」

眉來……眼去……

忍不住偷覷他一眼，卻見他似笑非笑的眼神正落在自己的耳垂上。她忍不住「呀」地低呼了一聲，緊張地看向他。

他知道了？

他知道了！

「那是個『聲』字。」楚離衣笑笑地接過來，摘下一張字條放到她面前。「一見鍾情，射五唐詩句一。」

她不假思索地開口。「相看兩不厭……」頓時愣住，心虛無比。

臉上猶如被火燎過，一點點、一片片漸漸灼熱起來。片刻後，她已然滿臉飛霞，甚至連白玉般的耳垂都泛起了微微的粉色。

楚離衣見她眼波流轉，面色染霞，心下不自覺地怦然一跳，不假思索地隔著衣衫攜了她的手，帶她離開燈謎攤子。「我們再到別處看看吧。」

例。

除了師父和母親，他從不曾與一個並不是很熟悉的人親近到如此地步，但是她讓他破了例。

似乎從她剛才喊他「大哥」的時候，她留住的就不僅僅是他的腳步而已。

「大哥，我……」她口中吶吶，幾不成言。

楚離衣卻微微笑了笑，看她又低下頭去，忍不住輕聲詢問：「我該如何稱呼？」

她的目光似喜似嗔，瑩然顧盼，略略一頓，低聲回應。「瑤光，許瑤光。」

心下亦酸亦甜，耳畔突然傳來急促的響聲，隨即一天華彩，星落如急雨。身側的人沒動，她悄悄看過去的時候，只看到堅毅的下巴和微微上揚的唇，悄悄往上移了半寸，便望進一雙含笑的眸中。

東城。

新搭的高臺之上燈火通明，十數個盛裝的嬌美女子正在翩翩起舞，一隊樂工們抱著樂器在台後彈奏。琵琶聲聲清脆，簫樂飛揚曼妙，台下的人叫好聲連連，端的是熱鬧無比。

台下不遠處，卻有一群小童自顧自地玩耍，一邊哼著兒歌，一邊踢著毽兒，你一腳踢來，我一腳踢去，玩得同樣熱鬧。

「惠兒，妳快看！」驚喜的手指朝那些小童一點，一身鵝黃裙衫外罩紫貂斗篷的美麗少女已經快步走了過去。燈火映照之下，只見她髮似烏雲，上面顫顫地插了一支四葉金蝶簪，只要一動，上面的一串明珠便在鬢邊輕晃，兼之笑容爛漫，明眸靈動烏黑，雖然年紀尚小，不過十五、六歲的模樣，但已經難掩那一抹絕麗之色。

行到跟前，恰好那小童將毽兒一腳踢了過來，她抿唇一笑，微探腳尖，淡淡的一抹雪青，上面金絲銀線攢著細碎的珠玉，輕輕一用力，毽兒便重新回到了對面的小童腳上。那些小童見她腳法俐落，也不見生，換人後又踢還給她。

「小姐，別玩了，咱們還是趕緊回去吧。」身後那個叫做惠兒的丫頭急得團團轉，生怕周圍如織人流擠撞到她。

「沒關係，等我一下就好。」她卻毫不在意，依舊同那些小童玩耍，更頑皮地將舞步混入其中。身上的斗篷輕軟水滑，纖腰輕擰，耳上的碧玉墜子同髮上四葉金蝶簪上的明珠相互呼應，一點微熱慢慢襲過，映出頰上的輕暈，越發目若點漆，燦若美玉生煙。

一隻養尊處優的手突然伸來，抬起了她秀尖的下巴。那人側目看她片刻，突然開口，眉間那一抹傲然不馴愈加分明無禮。「名字。」

身形一頓，毽兒頓時「嗒」地一下輕輕落地，她脹紅了臉，隔著衣袖推開那男人的手，伸手一拉惠兒，低聲道：「我們走。」

前面卻有人伸手擋住了她。「我家公子在問妳話呢。」

她咬唇，頰上暈色漸濃，拉著惠兒步步退後。那人一步一步逼近，面如冠玉，目光卻犀利冷峻，身著上好的銀灰色錦紗長袍，手指上戴了一個白玉扳指，剛才觸到的時候，激得她頰上肌膚微涼。

沒法再退，她只好停下腳步，暗忖若是她報上父親名諱，這人會不會退開？正欲啟唇，猛地卻有人一把拽開她身後的攔阻之人，隨即搶了她的手。「小姐快走！」

她心下一喜，頓時跟著那人衝了出去。

身著銀灰色錦紗長袍的男人勃然大怒，卻有人在他身後淺笑。「沒想到這麼巧，居然會在這裡遇到大哥。」

他猛地回頭，就見說話的人就站在離他不遠處，正笑笑地看著他，此時耳邊傳來「砰」地聲響，剎那間夜空如萬花齊放，他臉色一變，薄唇微微一勾。「原來是四弟。」

「如此巧遇，不如我們到那邊坐坐？」四弟伸手一指。

他順著他手指看過去，「望月樓」三個字頓時映入眼中。

他微微一哂。「算了，我與四弟所好不同，四弟還是找其他人飲酒作詩吧。」

淡淡說完，帶著下人走開，全當剛才的事根本就不曾發生過。

風聲在耳邊拂過，掠起她的長髮。

她跑得氣喘不已，只好無奈地停下來搖手。「不行了，不行了，我實在跑不動了。」

那拉走她的人也不勉強，朝後看了一眼。「還好沒人跟上來。」

這時才聽出帶她逃開的那個人口音有異，她抬頭去看，卻發現那人一身江北裝扮，五官端正，眉極濃，眸極黑，微帶英氣，看起來就是赳昂武夫的樣子，一身簡便青衣掩不住他身上那種似乎瞬間就可爆發的力量似的。

這人，倒似不怕冷。

回頭看一眼，發現惠兒沒有跟在身邊，她連忙匆匆地施一下禮。「多謝公子搭救——」話還沒有說完，那人卻已經開口。「不客氣，不客氣。」

感覺他說話的語氣很是奇怪，她忍不住悄悄抬眼，果然見他一副侷促慌張模樣。她本就是天真爛漫的心性，一見如此，忍不住「嗤」地一聲笑了出來，頰上頓時現出兩個圓圓酒窩。

那人只覺眼前恍如明珠玉露，更是慌了手腳。剛才看她同小童踢毽兒時便已經目不轉睛、神魂顛倒，此刻與她如此接近，他頓時自慚形穢，覺得自己粗手粗腳，不知道該怎麼小心翼翼地待她才好。

彷彿天上神女般翩然降在他眼前，他又是嘆息又是歡喜，一時間癡癡呆呆，居然不知道該做什麼該說什麼。

「公子，時候不早，我爹娘肯定會擔心掛念於我，請容我先行告辭。」好奇地看了一眼彷彿有些走神兒的男子，她輕聲開口，回頭再看一眼，還是不見惠兒的行蹤。

「在下……在下況胤，敢問姑娘芳名？」他吞吐開口，生怕她會拒絕。

「你想做什麼？」她頓時警覺地微蹙雙眉。娘早就說過，女兒家的名字不可以輕易對外人說的。

「在下……」況胤一鼓作氣，索性開口。「在下實乃江北皇朝禁軍統帥，若蒙小姐不棄，請賜芳名，在下一定登門提親。」

她頓時僵住，看了他一眼後，二話不說，轉身就走。

「姑娘……」況胤急急追了上去。

貝齒輕咬紅唇，她悄悄回頭，髮上的明珠微微在眼前一蕩，卻見那男子依舊追在她身後。

這人……

她驀地轉身，伸指對他一喝。「站住！」

他倒真的聽話，果然一動不動地站在那裡，但是口中依舊說著渾話。「請姑娘成全。」

她一張臉被燒得又紅又燙，心下微亂。「你可知此處是哪裡？」

「江南。」況胤立即應聲。

「皇帝是哪位？」她又問。

「自然是南朝成宗皇帝。」況胤再次回答。

「你一個江北人站在我們南朝的地盤上，居然還敢這麼囂張，簡直不知所云。」她哼了一聲。「不許再追在我身後。」

「姑娘……」況胤見她果然轉身又走，心下一急，頓時又跟了上去。

「不許跟著我，」她瞪他一眼。「趕快回你們江北去吧。」

「姑娘，」沉胤卻依舊跟在她身後。「請告訴我妳的名字。」

「我不要。」她眉間微嗔，甚是生氣。

「姑娘，我來江南一趟也不容易，若是就此錯過，就不知何年何月才得以與姑娘相見了……」沉胤大是感嘆，此次若非皇帝有令，他是當真不知道何年何月才能到南朝走上一遭。

沒想到，卻讓他遇到她。

這般靈動生輝，奪人眼眸。

「那是你的事，與我有什麼關係？」她微微挑眉，心下掠過自己心中已經構思完成過千百遍的那個模糊身影，忍不住心一甜，不願意再理會面前冒失莽撞的男子，再次舉步前行。

「姑娘……」沉胤急得幾乎冒汗，卻又不敢冒犯於她。

正要追上去，眼前身影一閃，有人擋在了前面，挑眉看向他，面色甚是不悅。「你幹麼追著我妹妹不放？」

卻是一個青衣書生裝束的美麗女子，只一眼，沉胤便分辨了出來。

「我並無他意，只是想知道令妹的名字。」他連忙開口解釋。

她回頭看了妹妹一眼，妹妹卻立即伸手拉住她的衣袖，低聲道：「姊姊，我們不要理他，快點回望月樓吧，爹娘說不定早等急了。」

「姑娘……」沉胤急急開口，正想要說些什麼，卻突然有幾個下人裝束的男子擋在她們面前。

「小姐，請隨小人到望月樓，老爺夫人已經等了半天了。」領頭的男子躬身開口，隨即帶人護送她們朝望月樓走去。

沉胤悵然若失，站在原處看著那個俏麗身影離開，只覺得滿心蕭索。

「等一下。」青衣書生裝束的許瑤光猛地開口。

「大小姐，怎麼了？」男人連忙開口詢問。

許瑤光回頭看去，身後人影幢幢，卻找不到之前還緊隨身側的那個人影了。她不死心地張望片刻，卻驀然看到街頭燈火闌珊之處，那修長的煙色身影一閃，便消失在人海之中。

「姊姊，怎麼了？」身旁的妹妹疑惑地隨之回頭張望。

她微微嘆息。「沒什麼。」

居然忘記問他住在哪裡了，都城這麼大，要到何處找他？

直到夜色漸濃，眾人才盡興而歸。

城西阜成大街，正門前立了兩座石獅子，口中銜珠，面目威武，朱漆大門上方懸掛著玄鐵牌匾，上書「許府」兩個大字。

雖是將軍府，但是院中並不奢華，一路行去，院內暗香浮動，疏枝掩映，青石路上幾乎片塵不染。許威將軍治府如同管理軍營，照例地循規蹈矩、工工整整，看不得有半處不規矩的地方。

攜了妹妹飛瓊的手被娘又唸叨了半天，瑤光這才帶著妹妹退了下去，去了自己房間。雖然姊妹間相差兩歲，但是感情甚好，因此住在同一個院子，有時候甚至還會睡在一張床上說話談心。

瑤光素來不喜繁奢，屋內擺設也盡數輕便。除了屋中書案上那堆得滿滿的卷軸之外，便沒有其他什麼了。牆壁上張掛著前人的詩畫，字跡飄逸瀟灑，卻已是前年的舊物。牆壁一角放著那插了梅花的豆青釉雙耳瓶，另一處卻是只闊口的粉彩開光山水人物瓶，裡面插了數十枝孔雀翎，室內燈光一映，微微的淡藍寶綠瑩光閃閃，煞是好看。

飛瓊依舊緊緊拉著她的衣袖，一雙眼睛含著笑意。「多謝姊姊沒有把剛才的事說給娘聽。」

「不說是免得娘罵妳，但是下次遇到那種男子，記得走開，太唐突了。」瑤光任她拉著自己的衣袖，善盡姊姊的責任，卻又想到自己今晚的事，說話難免有些底氣不足。

今日之前，她根本不曾想過，居然會遇到那樣一個人……

「那當然，我又不喜歡那種人，才不會理他呢。」飛瓊隨著她進了房間，卻沒有要離開的意思，只是笑咪咪地坐在書桌旁，以手支頤。「我只喜歡雩王爺的詩。」

「只喜歡雩王爺的詩？那人呢？聽說雩王爺風采翩翩，既然妹妹這麼喜歡他的詩，不如找時間看看他的人如何？屆時雩王爺選妃，我便替妹妹去和爹爹說一聲。」瑤光湊過去低聲開口打趣，但這話說得確實唐突，忍不住臉上一紅，隨即旋身退開，伸手解下身上的斗篷，自有碧瑚接過去掛了起來。

「姊姊，妳取笑我！」飛瓊不依不饒，上來便呵她的癢。

瑤光觸癢不禁，反手將妹妹壓倒在床上，身後的碧瑚和惠兒輕笑出聲，看著她們姊妹兩個胡鬧。

鬧夠了才停下來，碧瑚忙走過去幫瑤光解散了長髮，拿過梳子梳了兩下，只覺手中握的彷彿是最上好的黑綢，觸手盈滑，絲絲冰涼分明，隨手綰了一個鬆鬆的髮髻，將垂下的髮束起，以免睡覺時候不舒服，然後招呼惠兒退下準備熱水，好等會兒伺候她們沐浴。

「姊姊可真美。」鏡中的女子鳳眼星眸，朱唇皓齒，冰肌玉膚，骨清神秀，飛瓊看得有些發癡。

瑤光回首嫣然一笑。「飛瓊，妳也拿我打趣？」

「本來就是嘛。」飛瓊湊過去嬌憨地抱住她。「我的瑤光姊姊一定是南朝最美麗的姑娘。」

「小丫頭！」瑤光愛憐地在她俏鼻上一彈。「妹妹比我更美。」

「才不是呢。」飛瓊一笑，鬆開手去，目光盈盈生輝，腳尖微點，身子已經曼妙地打了個圈，恍如月下青荷，枝葉舒展，亭亭玉立。

瑤光彎唇一笑，隨手摘了掛在一旁的琵琶，微一試弦後，對妹妹略一示意，隨即輕攏慢撚，漫聲開口吟唱妹妹寫的詩。

「春風先入小桃林，蜂翻蝶舞處處聞。一夜新綻八百朵，喜煞園內覓芳人。偷來倩女櫻唇印，借得嬌兒俏體芬。巧婦織就碧羅衫，美人拂下絳雲簾……」

夜已深，她的歌聲越發清晰，琵琶語聲琤琤，精妙之處，令人幾可忘憂。

飛瓊面色含笑，軟舞輕揚，身上只著鵝黃單衫，如初春柳上嫩芽，更顯得翩若驚鴻，一舉一動之間，莫不空靈飄逸，腰肢慢慢地彎了下去，卻在最後堪堪停住，借力之處，恍如凌波微步，步步生蓮。

歌聲傳到了許將軍的耳中，他不由開窗側耳細聽，回頭對夫人笑了一笑。「她們姊妹兩個倒是熱鬧。」

許夫人微微一笑，也走了過來站在窗邊細聽。

過了片刻，琴聲漸止，許夫人正要關窗，卻不料調子一轉琴聲重起，赫然是一首許久都不曾聽瑤光彈過的〈有所思〉。她的手下意識地一僵，隨即若無其事地關上了窗子。

為什麼……瑤光會突然彈這首曲子？

房間內的飛瓊依舊和著拍子輕舞飛揚，此時她的舞姿已經隨著琵琶聲逐漸放慢，見姊姊彈的是〈有所思〉，忍不住一邊跳一邊好奇地問她。「姊，妳好久都沒有彈這首曲子了。」

瑤光微微一笑。「是啊，師傅教的曲子，只有這個我很少彈。」

「那今天妳為什麼會彈這首？」飛瓊纖腰輕擰，舞到她的面前。「姊姊有什麼開心的事不成？」

「沒什麼。」瑤光淺笑著搖了搖頭，只覺得抬頭看過去，似乎到處都能看到那煙色的身影，修長挺拔，如玉樹臨風。耳邊似乎還能聽到他稱呼她「小兄弟」的聲音，手掌溫熱，依稀還能感受到那點餘暖。

銅鏡中映出含笑的眉目，她微微一怔，垂首見腰間繡囊，心下便是一喜。

原來，不是她作夢。

他是真實存在的。

上元節後的天氣是一日比一日好了，盡是之前難得的晴好日子。日光如水般傾瀉下來，染得到處金光灼灼，飛金碎玉似的。

上午時分，一乘青色小轎從許府出發，自街上經過後徑直去了西山居茶社。

西山居的茶在都城中可是出了名的好，轎子到了之後，跟在轎旁的碧瑚一打簾子，看門的人只覺得眼前一亮，隨即就見一位美如明珠的姑娘微微低頭走了出來，手上拈了柄白紈扇，雙面都繡了淡粉繁複的花，一隻小蝶棲息於上。雖然遮了半張臉，但是那一雙點漆雙眸卻靈動逼人，彷彿明光灼灼，他忍不住伸手在眼前攔了一下。

自轎子中走出來的人，正是許瑤光。

碧瑚見她走了出來，自去幫她把轎中的琵琶抱了出來，跟在她身後進門，看到西山居的程掌櫃便開口道：「我們和齊先生約好了。」

程掌櫃頓時明瞭，連忙帶路。「兩位姑娘請這邊走。」帶她們到了西山居最裡面的僻靜清幽之處，卻是單獨的一個小院，周圍白石碎草，推開門，站在案邊的瘦高男子卻沒動，一頭黑髮長及腰間，不若平常男子那般束起，反而任它披在肩頭。

「齊先生，你等的客人來了。」程掌櫃連忙開口，將後面跟著的人讓了進去。

瑤光微微一笑，對那個身影福了一福。「齊先生。」

男子這才緩緩回身，卻不過三十歲上下，一雙狹長明亮的單鳳眼，看人的時候總帶著些漫不經心，看到她之後，慢慢開口說道：「便是妳遞了帖子要見我？」

「是。」瑤光點了下頭，耳上一串米粒大小的粉色珍珠攢成的墜子亦隨著輕輕動了一下。「久聞北朝的齊先生彈得一手好琵琶，難得先生出宮，瑤光自然要前來拜訪。」

「也好。」齊先生點一點頭，看著對面著青色斗篷的年輕姑娘，袖口微微地透出一抹粉白，上面繡著精緻的櫻草圖案，他微微一笑。「請坐。」

瑤光坐了下去，將手中的紈扇擱在一旁，伸手將碧瑚手中的琵琶接了過來，隨即對他盈盈一笑。「既然如此，瑤光就獻醜了，還請齊先生賜教。」

面對有「國手」美譽的男子，她伸手輕撥琵琶弦，並未覺得緊張，只當他是師長般尋求指導。那被稱為齊先生的中年男子亦隨手取過一旁的綠玉鬥，茶香嫋嫋，他卻雙眸微閉。

碧瑚看了兩眼，只道他根本沒有在意，後來卻發現他另一隻手藏在長袖中，雖然看不太出來，但是廣袖上卻微微、一下一下地映出縐褶來，想是在隨著琵琶聲輕輕擊著節拍。

一曲終了，齊先生睜開眼睛，將那綠玉鬥中的茶一飲而盡，卻半晌沒有開口。

瑤光靜待，他不開口，她也不說話，只是四下裡打量一番。房中空蕩蕩的，甚至連他的琵琶都不曾看到，孑然的一抹身形，越發顯得瘦高。

「姑娘的技巧很好。」齊先生終於開口，隨即又看了她一眼。「以姑娘這般年紀，能練出如此手法，況且又能將〈綠腰〉新翻曲調，實在是讓人驚訝。」

瑤光微微一嘆。「齊先生若是有話，不妨直說。」

「技巧雖好，尚缺圓潤之感。」他終於開口，鳳眼微抬，看向她微微一笑。

「圓潤之感？」瑤光一怔，扶在琵琶上的手也頓了一下。

「感情。」齊先生移開視線。「姑娘的技巧雖好，但在有些地方卻未免過於擺弄技巧，而缺乏了感情的貫通，有些生硬。」

他走過來，微微俯下身向她伸出手去，借過了她的琵琶，按照他剛才所察之處彈了一小段給她聽，隨即又把琵琶還給了她。

瑤光雙眼一亮，頓時心下大喜。「先生果然厲害，這一處無論我怎麼彈，總覺得有些不對，還是先生了得。」

「姑娘過獎了。」齊先生微微一笑，看著她笑靨如花，只覺難以移開視線。

「不如我再為先生彈一曲如何？」瑤光側首想了一想，提議道。

齊先生含笑點頭。「有勞姑娘了。」

瑤光抱過琵琶，手指略略一頓，彈的是昨日的〈有所思〉。

初時，齊先生面上並無殊意，過了片刻，他突然以手輕扣那綠玉鬥，口中亦同時吟道：「潘郎妄語多，夜夜道來過，賺妾更深獨弄琴，彈盡相思破，彈盡相思破……」

他口中翻來覆去，將那句「彈盡相思破」唸了好多遍。瑤光停弦的時候，他才朗聲一笑。「若是剛才姑娘便這麼彈，恐怕齊某也不能指點姑娘什麼了。」

「這首曲子如何？」瑤光有些忐忑。

齊先生又是一笑。「姑娘是不相信我？」

瑤光頓時喜笑顏開，站起身深施一禮。「瑤光受教了。」

並未多作停留，瑤光又與他閒談了一些關於指法上的問題，便自告辭。

出了那間被白石碎草圍繞的小院，透過大開的窗子，卻見那齊先生依舊慢慢地自斟自飲。

出了西山居，瑤光伸手止住了急著要她回府的碧瑚。「好碧瑚，咱們走一會兒吧。」

「夫人會擔心的。」碧瑚猶豫著開口。

「只是走一走而已，妳看天氣多好？」瑤光微微抬頭，日光下雪膚花貌，幾乎找不到絲毫瑕疵。

碧瑚只好抱著琵琶跟在她身後慢慢朝城西走去，但是不多時，便被街市上琳琅滿目的攤子所吸引。兩個人看得熱鬧無比，冷不防，瑤光驚呼出聲，隨即快步過去，伸手拉住了一個男子，被嚇了一跳的碧瑚連忙追了上去。

「大哥！」瑤光心下歡喜，說什麼也不肯鬆手了。

那人回頭看去，就見拉住他的人是淡青斗篷內穿著一襲繡著大理花紋的白色縐紗裙裳，瓊鼻玉靨，眸含笑意，黑髮如瀑，髮上只用一支金累絲鑲寶石的髮簪，陽光下燦然生輝，耳上粉色米粒大小珍珠攢成的墜子輕蕩。他頓時一愣，壓下心中瞬間翻滾的欣喜。「瑤光？」

「大哥認出是我？」她一笑，臉色頓時微紅，不覺垂下長睫。

「妳怎麼會在這裡？」楚離衣回頭看了一眼，心下頓時大奇。

瑤光盈盈一笑。「我來西山居拜訪琵琶國手齊先生。」

「北朝有名的樂師齊若水？」他疑惑地開口。

「就是他。」瑤光略一點頭，隨即遲疑著開口。「大哥那日也不和我說一聲，怎麼就那樣走了？我還不知道大哥暫居何處，若是錯過了，可就再也見不到了。」

她說到最後一個字的時候，聲音幾乎低到不可察覺，只覺羞色滿面，不知道該如何是好。

楚離衣見她如此，心下一頓，亦是手足無措，只好低聲應她。「只是有事在身，看到妳家人尋來，我才離去的。」

「那麼，大哥的事情辦好了嗎？」覺得臉上的紅潮微退，她這才抬起頭來看他。

楚離衣微微一頓，隨即搖了搖頭。「還沒有。」

「大哥現在也要去辦事嗎？」瑤光見他神色不定，低聲又問了一句。

楚離衣見她神色間楚楚可憐，心下柔情頓起，頓了一頓，終於開口。「我住在迎賓樓。」

他的話尚未說完，卻見她慌亂地點一點頭，臉上再度泛出大朵潮紅。「我知道了。」

「那麼……」楚離衣正想開口，卻沒料到她同時出聲，兩人頓時一陣慌亂，各自移開了視線。

心跳突然加劇，震得人幾乎難以忍受。

瑤光看一眼近旁的碧瑚，只好匆匆開口道：「大哥，我得回去了。」

楚離衣看她眉間若蹙，目光盈盈，忍了幾忍才道：「……路上小心。」

伸手喚過碧瑚，她便匆匆離開，卻心亂如麻，碧瑚忍不住問：「小姐？」

「好碧瑚，妳就當什麼也沒看到。」她忙制止了她的問題。

碧瑚想了一想，輕輕一笑，隨即用力地點了點頭。

楚離衣卻站在原處沒動，眼中只見她淡白的裙角在薄風中微微掠起，不知不覺間，居然看得癡了。

怎麼也沒想到，居然會在這裡遇到這樣一個她？

第二章　驚鴻照影人何處

新涼寺在城南，勝在幽靜，而且方丈長空大師亦是許將軍的舊友。這日清晨起來後，準備好一切，瑤光便和妹妹飛瓊一道陪母親去新涼寺上香。

乘了轎子趕到地方，寺內人並不多。見是常客，門口的小沙彌連忙跑去告知方丈。

瑤光和飛瓊一邊一個走在母親身旁，一個著櫻色斗篷，髮上一支玉兔啣仙草累絲金簪，一個則是大紅色的斗篷，只要一動，髮上四葉金蝶簪上蝴蝶的翅膀便會隨著顫動，手中都拈了遮面的紈扇，進了廟內才放了下來。

身後跟著的丫鬟、僕人手中則提著上香的各色物事，靜靜地跟在她們身後。

「好累。」飛瓊眼見四下無人，索性吐了下舌頭，做了個鬼臉。

許夫人嗔怪地開口。「飛瓊，注意妳的言行。」

「知道了，笑不露齒，行不露足嘛。」她連忙抓起手中的素紗紈扇擋在面前，私下卻對姊姊做了個古怪的鬼臉，逗得瑤光頓時笑出聲來。

許夫人拿她們也沒辦法，只好無奈地笑了一笑，跟著帶路的小沙彌進了香堂，進去後便看到已經恭候多時的長空大師，許夫人連忙開口。「讓大師久等了。」

「夫人太客氣了。」長空大師朗聲一笑，對著她身後的瑤光和飛瓊點了點頭。「兩位小姐也一起來上香？」

「大師真是，我們人都已經站到了這裡，居然還要這麼說。」飛瓊心直口快，笑咪咪地搶白了他一句。

「瓊兒。」許夫人薄嗔開口。

「不妨事，飛瓊小姐天真爛漫，很是讓人喜歡。」長空大師笑著搖了搖頭。

「我也最喜歡長空大師了。」飛瓊粲然一笑，襯著身上大紅斗篷，整個人恍如白雪紅梅，霞色璀璨，彷彿世間所有的色彩此刻都要集中在她身上似的。

長空大師還沒什麼反應，一旁的瑤光卻笑了一笑，眉目轉盼間，彷彿有神光離合，看著妹妹開口打趣。「是嗎？」

「當然是。」飛瓊忙不迭地點頭。

瑤光一笑，開口：「那是誰昨天晚上跟我說——」

「姊姊，不許說！」飛瓊頓時整個人都撲到了她身上。

許夫人無奈地對長空大師說道：「讓大師見笑了。」

「沒關係，」長空大師含笑看著她們姊妹兩個。「兩位小姐天生大富大貴之相，此後必然福澤綿綿。」

「大師千萬別這麼說，」許夫人微微一嘆。「外子說得好，不盼她們姊妹二人富貴榮華，能夠一生平安喜樂就可以了。」

抬眼看過去，瑤光卻已被飛瓊拉了過去在香案前跪下，手中捧著籤筒，拜了幾拜後，各自抽了一支籤出來，然後便去拿了對應的籤文。

許夫人心下一動，連忙伸手把她們招了過來，接過了她們手中的籤文交給長空大師。「麻煩大師幫她們解籤。」

「夫人不必客氣。」長空大師接過她手中那兩支籤文，看了一眼後，突然頓了下來。

「怎麼了？」許夫人見他面色有異，頓時心下忐忑起來。

長空大師沈吟不語，只是看著那籤文，細細的小楷在紙上只寫了短短兩句。第一張籤文寫的是「年年越溪女，相憶采芙蓉」，第二張卻寫著「誰憐越女顏如玉，貧賤江頭自浣紗」。

這兩張籤文，用的同是當年越國女西施一朝入宮的典故，籤文上的詩句前一個出自唐朝詩人杜荀鶴的〈春宮怨〉，後一個出自唐朝詩人王維的〈洛陽女兒行〉，其間閨閣之怨，溢於言表。

「夫人。」長空大師見她緊張，連忙開口。「這只是一支籤文而已，不必過於緊張。若是不放心，夫人只要在兩位小姐的終身大事上多做考慮就是，不必過於擔憂了。」

許夫人接回那籤文看了兩眼，心下突然有些微不安。「這籤文……」

「夫人只要為兩位小姐多做考慮就成了。」長空大師合掌開口。「許將軍說得好，不盼她們二人富貴榮華，能夠一生平安喜樂就可以了。」

許夫人抬頭看過去，卻見瑤光與飛瓊又重新規規矩矩在那裡參佛，從她這邊看去，同樣的玲瓏剔透，惹人憐愛，恍如玉露明珠，燦然生輝。

見母親不曾注意，飛瓊悄悄問姊姊。「姊姊，妳許的什麼願？」

「既是許願，說出來就不靈了。」瑤光抬頭看那金身大佛，只見寶相莊嚴，慈悲滿面，微微一笑後又拜了一拜，心中卻不經意間想起那一闋詞來。

綠酒一杯歌一遍，再拜陳三願。

一願郎君千歲，二願妾身長健，三願如同樑上燕，歲歲常相見。

霎時滿臉飛紅。

遇到他之後，她臉紅的次數似乎越來越多了。

但是卻依然會常常想他、念他、記他。

總是會不自覺地想到那個夜晚，漫天煙火之下，她遇到他。

飛瓊看一眼唇角含笑的姊姊，再看一眼那金身大佛，同樣虔誠地拜了下去。

她只有一個小小的願望。

請讓她能夠得見雩王爺一面，只一面即可，她想要知道，是怎樣錦心繡口的人，才寫得出那樣華美琉璃般的詩句來。

許夫人手中握著籤文，心下忐忑不安難以抑制，終於走過去在香案前拜了下去，乞求佛祖保佑，能讓女兒一生平安喜樂。

到底這籤文，預示著什麼？

參佛完畢，瑤光卻突然開口。「娘，我晚些回去可以嗎？」

「妳要做什麼？」許夫人疑惑地問她。

「天氣那麼好，我想隨便走一走。」瑤光只覺心虛，但是又想不出來什麼藉口，只好如此搪塞。

許夫人並未多問，只是隨意看了她一眼，又見碧空晴朗，日光下偶爾晴絲一閃，隨即微微一笑。「讓碧瑚跟著妳吧，早些回來就好了。」

瑤光頓時歡喜不已，對母親福了一福後便要走開，許夫人伸手將素紗紈扇給了她。「路上小心。」

「知道了。」她點了點頭，然後才帶著碧瑚轉身離去。

許夫人回頭，這才看到飛瓊正老老實實地站在她身後，忍不住心下大奇。「今天怎麼這麼乖，沒有鬧著要跟姊姊一起走一走？」

「我也不是一定要黏著姊姊嘛。」飛瓊撒嬌地拉過母親手臂。「我也想要陪一陪娘啊。」

「甜言蜜語。」許夫人笑著看她，隨即和她一起坐上轎子。

籤文已經妥善地收好貼在胸前，她沒來由地便覺得微燙，彷彿懷裡揣著一顆讓人扔不掉又放不下的火球似的，一顆心為此而擔心地提起，再不得放下。

「大小姐，我們要去哪裡？」碧瑚追在她身後詢問。

瑤光淺笑回頭。「碧瑚有什麼想去的地方沒有？」

「我倒是想回家看看我娘，這兩天她身子不大好，但是——」碧瑚遲疑地開了口。

瑤光立即打斷她的話。「正好，妳回家看妳娘，我自己一個人散心。到了中午，我們在許府門前見面。」

碧瑚吃驚地睜大了眼睛。「小姐，這怎麼可以？如果小姐出了什麼事，碧瑚萬死都難辭其咎的！」

「光天化日之下，哪有那麼多麻煩。」瑤光輕笑，取下腰間懸掛的金絲銀線荷包，拉開碧瑚的手朝她手中倒去。「這些碎銀子妳帶回去，若是大娘不舒服，就幫她抓點藥，其他的給弟弟妹妹們買一些好吃的，也不枉妳回家一趟。」

「小姐……」碧瑚連忙推辭。「碧瑚不敢收。」

「碧瑚。」她故意板起了臉，隨即輕笑，一線明光映在她髮間的金簪上輕蕩。「事實上我是在收買妳，不想讓妳跟著我罷了，還不快點收下？」

碧瑚見她說得認真，面色怔怔地看著她，也不知道該說什麼才好。

瑤光笑著把她的手握起。「我隨便走一走，妳快些回去看妳娘。說定了，中午在門口碰面，妳可別跑得不見人影。」

「小姐會按時回家？」碧瑚依舊皺著眉。

「當然。」輕輕一笑，瑤光將她推開。「好了，妳快些回去吧。」

碧瑚不放心地走了兩步便又回了下頭，陽光下就見瑤光已經朝相反的方向走去，腳步輕快，髮上金簪經陽光一映，彷彿微綻出七彩霞色棲息在她髮上。

辨一下方向，瑤光漫步朝城東迎賓樓的方向走去，手中素紗紈扇被捏得久了，扇柄上似乎都帶著一絲暖意，越靠近，心跳得便越快，整個人似乎已經無法抑制那劇烈的心跳，只好停停走走，不長的一段路，居然耗費了半天時間。眼看著太陽漸漸高去，她忍不住心下便有些著急。

這僅有的一點點時間，若是被如此浪費，實在可惜。

她連忙加快步子，卻依舊因為心間紊亂而悶頭細思，冷不防一聲馬嘶在耳邊突然響起，她頓時被嚇得煞白了臉，腳下一軟，彷彿落花般輕忽委地，遮面的素紗紈扇也摔落一旁。

驚惶地睜大眼睛，她只覺得彷彿有巨大的陰影迎面踩來，眼看著便要傷於馬蹄之下。

但是沒有。

一陣人仰馬翻之後，馬兒堪堪與她錯開，她只覺得耳邊「砰」地一聲巨響，隨即就見那馬兒前腿著地，倒在一旁，馬上的人一躍而起，跟在後頭的那個人一勒韁繩同樣停下，隨即翻身跳了下來。

一隻修長白皙的手伸過來撿起她那柄素紗紈扇，隨即，那人對她說：「驚擾了姑娘，真是抱歉。」

說著便要拉她起身，瑤光下意識微微一側避開了他的手，接著伸手微一用力便站了起來。略動了一動，發現並沒有受傷，只是磕碰了一下，微微有些疼，這才低頭輕聲開口。

「是我自己走路不當心，公子不必自責。」

說著便要讓開，快速離去，那人卻又含笑開口。「姑娘落了東西。」

她回眸去看，才知匆忙之下，居然忘了那柄素紗紈扇。

這時才看清楚同她說話的人，一身清貴之氣，穿了一襲淡白錦袍，容貌俊美，風度翩翩，雖有富貴之氣，卻不過分奢華。

那人見她回頭，也是一怔，只因剛才她一直低著頭，所以只能看到髮上的累絲金簪，此時驀然回首，那一瞬間，只覺眼前彷彿有曇花一現，剎那容華，居然忘卻此刻今夕何夕。

「多謝公子。」瑤光從他手中抽過那紈扇，隨即深施一禮，快步離開。

「公子？」因是在外面，所以他身後的侍從只好低聲這般稱呼。

他卻依舊看著她離開的背影，直至再也看不到為止，才微微一嘆，只覺得剛才她將紈扇抽走的那一瞬間，似乎連他的一顆心也一併帶走了。

這般容華！

這般容華！

他一時嘆息一時微笑，跟在身後的侍從重新伺候他上馬，隨即繼續趕路。

直到背後灼人的感覺消失，瑤光才停下了腳步，伸手在膝上一揉，便察覺出微微的刺痛，想來是剛才磕到了，其他的倒沒什麼感覺。攤開手，手掌微微蹭破了一些皮。她伸手取出帕子拭了兩下，剛放下帕子，冷不防卻被人拉住了衣袖。

「大哥！」她驚喜地開口，看著彷彿突然從天而降的楚離衣。「出了什麼事？」

楚離衣卻皺眉，她本來十指纖纖，膚若凝脂，此刻手側蹭破了皮，周圍微微紅腫，看起來格外驚心。

瑤光難為情地收回手，以袖掩飾。「是我不小心，剛才被馬驚到，摔了一下。」

「怎麼沒有人跟著妳？」他卻依舊皺眉。

「我……我想見大哥，若是有人跟著，我便不能來了。」她羞得微微垂下頭去。

楚離衣一怔，不自在地移開目光，彷彿有無數細小氣泡自心底冒出，喧囂不平。

「跟我來。」他帶著她朝迎賓樓方向走去。

瑤光好奇地開口：「怎麼會在這裡遇到大哥，大哥是準備外出辦事嗎？」

「是，」他點了下頭，看她一眼。「還好遇到妳，不然就錯過了。」

瑤光甜甜一笑，跟著他走進了迎賓樓。

上了樓進了房間，楚離衣逕自取了幾個瓶瓶罐罐，隨即拉她坐下，示意她伸手，想要給她上藥。

「大哥要幫我包紮嗎？」她微微搖了下頭。「若是母親看到了，一定會問的。」

「不妨事，」他卻依舊拈了那藥膏，伸指點上她手側的傷口。「這種藥膏無色透明，搽上了傷口很快就會結痂。」

瑤光只覺得手上一點冰涼，外帶一抹幽幽的藥香，消散在空氣中，有著格外讓人心安的感覺。替她上藥的男人此刻微微擰起眉，臉上的線條卻格外的寧和，不復之前的鬱色。

沒錯，鬱色。

初時見他，雖然含笑，卻總覺得眼角眉梢彷彿籠著些什麼，彷彿滿懷心事。此刻想來，原來是一抹淡淡鬱色。

他可是有什麼不開心的事情？

「大哥要辦的是什麼事？」她狀似無意地問起。

楚離衣頓了一頓，抬頭看她一眼，才慢慢開口。「尋親。」

她略一點頭，知道這是他私事，便不再問下去。

楚離衣卻又開口：「我來都城……尋找我生身之父。」

瑤光心下一怔，聽他談及自己的私事卻又一喜，不覺反手握住他的手掌。「可曾找到？」

「還沒有。」他搖頭，隨即看向她的手，雪白的一截皓腕，上面戴了只白玉環，滑若凝脂，越發顯得晶瑩皎潤。

瑤光低呼一聲，忙不迭地收了手，只覺一顆心似乎要跳出來似的，悄悄看他一眼，卻只看得見他微微揚了下唇，似是在笑。

慢慢抬起頭來，看他果然是在笑，她臉色微紅。「大哥看我出醜很得意嗎？」

「不，」他微微搖了搖頭。「我只是很高興。」

臉上驟然大紅，她伸手在桌上一按，隨即站起身來。「時候不早了，大哥，我得回去。」

楚離衣將剛才的藥瓶遞給她。「若是還有傷，記得回去自己上藥。」

「謝謝大哥。」她接過那小小白瓷瓶，歡喜地將它放入腰間荷包內，隨即又開口。「若是大哥找到了親人，一定要告訴我一聲，讓我也替你高興。」

「一定。」楚離衣含笑點頭，伸出手與她輕輕一勾，隨即鬆開，陪她一起下樓。

迎賓樓門口，瑤光停了下來。「大哥回去吧。」

「我送妳到家，以免路上再生事端。」他皺眉，想到她剛才受傷，難免不忍。原本是萍水相逢，此刻卻彷彿早已有一線牽絆相連。

從那個煙花之夜開始，似乎一切都已經不同過往了。

「好啊。」她頓時粲然一笑，猶如明珠生輝。

與他漫步長街，雖然有人側目，但是她滿心歡喜，低頭時，便會看到身邊的人衣服袍角與她的相擦相偎，面熱心跳之餘，卻是難得的心安。

「大哥家住哪裡？」她抬頭，輕聲開口詢問。

「澤縣。」楚離衣回答她的問題。

「喔。」她應了一聲，對他口中的「澤縣」卻沒什麼概念。「家裡還有其他人嗎？」

楚離衣看她一眼，她面上又是一熱，隨即吶吶地開口。「我隨意問的。」

他微微一笑。「小時與母親相依為命，母親去世後，便跟著師父學武，家裡已經沒有人了。」

瑤光見他答得認真，心下雖喜，卻兀自撐著，冷不防面前人影一晃，她幾乎與對面走來的人撞個正著，楚離衣立即伸出手去將她拉了過來護在胸前。

一顆心頓時「怦怦」直跳，抬眼看去，面前男子的面容被陽光映得微微模糊，身上帶著彷彿如落葉般清寂的味道，一點點蠶食著她紊亂的心跳。

楚離衣無奈地將她推到另一側。「妳啊，莫不是走路都這般心不在焉？」

「我爹也這麼說我。」她抱歉地開口，臉色卻依舊潮紅，為著他不自覺地牽住她手的動作。

「妳一定很讓父母擔心。」他無奈地搖頭。

「所以娘常說，我日後的夫婿一定會為我而頭疼萬分……」她說完才知道自己亂說了些什麼，面色愈加潮紅，尷尬之下，便要掙開他的手。

但是他的手卻握得很緊，並未鬆開，面上毫無異態，彷彿不曾聽到她剛才的話語似的。

他這般待她……

心下忍不住胡思亂想，身側的男人再沒有說話，但是他的手，卻同樣沒有鬆開。

再抬頭時，她冷不防低呼一聲，隨即停了下來。「大哥，我家到了。」

楚離衣微微一怔，隨即開口：「原來妳是許將軍家的小姐。」

她聽出他話裡的意思，想了一想後對他微微一笑。「大哥，我是瑤光。」

楚離衣沒有作聲，認真地看了許府門前的牌匾片刻，這才轉臉看她。瑤光也不說話，但是卻被他的視線逼得不得不垂下頭去，隨即聽到他緩緩開口。「是，妳只是瑤光而已。」

心下頓時無限歡喜。

他這麼說，是不是代表他並未介意她的身分？只要她是她便好了？

「那我以後還可以去找大哥嗎？」貝齒輕咬紅唇，她鼓足勇氣開口。

「當然可以。」楚離衣微微一笑，終於忍不住伸出手，在她髮間金簪上微微一碰後將它扶正，隨即道：「進去吧。」

「嗯，」她抬頭看著他。「但是我要看著大哥先離開。」

楚離衣又看她一眼，這才略點一點頭，轉身離開。

彷彿一直可以感受到背後灼灼的視線，強自忍住回頭的慾望，一顆心卻醺然欲醉，微微揚唇，靜靜地握了下拳，隨即轉彎，走出了她的視線。

彷彿有看不見的絲線牽引，直到此刻，他才輕輕吐了口氣，伸手握了握拳頭。

眉微微皺起，最後卻慢慢舒開，彷彿心上有朵花似的，緩緩綻放。是的。她不是什麼將軍之女，她只是瑤光而已，是他在上元夜的那個煙花之晚，遇到的「小兄弟」而已。

瑤光並沒有等太久便看到碧瑚匆匆出現在自己的視線之內，跑到她面前，猶在不停地喘氣。「讓小姐久等了。」

「沒關係。」她微微一笑，隨即敲門進府，回到後院後轉了一圈，卻沒有看到妹妹飛瓊。「奇怪，這丫頭去了哪裡？」

「二小姐說不定在花園裡看書呢。」碧瑚跟在她身後提醒了一句。

她點一點頭，隨即一笑。「我們去找她。」

到了花園內，果然看到建在湖上的亭閣之處，一抹紅色身影突現，手中握著一卷書，視線卻不在書上，彷彿在發呆。

她緩步走了上去，伸手抽走妹妹手中的書。「又在出什麼神？」

飛瓊被她嚇了一跳。「姊姊，快把書還我！」

見她要得急，瑤光低頭一看，卻見行行整齊的小字，正是妹妹親筆所寫、親自裝訂出來的那本，忍不住將書舉高。「原來又在想他?!」

「什麼他啊，快點還我！」飛瓊脹紅了臉，跳起來抓她手中的書。

「我哪裡知道是哪個他？」瑤光見她心急，卻偏要故意逗她，就是不把書還她，眼見飛瓊急得幾乎要掉眼淚了，她這才收了玩心，把書還給了她。

飛瓊拿到之後立即寶貝似地翻閱查看，彷彿生怕有什麼損失。

「妹妹，有了這書，可連姊姊都不要了。」瑤光剛才同她鬧得急了，微微有些喘息，便坐了下來，笑笑地看著妹妹。

「姊姊，」飛瓊含羞開口。「妳取笑我。」

「他哪裡好？」瑤光頗是好奇。

「他書法好，詩詞歌賦樣樣精通，聽人說他待人更是和氣，幾乎沒有人說過他的不是呢。」飛瓊明眸如水，抱著手中的書冊禁不住悠然神往。「若是我能見他一面就好了。」

「妳也說是聽說了，說不定見了面之後會覺得此人不過如此呢。」瑤光見她神色癡迷，禁不住心下擔心，伸手過去握住了她的手，卻覺得她手心潮暖，心下更是不安。

「這般錦心繡口，又何曾會讓人失望呢？」飛瓊手中握著那書冊，唇邊含笑，神情溫婉如斯。

瑤光心下一嘆。妹妹這般表情，豈不同她見了楚離衣一般模樣，但是至少楚離衣與她三番兩次相見，而那雩王，卻如鏡花水月，只是虛幻，聽得多，卻從不曾見過，父親又不愛在家中說朝中之事，如此想來，妹妹這般情形，實在讓人擔憂。

心下還在思忖，卻聽見一陣穩健的腳步聲，她站起身來，對著來人含笑開口。「爹回來了？」

這般穩健的腳步聲，除了許將軍，這府裡倒還真沒有人能踩得出這樣的步子。瑤光幼時最黏父親，每次父親即將下朝的時候，她便在大門之後守著等父親進門，所以聽慣了他的腳步聲。

「是啊。」許威一捋鬍鬚，笑呵呵地開口應了一聲，隨即將袖中所藏的東西取了出來，朝飛瓊面前一遞。「瓊兒，我想這東西妳一定喜歡。」

「是什麼？」瑤光也好奇地湊上去看。

卻是一張手稿，澄心堂紙柔韌細膩、光潤吸墨，上面的字遒勁如寒松霜竹，落筆瘦硬而手神溢出，矯若遊龍，翩若驚鴻，用筆結字盡如人意，細看，卻是一首【蔔運算元】。

風急思潮湧，雨速心湖驚。莫怪孤雲伴君行，落紅戀階庭。常慕水草婷，也盼江水明。飄泊猶望回鄉路，千里不勝輕。

「爹，這是……」飛瓊驚喜地看向了身後的父親。

「這個可不就是妳最想要的東西？」許威呵呵一笑。「妳也知道爹是武將，去拜託伺候雩王寫字的內侍時，他的眼睛瞪得簡直比妳的還要大。」

「真的是雩王的手稿？」瑤光驚訝地開口，但是隨即卻又點頭。「真的是雩王的手稿呢。」

忍不住伸指細撫那一筆一畫，揣摩他用筆的力度，微一抬頭，卻見父親和姊姊都在看著自己，飛瓊頓時面紅耳赤，忙忙地將那手稿朝書中一夾，手也順勢在身後一背，看了一眼天色，匆匆開口。「娘肯定在等我們了，我們快點過去吧。」

「行、行。」許威見她姊妹二人娉婷分明，心下歡喜，高興地一手攙了一個，大步朝前院走了過去。

瑤光卻只偏著臉兒看著妹妹，只見飛瓊面上飛霞，唇邊含笑，神思迷離，雖然心下擔心，但是想到剛才所看的那幅手稿，也不禁微微在心內讚了一聲。

但願那雩王果如傳說之言，當真如此的話，待到了合適的機會，一定要爹娘留意，讓妹妹得償心願。

看著妹妹髮間四葉金蝶簪上輕顫的蝴蝶翅膀，瑤光微微垂眸，心下一陣癡甜。

若是這世間所有有情人皆可得償所願，該有多好？

他對著畫像中的女子已經出了半天神了。

偏殿裡春意融融，腳下的大青石磚拼貼無縫，光滑如鏡，四角琢磨出如意紋圖樣，淡淡的檀香味自容華鼎中嫋嫋散開。手下的筆墨紙硯樣樣皆是上等，但是心內仍然覺得煩躁不安，看著那畫中人說不出如何婉轉的眉目，忍不住又在上面添了一句。

「名姝卓犖冠群芳，清水芙蓉自在香。」

他至今尚未納正妃，母后催得急了，也唸過好多次，但是他一貫推託了去，但是直至今天才恍然明白，原來他這一生，只是為了等待生命中的這個女子。

只是一面而已，剎那容華，卻彷彿可以鐫記一生一世，點漆雙眸似可說話般，只輕輕顧盼回眸。古人云「臨去秋波」，也是到見了她之後才明白其中精妙之意。

他記起她的衣著，看料子，倒是富貴人家，顏色雖然素淨，但是上面所繡花樣精緻繁細，不是普通人家女兒所能穿起的，何況髮上還戴著玉兔唧仙草累絲金簪，耳上微微的一點翠綠，卻是上好的祖母綠墜子，除此之外，便無其他裝飾，看來若非大富之家的女兒，便是大貴之家了，更甚至，是朝中官員家的小姐……只是怎會一人獨行？

紈扇一抽的時候，他幾乎真的想要伸手將她抓回了，若不是勉強喚起一絲理智，只怕他早已趨前唐突……

即便只是匆匆一面，他到此刻卻依然清晰地記得她的樣子。

從不曾如此惦念過一個人，或許，他該請母后為他留意一番才是。

微微含笑，伸手取過一幅鮫綃輕紗搭在畫上，他這才問那已經欲言又止了半天的內侍。「什麼事？」

「回雩王，府上的人已經等待多時了，想問雩王何時回府。」那內侍忙忙地跪下去回話。

他笑了一笑，隨手一揮，讓內侍站起，隨即卻又小心翼翼地取開那搭在畫上的鮫綃輕紗，仔細地端量一番後才輕輕捲起，生怕弄壞了似地慎重，然後才徑直走了過去。

那內侍連忙替他開門，恭候他出去，見他去得遠了，才慢慢地退回殿內，收拾他剛才用過的東西，心下卻在疑惑。剛才他沒看錯吧，雱王彷彿是在畫一幅美人圖？

府裡隨著他進宮的人果然還在乖乖等待，他提衣上了馬車。侍從一提韁繩，駕著車子自是朝雱王府行去。

車聲轆轆，出了城門後便覺得地面似微微不平，顛簸起伏，他也渾沒在意，只是看著手裡新成的畫卷，一時歡喜一時悵惘，無意中挑開簾子朝外看時，卻見正好經過京城裱畫手藝最好的容雅齋，他立即開口：「停車。」

侍從連忙勒起韁繩，回頭問了一聲。「公子有什麼事要吩咐？」

「等我一等。」他說著話，人已經從馬車上跳了出來。心裡歡喜，走起路來步子便輕飄許多，徑直去了容雅齋內，找到老闆後便將那幅畫小心地遞了過去。

那老闆只看了一眼上面的字，頓時便要行禮，他伸手一攔，微微一笑。「不必多禮。」

「既是王爺親自拿來的，還請王爺放心，在下自是親自動手，務必盡善盡美。」那老闆回想剛才所看的內容，心下自是明瞭。

也不知道是哪家的女兒，居然得到了雱王的垂青，當真羨煞這城中眾家女子了。

「好。」他點一點頭，正想要說話，無意中側首，卻看到分明的一道修長身影自店前走過，頓時心下又是一喜，也沒有和那店主再說什麼，匆忙地走了兩步出了容雅齋，開口喊住了那個人。

那人可不就是上元夜那晚遇到的人？

「你是在喊我？」被他喊住的男子回頭，疑惑地挑眉。「我似乎並不認識閣下。」

他微笑開口。「上元夜那晚，我見到閣下在玉帶橋邊略使身手，甚是佩服閣下的功夫為人，若是不嫌棄，想與閣下結交一二。」

見他斯文俊美，氣度不凡，那人隨即一笑拱手。「好說，在下楚離衣。」

「原來是楚兄，」他亦拱手行禮，隨即一笑開口。「如蒙不棄，不如隨小弟到五里橋的畫舫小聚如何？」

「也好。」楚離衣又看了他一眼，稍做考慮後含笑點一點頭，便隨他一同上了馬車。

五里橋下，一艘雕樑畫柱的大船已然泊在那裡。

楚離衣下了馬車後見到微微一愣，隨即又將他細細打量一番，才微微一嘆。「如此雕樑玉砌，想來閣下一定非富即貴了。」

他微微一笑，不知怎的，面前的男子給他一種極為親近之感，所以他索性爽快地道：「實不相瞞，小弟姓景，排行第三，單字一個珂。」

楚離衣面色頓時一怔，看著他的視線漸漸有異，彷彿突然之間聽到了什麼不可思議的事情一樣。過了片刻，面色才終於緩了過來，輕聲道：「怪不得。」

「怪不得？」他隨口問了一句。

楚離衣卻嘆了口氣，將那畫舫四下裡打量過，只見得比一般畫舫起碼大上兩倍，寬敞明亮，飛簷斗拱，欄柱上的紋飾精美華麗，花紋繁雜，遠遠看去就像一座水上樓臺，映在一池碧水之間，更是醒目，隨即開口：「若非是雩王，又怎麼會用得起這樣的畫舫？」

「楚兄是嫌棄小弟的身分？」他笑了一笑，並未因楚離衣頗含意味的話而覺得不妥。「可惜人的身世不能自由選擇，常常是身不由己。」

「身不由己……」楚離衣微微嘆息，看著他揚了下唇。「雩王說的甚是，人生便是如此，許多事常常身不由己。」

他一笑開口，伸手拂過石青衣袍。「請。」

楚離衣隨他走進畫舫，卻見裡面已經備上酒菜，微微一怔，便從容落坐。景珂見楚離衣並不拘謹，心下更是高興。「不知道楚兄做何營生？」

「天涯漂泊，何談營生二字。」楚離衣淡然一哂，並未多言。

「喔？」他卻更加好奇，只覺面前男子愈看愈是面善，忍不住便想多瞭解一些。「楚兄是初來都城？」

「是。」楚離衣略略點一點頭，並不願意就此話題深談。

「不知楚兄來都城何事？」他依舊繼續問道，說完後卻又自知冒犯，隨即自嘲一笑。

「楚兄莫怪，在下其實不是多事之人，不過看著楚兄面善而已。」

「無妨。」楚離衣看他一眼後，嘴角突然略略一揚，隨即淡然一笑，試探的目光向他看去。「在下是來此尋親的。」

「既然如此，可曾找到你的親人？」他盛情道：「若是有用得上小弟的，還請楚兄開口，在下一定盡力幫忙。」

「如此就多謝了。」楚離衣嘴角含起一抹淺淡的笑意，輕輕點一點頭。

他站起身舉杯，含笑看向楚離衣。「那麼我就祝楚兄儘快找到自己的親人好了。」

楚離衣並未接話，只是笑了一笑，卻不知為何，彷彿稍帶了三分嘲弄之意，但是即便如此，還是執了那白玉杯，與他虛虛一應。「請。」

杯中的美酒順著喉嚨一路滑下肚內，辣辣的，瞬間燒灼整個身心，景珂微微地笑了一笑。

他平素並不愛這種辣釀，但是適才卻叫人準備了下來，只是因為覺得似乎只有這種烈酒才配得上面前的楚離衣。

微醺中又想到之前的女子，華容天下，一顆心更是滾燙。

薄醺微濃。

朝岸上看過去時才突然驚覺，這般天氣，原來柳芽已然初綻，鵝黃的一抹，不小心便會讓人看得癡了。

第三章　小樓幾多星如許

夜涼勝水，已經敲過了三更，房內卻還亮著一盞燈未熄。

杏色綾紗帳半掩，瑤光秀髮垂在一側，單臂支起，尚未入睡，只默默地看著那跳動的燭光出神。

微微的一簇紅黃夾雜的光，愈下便是深藍、淺藍、冰藍，逐層變幻而去，直到燭芯成為灰白，無風自動，簌簌輕舞。

這樣的夜晚，竟是睡不著了。心緒縱橫雜亂，彷彿總也落不到實處似的，高高懸著，沒有辦法不去想它念它。

索性披衣而起，四處無聲，想是都已經睡下了，伸手搭上門閂，猶豫了一下，卻還是推開了院門。

明明的一輪彎月，映得院子裡的花枝疏影橫斜。遙遙看過去，滿天星子如許，有幾顆特別明亮皎潔，幾乎與月爭輝似的，散發著柔和的清光。

似此星辰非昨夜，為誰風露立中宵？

漫步長階，白日所看慣的一草一木，此刻看來陌生而又熟悉，一層枯黃覆蓋著淡淡的綠意，在此刻看來卻是暗黑，但是她知道那本是綠色。

原來，江南竟這般春來早。
北地苦寒，卻不知道要到何時春來？
無意中問了父親，才知道澤縣分屬江北，原來，大哥竟是江北人。
從出生到現在，十八年間，她從不曾出過都城，甚至連南朝這座都城本身多大都沒有弄清楚過，更沒有辦法想像北朝又將如何。
大哥在北朝是如何生活的？
這個問題終日纏繞著她，每每念及，便會愈陷愈深。
小時候的他會是什麼樣子？性格如何？脾性如何？在什麼樣的環境下生活？曾經去過哪裡？見過什麼人？說過什麼話……
總是會忍不住這樣想。
驀地抬頭，薄薄夜寒侵衣，卻意外地發現那一雙灼灼的眼睛，忍不住低聲輕呼：「大哥？」
楚離衣從靠近院牆的樹上跳下，幾乎點塵不驚。
「大哥？」她驚訝萬分，輕輕走了過去。
楚離衣終於微微一笑。「是我。」
終於見到她，彷彿心突然落到了實地似的，分外安然。
月光星光下，他彷彿如夢幻泡影，眉間鬱鬱之色淡淡。瑤光微微一探，手指拂過他的衣袖，微涼的觸感傳來，她頓時驚喜地開口。「真的是你？」

「是我。」楚離衣靜靜看著她，卻察覺她渾身在微微發顫，猶豫再三，終於輕輕伸出手去，將她攬在懷中。

「大哥怎麼會在這裡？」偎在他胸前，汲取著他身上的溫暖，瑤光輕聲問道。

「想見妳。」他簡單地開口，語氣淡淡。

為什麼這麼迫切地想見她？

他也不清楚，自從那日遇到雩王之後，他便常常想著見她一面。

帝王將相，似乎離他都那麼遙遠，但是雩王和身為將軍之女的她，卻似乎又都離他那麼近。

瑤光微微笑了。

只此三個字，對她來說，能從他那裡聽到，便已經足夠。

手下是暗色的衣料，帶著微微的夜寒，一顆心跳得飛快，明明很冷，卻又覺得很熱，明明不該說什麼，她卻偏偏要開口。「我也是。」

想見他。

真的很想多見他幾次。

察覺到圈住自己的手臂驀地緊了一緊，雖然有些不安，卻依然是歡喜的，歡喜得彷彿要從心裡開出斑爛的花來。

手指慢慢攀上他的肩，終於落在了實處，輕手輕腳的，似突然蟄棲的蝶，生怕一會兒就飛走了，只能靜靜地相擁。

如果時間就此停止該有多好？

終於慢慢地鬆開，攜了她的手坐到了後院中的鞦韆架上，有一搭沒一搭地輕晃，知道身後的人會護著自己，便格外心安。

只要這樣就可以了。

如果永遠這樣就可以了。

抬起頭看過去的時候，夜色上映出的滿天星子，就像是撒了一天的水銀珠子，突然變得明晃晃的，閃著清冷而清醒的光。

「大哥在南朝住得慣嗎？」她輕輕地問。

鞦韆微盪，裙裾下襬輕拂時，便會發出微微的沙沙聲，彷彿雪花輕落，百花悄放，一切都是暗暗發生的，卻偏偏都那麼美好。

他輕輕開口：「住得慣。」

聲音彷彿很遙遠，卻又離得極近，彷彿是靠在她的耳邊，只說給她一人聽的。

「大哥會想念自己的故鄉嗎？」她沒有回頭，依舊輕輕地問。

「有時候會想。」他的語氣依然淡淡的，彷彿心裡積壓著太多的事情，因為太沈太重，所以便故意裝作視而不見，於是時間一久，便以為自己當真可以置之不理。

「那裡是什麼樣子的？」她頓住了身形，微微側身想回頭看他，但還是忍住了。

「是個鄰近北朝都城的小縣城，似乎並沒有受都城的影響，耕地經商，各不相干，不繁華，卻很親切。」他低聲回答她的問題，彷彿想到了什麼，微微笑了一笑，隨即笑容便像被風吹散了似的，瞬間消失不見。

「大哥想回家了嗎？」她看著他扶在鞦韆上的手指，靜靜開口問他。

他卻搖頭。「不，不想回去。」

「為什麼？」她終於側身回眸，月下看得分明，彷彿如碧水般清澄。

「因為沒有可以想念的人了。」他微笑，唇角處有淡淡的笑紋，微微低下頭看著她。「即便回去，也住不久了。」

因為沒有可以思念的人……所以即便是故鄉，也變得陌生了起來。

今夜的他，似乎突然變得感傷起來了。

「大哥覺得南朝好嗎？」她微微抬眸看他。

「原本不覺得好。」他笑了一笑，稍稍抬起了頭，看著滿院疏落花木之影，然後才慢慢地說：「直到最近，才慢慢覺出好來。」

瑤光心下通明，含笑地輕聲開口。「是哪裡讓大哥改變了呢？」

外頭卻傳來敲梆子的聲音，猛地響了一聲，倒把人嚇了一跳，隨即又響了幾聲，才漸漸遠去。滿院靜悄無聲，只聽得楚離衣輕輕地嘆了口氣，將她身上微微滑落的外衣稍稍朝上拉了一下。「瑤光？」

「什麼事？」她側首看他，幾縷烏澄澄的髮絲剛好散在胸前。

他伸手幫她撫開，隨即又纏了一縷在指間細細磨蹭。瑤光的臉頓時燒成一片，想要抽走那一縷髮，雖那樣想著，手卻沒動，身子微微有些僵硬，但是心，卻是暖的甜的。

「妳能等我嗎？」他終於開口，聲音極輕極軟地響在她的耳邊。

「大哥，我不明白。」她輕輕搖了搖頭。

他走到了她面前，微微俯下身子看著她的眼睛，看了片刻，終於開口說道：「我有很重要的事情要辦，在沒有辦成之前，我不能給任何人承諾。」

「是什麼重要的事情？」她疑惑地開口，一顆心忐忑不安到了極點。

「現在不能說。」他握起她的手。「等我辦完了這件事，我一定把我所有的故事說給妳聽，妳……願意聽嗎？」

輕寒在身邊流動，覆在她手上的大手溫暖而包容，面前的男子態度誠懇到了極點，她想點頭，心下卻依舊不安。到底是什麼樣的事情讓他這麼為難，以至於要提前這麼對她聲明呢？

「大哥，我想聽，只是我想知道，你會要我等多久？」過了片刻，她終於緩緩開口，長睫微抬，微微笑著看向蹲身與她平視的男子。

「我想……不會太久。」似乎還不太習慣她的目光，此刻卻滿心歡喜，握著的手怎麼也不願意分開，索性十指交握，手心相貼。

這般親暱，從未有過。

卻不想閃躲，更不想逃避，只想著，緊緊抓住這一刻，緊緊抓住彼此的心。

「大哥，我喜歡你。」她抬起頭，終是歡歡喜喜開口，眉目柔婉，月色下肌膚上彷彿泛著瑩白的光。

如斯深情，楚離衣一震，只覺得一絲狂喜順著與她交握的手指蛇一般竄入心間，整個人幾乎都要為那絲狂喜所淹沒。

原來歡喜到了極致，居然是這般的幸福，彷彿身心與夜色俱化。這個世間，再沒有楚離衣這個人，而他眼中唯一能看到的，也只有面前的女子，縱然天地失色，她依然是這世間最亮的一抹彩色，只能癡癡地握著她的手，彷彿再不能說出別的話來似的。

「大哥，你須得記住我。」又過了良久，她才低低開口。「我是瑤光，不要讓我久等。」

他全都明白。

但是越發不能回應，只好在心裡默默地開口。

這一生，楚離衣絕不負妳。

絕不。

夜色無邊無際，黑壓壓的，幾乎如水般深沈地可將人溺斃，卻也無所謂，只覺得從她口中說出那樣的話來之後，便是此刻死了，或是天崩地裂，此生……也不足為憾了。

南朝都城由外城、裡城和宮城三部分組成。

外城開有十二座城門，城牆為土築，城高四丈，城基寬五丈九尺，四周有護城壕，稱「護龍河」。

裡城開有十座城門，城外也有護城河，外城和裡城為居民區和商業區，中央官署亦分散在裡城當中。

宮城又稱皇城或大內，開有六座城門，四角建有角樓。宮城南部為外朝，是皇帝處理軍國大事的場所，北部為內朝，又稱禁中，乃皇帝與后妃起居之處。宮城高牆之內，閣臺林立，殿宇對峙。

而雩王府便建在宮城之外，裡城之內，位偏東南。

下午時分，一輛四駕馬車停在了雩王府外。馬車上走出一人，年紀四十歲上下，三綹長鬚，氣度不凡，穿了一身淡黃四合如意紋錦常服，簡簡單單負手一背，自有下人上前叫門，與看門的人說了兩句，雩王府的大門頓時大開，將那人給迎了進去。

知道要等的人已經來了，雩王景珂已經含笑快步出門迎接。「皇叔，你來了？」

那人正是當今南朝天子景桐之弟瑾王景梃，略略點頭一笑，隨即開口道：「今天邀我不知何事？」

「皇叔前兩日說江北的『百香遂』好，小侄近日恰好得了一罈，不敢獨享，自然要邀皇叔你一起品嚐才是。」雩王含笑開口，隨即便將他迎了進去。「難為你還記得。」景梃含笑輕捋長鬚，跟著他進了房內，將房內擺設細細打量，他才又笑著開口。「這兩日可又寫了什麼佳作？」

原想搪塞過去，但景珂最後還是搖了搖頭，臉色略顯尷尬。「不曾。」

「咦？」景梃疑惑地看了他一眼，隨即頗好奇地開口一笑。「你這兩日居然不曾寫什麼東西出來?!」

「小侄這兩日……心有所思。」景珂愈顯尷尬之色。

「所思為何？」在兄長眾多子嗣中，他與景珂最是交好，難得見他此番模樣，好奇心頓時大起。他知景珂為人磊落風雅，向來從容不迫，極少有此種神色出現，如今看來，定是有鬼。

「乃是……乃是一名女子。」景珂不得已開口，見到叔叔此刻異樣的眼神，更是渾身不自在，偏偏他又不擅撒謊，如今實話一吐，更覺無法收場。

景梃自然是眼前一亮，頓時上前扯住他。「快告訴皇叔，到底是什麼樣的女子，能讓你如此念念不忘。」

景珂被他纏得幾乎無法脫身，搪塞了兩句想轉移話題，偏偏景梃不買帳，無法可施之下，只好帶他去了書房。

「你帶我來這裡卻是為何？」景梃大惑不解。

景珂走至西牆壁前，伸手掀開蒙在那卷軸之上的鮫綃輕紗，隨即回頭看向他。「皇叔，這便是那令我思念的姑娘。」

景梃一見那畫上所畫，一個名字頓時脫口而出。「瑤光?!」

「皇叔認識她？」景珂又驚又喜地開口，甚至忘形之下，伸手揪住了他的衣袖。

景梃點了點頭。「我與許威將軍略有交情，曾經見過他家的兩位女公子，這位分明便是他家的大小姐許瑤光。」

瑤光？許瑤光？

景珂心下頓時大喜。

終於讓他找到了她！

景梃見他神色有異，頓時詫異地挑起眉。「你喜歡她？」

他面色微紅，輕輕點了一下頭。「一見鍾情。」

景梃看他神色不似玩笑，卻又故意開口。「但是這位瑤光姑娘……」

「她怎樣？」景珂頓時心下大急，還沒聽到答覆，心下已經猶如被潑了一盆涼水。

莫不是她已經許了人家？

景梃見他著急，頓時哈哈一笑。「放心，許家兩位姑娘尚待字閨中，不必著急。」

景珂這才知道皇叔是故意戲弄他，頓時面色訕訕。

景梃輕撫長鬚，微微皺眉。「瑤光姑娘工於樂器，倒是他們家的二小姐似乎專工詩詞，與你倒更是般配一些——」

「皇叔。」景珂立即開口制止了他的話，隨即輕輕開口。「任他人怎樣，此刻我眼中只有她一個。」

景梃再次哈哈大笑起來，一邊笑一邊拊掌人樂。「珂兒，看來這次，真的需要皇叔幫你這個忙了。」

景珂喜不自勝，立即對他深施一禮。「如此，就有勞皇叔了。」

景梃含笑點頭。「好、好。」

景珂見他口中答應，但人卻沒動，只好開口催促。「皇叔？」

「你不是讓我現在就去找你父皇母后吧？」景梃難以置信地詢問他。

雖然依舊覺得面上訕訕的，景珂卻還是點了點頭，再次對他含笑施禮。「有勞皇叔了。」

真是……

景梃看著他那副似乎一刻也不能等的樣子，無奈地搖了搖頭。「好歹也讓皇叔喝了酒再走。」

「我立即讓人送到皇叔府上去如何？」說著話，他果然揚手招了個人過來吩咐了兩句。

景梃樂得頻頻點頭。「如此甚好，如此甚好。」

隨即同他一道，出了雩王府上了馬車徑直朝宮城馳去。

宮城，鳳藻宮。

當今皇后呂氏剛剛午休起身，聽得內侍來報，說是瑾王與雩王求見，心下驚訝無比，忙點一點頭，吩咐內侍。「請他們進來。」

不多時，便見瑾王與雩王大步走了進來，行過參拜之禮後，她看著他們兩個含笑開口。「不知道皇弟與珂兒找本宮何事，居然這麼匆忙？」

「母后，可否等父皇來了，再容兒臣稟報？」景珂連忙開口。

「喔，居然連你父皇也一併請過來了?!」皇后頓時大奇，目光看過景梃，卻見他一臉古怪笑意。

果然還沒等片刻，明黃衣飾在門角處一閃，皇帝已經來了。眾人急忙上前行參拜之禮，皇帝揮了下手，示意眾人平身，然後才笑笑地攜了皇后的手落坐，看著景梃與景珂開口。「你們兩個找朕與皇后到底為了何事？」

景梃看了景珂一眼，對他笑了笑，景珂這才上前行禮，隨即開口。「求父皇與母后為兒臣作主，成全兒臣。」

「這是為了何事？」見他說得慎重，皇帝與皇后頓時被嚇了一跳，連忙開口詢問。

景梃笑笑地開口。「雩王看中了許威將軍家的大小姐，希望皇兄皇嫂成全呢。」

「果真？」皇帝與皇后驚喜地看向景珂。

近兩年為了景珂納妃之事，他們沒少操心，可這個孩子總是推託掉了，難得他這次如此主動。

「許將軍家的千金？」皇帝皺起了眉，看向景梃後開口。「是怎樣的女子？」

「若說相貌，許將軍家的兩位小姐均是上上之選，更難得許夫人細心調教，大女兒瑤光一手琵琶令人驚嘆，而小女兒飛瓊則於詩詞上頗有天分。」景梃笑咪咪地開口，連連點頭。

「瑤光、飛瓊……」皇后為之沈吟。「果然好名字。珂兒，你喜歡的，是瑤光？」

「如果皇叔沒有認錯的話，便是瑤光小姐。」景珂含笑開口，憶及那日驚鴻一瞥，頓時悠然神往。

「珂兒平時甚少要求，而且這兩年為了納妃一事，沒少讓我們操心，如今既然是他主動提出來的，想來這許家的千金必有過人之處，」皇帝景桐轉頭吩咐。「皇后，既如此的話，妳便召她們進宮一見。若是果然不錯，妳便替珂兒作主吧。」

「臣妾遵命。」皇后點了點頭，隨即看向景珂。「皇兒，這事母后替你記下了，你放心吧。」

「多謝父皇母后成全！」景珂大聲地開口，只覺得心裡彷彿要開出花來似地歡喜。

這日下了朝後，許威便急急忙忙地朝家裡趕。

「爹回來了？」瑤光與飛瓊正在前廳陪著母親，見了他，連忙站起身迎接。

許威見她們姊妹兩個都在，一個淡紅廣袖衫裙，上面細細地繡著牡丹凌霄芙蓉紋，靨態流姿，一個卻是淺綠色如意雲紋小錦廣袖衣裙，亭亭玉立，心下甚是喜歡，隨即看了夫人一眼，坐下後，這才捻起鬍子開口。「瑤光、飛瓊，妳們準備一下，明日隨為父一起進宮，皇后娘娘要召見妳們姊妹兩個。」

飛瓊頓時驚喜地開口。「爹，你說皇后娘娘想要見我們姊妹？」

「是啊。」許威點了點頭。

「老爺，這卻是為何？」許夫人疑惑地把視線投給了自家夫君。

「我也不是特別清楚，但是想來，」許威笑著開口。「夫人，我們的女兒恐怕在家待不了多長時間了。」

瑤光的手頓時一抖。「爹說這話是什麼意思？」

許威抬頭看她。「想來是為了雩王大婚之事吧！」

飛瓊頓時再度驚喜地開口。「爹說的是真的？那麼說，我們若是進宮的話會見到雩王對不對？」

「沒錯。」許威點了點頭，雖說侯門一入深似海，但是能夠嫁作王妃，卻也不是什麼壞事，何況瓊兒平素甚為喜愛雩王文采，若是能夠結成良緣，倒也不是壞事。

只是……

看一眼瑤光，他忍不住長嘆一聲。

論起長幼，只怕瑤光若不終身有託，飛瓊的婚事便會有些問題。

飛瓊卻兀自歡喜，心下又是緊張又是激動。

許夫人想到之前她們姊妹兩人抽的籤文，心下不由忐忑，身旁的瑤光疑惑地看了她一眼，隨即開口。「娘，妳怎麼了？」

許夫人微微皺眉，看了姊妹片刻，最終卻還是搖了搖頭。

瑤光見母親不說話，便對她輕聲開口。「娘也知道飛瓊喜歡雩王詩詞，若不讓她進宮一見，她一定會常常掛念此事，這樣對妹妹也不好。何況爹也只是這麼一說，娘雖然總覺得自家女兒好，但是皇后娘娘也未必覺得我們有何過人之處。究竟如何，還要等皇后娘娘聖裁，若是娘擔心女兒們，瑤光和飛瓊小心便是。」

但是許夫人依舊擔憂無比，瑤光只好示意她看向興高采烈的妹妹。

飛瓊果然沒有注意到她們在說話，只是滿面歡喜地在房內走來走去，不知道在想什麼。

許夫人無奈嘆氣，隨即看向她。「瑤光，娘只希望妳們姊妹兩個好好的。」

「娘，聽聞雩王為人甚好，若是妹妹當真入選，蒙皇后娘娘青眼相待，也是一段佳話。娘又不是不知道妹妹的心事。」瑤光含笑低聲開口同她私語。

「妳這丫頭，被妳妹妹聽到她又要鬧妳了。」許夫人忍不住嗔怪地點了一下她的額頭，卻突然又皺起了眉。「但是瑤光妳呢？」

「娘，」瑤光微微含羞。「女兒的事，娘日後肯定第一個知道。」

許夫人見她面色流霞，想到之前瑤光突然興起而奏的〈有所思〉，心下又是另一重擔憂，忍不住伸手握住她的手。「瑤光……」

一旁的許將軍此時開口。「妳們姊妹準備準備吧，明天就要進宮了，今天好好休息。」

「是。」瑤光和飛瓊連忙開口。「若是沒事，我們就先回房了。」

「去吧。」許威笑著揮了揮手，看著她們姊妹二人離開，這才轉臉，卻看到許夫人面上含憂。「夫人有心事？」

「我只是不知道，這對瑤光和飛瓊來說，到底是好事還是壞事罷了。」許夫人不由自主地嘆了口氣。

作為母親，她只希望瑤光和飛瓊一生平安喜樂就好。

許府後院，瑤光剛剛同飛瓊回房，還沒坐下，卻突然取了衣服似要外出。

「姊姊，妳去哪裡？」飛瓊急急地喊住了她。

「我要出去一趟。」瑤光回頭看了她一眼，隨即囑咐。「若是母親問起，妹妹儘量幫我。」

「不行啊，若是娘問起來，我怎麼跟她說？」飛瓊連忙搖頭。

「就說我到外面隨便走一走。」瑤光心下著急，不欲多說，披了斗篷便要出門。

「妳不帶著碧瑚一起出去嗎？」飛瓊跟在身後問她。

猶豫了下，為免母親擔心，她終是點點頭。「好吧，碧瑚跟我一起出去好了。」

不知道大哥的事情辦得怎麼樣了，她得趕緊告訴他這事。

她似乎等不了那麼久了……

出得門來，晴絲微微一閃，她抬頭，快步朝城東迎賓樓方向趕去，碧瑚跟在身後也不多問，只是隨著她一起匆匆行路。

天氣照舊晴好，心裡卻開始覺得燥熱，彷彿有什麼壓在心底，讓人煩躁難安。記得以前也有這麼一次，也是這種時候，天氣意外地晴好，她在書房裡等著師傅來上課，抱著琵琶有一聲沒一聲地彈著〈有所思〉。因為師傅常常會一個人彈這首曲子，她聽了喜歡，所以就纏著師傅教了她。

不知道等了多久，突然有丫頭倉皇地跑過來通知，師傅故去了。

那是她第一個師傅，眼角眉梢都藏著愁意，十指纖纖，總不愛笑。但是對她，卻是極好的，只是總見她病著，膚色本就白，臉色更是蒼白勝雪，幾乎連一絲血色都沒有，衣服又常常穿得素淨，靜得彷彿根本就察覺不到有她這個人似的。

偶爾聽過府內的人隻言片語。「……罪臣之女……抄家……夫婿被連累而亡……」

如今想來，卻明白了是什麼。

那樣含愁的師傅，後來便再也見不到了。

而〈有所思〉，她也就很少彈了。

越想越是慌亂，幾乎連路都走不好似的，碧瑚在身旁扶了她一下，擔憂地開口。「小姐。」

瑤光頓時悚然一驚。

她在怕什麼？

心下明明已有了推託之詞，她又何必擔憂慌張成這個樣子？

抬眼看，卻已經近了迎賓樓，連忙走進去詢問。「有一位姓楚的公子，住在天字二號房的，現在在嗎？」

掌櫃卻搖了搖頭。「楚公子現在不在。」

她頓時心下又是一急，臉色也微微變了。「知不知道是什麼時候出去的？」

「楚公子昨天就出去了，一直沒回來。」一旁伺候茶水的小二突然插了一句嘴。

她愣住，看著那小二也不說話，一旁的碧瑚忙推了她一把。「小姐。」

她這才醒悟過來，低聲跟那掌櫃開口。「我能不能到房裡等他一會兒？」

「行。」掌櫃的前些日子見過她，便點了點頭，喊過小二帶她過去了。

抬腳上樓，髮上金簪上垂著的細細金質串珠流蘇輕微相撞，傳到心底便是一陣微顫，直到進到房裡，這才微微地放下心來。

幾乎還能察覺到他的氣息，但房間內卻是清冷的。碧瑚走過去開了窗子，這才有些微暖意明亮照進來。

「小姐，妳在等誰？」碧瑚回頭看了她一眼，疑惑地開口。

「碧瑚，」她頓了一頓。「若是夫人問起來，不要說。」

碧瑚疑惑地看著她，卻還是點了點頭，陪著她在房間裡等待。

日光慢慢地移動，爬過窗櫺，落在床上，漸漸卻又朝一邊繼續移去，將屋中倒影拉得更斜更長。

不知道等了多久，她終於沒有了耐心。

他去了哪裡？

「小姐，不等了？」碧瑚跟在她身後出了房門，疑惑地開口。

「嗯，」她點一點頭，下樓找到了那掌櫃。「若是楚公子回來，麻煩掌櫃的跟他說一聲，就說我有急事找他。」

看著她打賞過來的銀子，掌櫃的立即笑咪咪地點頭。「一定一定，姑娘請慢走。」

微微嘆一口氣，她抬腳出了迎賓樓。

日光下有微微一瞬的昏眩，明明那麼熱鬧的街道，於她來看，卻彷彿突然之間變得冷清無比，與她毫不相干。

此時皇帝景桐卻在尚書房裡，為著國事皺起眉頭。

原本南朝、北朝隔河而立，但是江南此處卻不僅僅只南朝一國，更有數個割據小國分據江南，實力上較北國本就弱上不少，再加上北朝民風慓悍，開國皇帝更早早掃蕩了原本割據江北的藩王，統一了北方，因此百年之內，除了極少數外族藩王尚在負隅頑抗，江北基本上已經分屬北朝。如今北朝國力強悍，更是不斷揮兵，似有越過江險南渡之意，現下更囂張到派了使者前來求見。

「豈有此理，居然要我們求和?!」太子景玨憤怒地開口，將那使者交上來的帛書憤然丟至一旁。

「若是我們不儘快答覆的話，只怕北朝皇帝當真要揮軍渡江，屆時大起干戈，我們該如何是好？」皇帝皺眉不已。

「父皇何必擔憂，區區一個使者就如此囂張，我們更應該趁此機會給他們好看，讓他們不敢小覷我們南朝才是！」景玨長袖一拂，面上現出一抹狠厲之色。

一旁的瑾王景梃卻搖頭開口。「太子所言稍欠思量，若是我們給那使者顏色，他憤而回國，必然懷恨在心，只怕要添油加醋，惹那北朝世宗皇帝生氣，到時候干戈一起，苦的可全是百姓。」

太子挑眉冷笑。「皇叔未免太過婦人之仁。普天之下，莫非王土；率土之濱，莫非王臣。君要臣死，臣便不得不死，為國盡忠，乃是他們的本分，若是當真起了戰事，正好是他們報效國家的時候。」

瑾王景梃皺眉開口。「太子未免把百姓性命看得太輕了一點，更何況，兩國交戰，不斬來使，若是太子一意孤行，北朝皇帝定然以為太子連這些禮節都不知道，恥笑我們南朝。」

「皇叔這話是什麼意思？」太子冷冷地瞇起了眼睛。「怪不得北朝皇帝不把我們堂堂南朝一國放在眼中，若不是有皇叔這種人，只怕……」

他冷哼一聲，一副頗為輕視的樣子。

瑾王景梃尚未說話，一旁的皇帝卻已大怒。「不要說了！你這逆子，已經打了北朝使者一掌，如今還在這裡放肆？他既是來使，就代表了北朝皇帝，如果我們對他不利，就等於得罪了北朝皇帝，正好給了他們藉口出兵，到時候對我們有什麼好處。你皇叔說得有理，你這逆子居然還不聽訓?!」

太子更是憤憤。「出兵就出兵好了，有什麼了不起！我們既有精兵又有天險阻隔，就由兒臣領兵出擊，只要君民一心，定然將他們殺個落花流水，怕什麼怕？」

皇帝憤然拍案。「逆子！你是成心要氣死朕是不是？自小你就好勇鬥狠，到現在還不讓父皇省心，與其讓你以後登基敗壞祖宗基業，我倒不如將帝位傳於你皇叔算了！」

景梃聽他那麼一說之後，頓時跪拜下去。「皇上萬萬不可這麼說！」

一旁的太子同樣面色大變，心下頓時一凜，目光掃向跪拜一旁的景梃，眸間頓時襲過狠厲之色。

皇帝卻沒再理他們，反而取下御筆疾書，片刻之後已經收筆，隨即將寫好的東西丟在太子面前。「自己想想清楚吧，為什麼我要這麼做？」

太子遲疑地撿起丟在地上的帛書，略略看了兩眼後，頓時大驚失色。「父皇，你要割讓十四個州給北朝，並且自去帝號？這種奇恥大辱，怎麼可以──」

「我為什麼要受這種奇恥大辱，你自己好好想清楚！」皇帝冷冷開口。「退下吧！」

也不再看他們，只聽得身後傳來衣服磨擦時簌簌的聲音，然後便是輕輕的腳步聲，又過了片刻，卻聽得身後景梃的聲音。「皇兄……」

「五弟，你也退下吧。」他淡淡地開口，手扶御座，看著書房內掛著的一幅畫卷出神。

景梃無奈之下，也只好輕聲退了出去。

過了許久，皇帝才動了一動，長長嘆了口氣。

書房樑上，淡青的一角衣襬輕輕一動，悄無聲息地換了個位置。

門外突然傳來了腳步聲，皇帝心下一驚，連忙開口。「誰？」

「父皇，是兒臣。」卻是一個極清潤的聲音，隨即來人推門走了進來。

皇帝聞聲轉身，心下歡喜。「珂兒？你來得正好。」

「父皇有事找兒臣？」雩王景珂疑惑地開口。

皇帝搖了搖頭。「那倒不是，只是與珂兒說話，才不會那麼累。」

景珂猶豫了一下，開口：「兒臣剛才遇到了皇叔，聽說父皇──」

皇帝打斷了他的話。「不論聽到了什麼，都不要說了。」

「父皇……」景珂無奈地開口，卻看到皇帝再次揮手制止他，只好閉口不語。
過了許久之後，皇帝終於長嘆了一聲，彷彿在自言自語。「你大哥怎麼就不明白，皇帝又豈是如此好當的呢？他如此強硬，只怕江北的人，已經開始提防了……」
書房樑上，淡青的身影突然微微一震，彷彿因為他的話而吃了一驚。
景珂無奈地微嘆一聲，看向父親的目光夾雜了些許敬佩和茫然。
誰說成帝不擅國事，其實所有的事，他都看得清清楚楚。
「父皇，若是不稱皇帝的話，那要怎麼稱呼？」想了一想，他再次開口。
皇帝嘆了一口氣，看著房內案几上層疊的摺子，慢慢開口。「便稱南朝國主吧。」

第四章　誰人偏憐梅花瘦

清晨醒來，尚未著衣，瑤光便已經咳嗽了兩、三聲。碧瑚伸手一探，頓時「唉呀」一聲。「大小姐，妳生病了？」

她只覺得臉上一片赤紅，神思倦怠，背心處一涼一熱地收縮，自己伸手撫了一下額，才發覺果然燙得驚人，只好低低一笑。「看來，我真的生病了。」

碧瑚忙扶了她重新躺下來。「我去告訴老爺夫人，然後幫小姐去請大夫。」

「去吧。」她揮了揮手，碧瑚見她似乎有些神思恍惚的樣子，幫她又掖了一下被子，這才忙忙地出了房門。

瑤光卻沒睡意，只是睜著眼睛看著那杏色綾紗帳出神，忍不住又咳了兩、三聲，唇角卻微微揚起。

若是她生病了，或許今日便不用進宮吧？

過了片刻，門外就已經傳來了匆匆的腳步聲，隨即飛瓊的聲音便響了起來。「姊姊！」

瑤光勉強支起身子，看著匆匆跑進房間內的妹妹。「妳來了？」

「姊姊，妳生病了？這怎麼辦？」飛瓊又是惋惜又是嘆氣。

「什麼怎麼辦？」她掩唇輕咳一聲。

「姊姊生病了，要怎麼進宮呢？」飛瓊皺著眉看她。

「不進宮也罷了。」瑤光微微含笑，靠著床開口。

「但是這可是皇后娘娘親自邀請，不進宮的話不太好吧？」飛瓊依舊皺著眉。

「瑤光的身體要緊，還是不要進宮了。」許夫人走到門前剛好聽到那麼一句，連忙推了門進去，坐到了瑤光的床邊，伸手在她額上試了一下，隨即嘆了口氣，收回手去。

「但是……」許將軍猶豫了一下，連忙開口。「沒事的，瑤光就好好在家養病吧，我會去和皇后娘娘說的。」

「爹就帶著妹妹進宮吧。」瑤光點一點頭，看著飛瓊微笑。「妹妹看到了什麼好玩的，一定要好好跟姊姊說一說。」

許將軍點了點頭，隨即開口。「那麼就這麼辦吧，瓊兒跟我一起進宮，瑤光就好好在家休息吧！」

飛瓊卻不停地搖頭。「姊姊若是不去了，飛瓊也不要進宮了，要陪著姊姊在家裡。」

「妹妹，」瑤光對她招了招手，示意她走過來，隨即輕聲開口。「娘娘邀請，本來我不去就已經很讓爹為難了，妳若一起不去，這會讓爹不好交代的。再說，妹妹不是很想見雩王一面嗎？若是不去，不就錯過了機會？」

飛瓊站在那兒茫然了片刻，只覺得本來高高興興的一件事，卻彷彿不知道從哪裡洩了勁似的，怎麼也開心不起來了。

「姊姊，我不想去。」她突然開口。

瑤光卻看著她微笑。「妹妹，進了宮要好生小心，不要像在家裡一樣莽撞就好了。」

看著姊姊那樣純然祝福和鼓勵的眼神，飛瓊下意識地點了點頭。「好……好吧。」

瑤光這才鬆了一口氣，心事一了，頓覺渾身發燙，昏昏欲睡。正好碧瑚急急地領著大夫來了，許夫人見狀，連忙開口。「有勞先生了。」

許將軍則開口喊走了飛瓊。「瓊兒，去做準備吧。」

飛瓊轉身走了兩步，卻又回頭看了一眼，只見姊姊星眸慵倦，面上飛霞，猶豫了片刻，才慢慢朝房外走去。

宮城，鳳藻宮內。

宮殿大而空闊，殿內暖意融融，牆壁棟樑廊柱均飾以如意雲彩花紋，斑斕絢麗，富麗堂皇。雖然是從未見過的多姿意態，她性子又爛漫天真，但飛瓊依然斂眉收心，不敢四下裡隨意張望，只在心裡想著「若是姊姊便會這樣做」，如此一來，倒也落落大方。

片刻後，就聽到微微傳來環珮叮咚之聲，隨即有幽香微微。終是小孩心性，她悄悄抬頭，就見來人珠冠鳳裳，和眉善目。原以為皇后應該年紀已經不小了，但是此刻看來，卻不過是三十歲上下的美人模樣，帶著格外雍容華貴的氣度。

皇后目睫微抬，對上一雙寶石般的黑亮眼眸，微微一怔間，卻見她已經盈盈拜了下去。

「臣女許飛瓊，參見皇后娘娘。」

身後自有內侍伺候皇后入座，她看著跪拜在下方的飛瓊，微微笑了一笑。「平身吧，賜座。」

「謝娘娘。」飛瓊輕輕起身，髮上金簪輕晃，衣服發出輕微的磨擦聲，忙規規矩矩地坐了。

「聽說妳姊姊生病了，還好嗎？」皇后看她低眉斂目，年紀也不甚大，卻難得地穩重，心下已經先自喜歡上了三分。

「應該不礙事的，只是偶感風寒。」飛瓊低頭回話，只覺得一顆心都在悄悄地打著鼓。若是姊姊的話……

一念及此，她緩緩平息心跳，讓自己鎮定下來。

「回頭回去之後，跟妳姊姊說，就說本宮要她好好養病。」皇后笑了一笑，隨即看著她。「本宮聽許將軍說，妳今年十六歲？」

「回娘娘，臣女的確是十六歲。」飛瓊只覺得似乎微微抬睫便會見得面前流金微微，皇后周身彷彿有一層明光籠罩著似的，富貴榮華，果然是帝王之家的氣派。

「這種年紀卻知曉進退，實在難得，許將軍果然養了好女兒。」皇后微微一笑，輕輕抬手示意。「賞。」

「多謝娘娘厚愛，」飛瓊連忙跪下行禮，接過了一個扁銀盒子，上面鑲嵌著無數寶石，略有重量。「實是臣女母親、姊姊素日多加教誨，臣女今天才不至於失儀於皇后。」

「喔？」皇后似乎頗感興趣地微微抬高聲音。「妳的姊姊？」

「是，」飛瓊微笑開口。「臣女的姊姊瑤光端莊大方，臣女與之相比，幾乎還不及她三分呢。」

皇后微微一嘆，髮上珠玉輕撞，微微的脆響頓時傳來。「可惜今天她不能來，不然的話，本宮倒要好好看看她。」

她隨即又看向飛瓊。「抬起頭來，讓本宮好生看看。」

飛瓊只好抬起了頭。殿內春意融融，她只覺手中微微有汗，卻不敢動。

皇后看了片刻，從她的髮式到身上的簪環裙釵細細地都打量了一遍，這才滿意地開口。「果然是位美人。」

飛瓊頓時頰邊飛紅，含羞開口。「娘娘過譽了，臣女之姿尚不及臣女的姊姊呢。」

為什麼總要提起姊姊？

她也不清楚，但是彷彿只有這樣，她才能讓自己覺得不是孤單的，也有了站在皇后娘娘面前的勇氣。

「妳姊姊比妳如何？」皇后看了她一眼，含笑緩聲詢問。

「臣女的姊姊自然比臣女要好。」她點了點頭，目光掠過自己腰間的梅花絡子，忍不住就想伸手出去撫上一撫，好平穩自己的心跳。

一念尚未完結，卻聽到有腳步聲笑聲傳來。皇后娘娘更是滿臉歡喜，看著那著寶藍色瑞錦紋錦袍、頭戴赤金簪冠的男子開口。「珂兒，你可來了。」

這便是雩王？

飛瓊一顆心幾乎都要跳出來似的，低著頭，只能看到一雙鞋尖出現在自己的視線範圍之內。

卻聽得皇后又開口。「這是許將軍家的二千金。」

她連忙施禮。「見過雩王。」

「小姐不必多禮。」景珂已經聽人說了他想見的人因為抱恙在身沒有來，未免有些失望，但是猛然一見到對面的女子與其姊肖似的輪廓，仍是一陣心跳，忙不迭地開了口。

飛瓊被他無意中伸手一托，頓時覺得半個手臂都有些發麻，連忙退後了兩步站好，不覺抬頭看去，就見對面的男子丰神如玉，雅致絕倫，風采翩然，面上頓時微熱，想來已經飛霞滿面，忍不住大為尷尬。

「我聽人說令姊微感風寒？」景珂微微皺起眉，略有些擔心。

「既然如此，乾脆傳御醫到許府跑一趟好了。」皇后笑了笑，果然命人下去傳了懿旨。

「飛瓊代姊姊叩謝娘娘恩典。」飛瓊連忙開口，面上雖然依舊微熱，耳邊也不停地轟鳴，卻又覺得此刻心內彷彿有什麼蟄伏的東西在蠢蠢欲動一樣，急著破土而出。

終於見到了他……

景珂這才放下心來，看著面前的飛瓊。「聽聞許二小姐酷愛詩詞？」

飛瓊含羞低頭。「雩王別這麼說，飛瓊的喜歡，也不過是略涉皮毛而已。」

「不知道飛瓊姑娘最喜歡哪家詩詞？」雩王再次含笑開口。

「近日讀了一首【蓟運算元】，飛瓊倒是很喜歡。」她抬頭，見雩王正以鼓勵的眼神看著她，便緩緩開口。「風急思潮湧，雨速心湖驚。莫怪孤雲伴君行，落紅戀階庭。常慕水草婷，也盼江水明。飄泊猶望回鄉路，千里不勝輕。」

雩王面色一怔，隨即哈哈一笑，一旁的皇后疑惑地看著他，他這才開口。「母后，這詩，實是兒臣所寫。」

「原來如此。」皇后聞言也不由一笑，微微點了點頭。

飛瓊微微紅了臉，心裡卻是說不出的歡喜。

面前的雩王含著輕笑，幾乎與她想像中的一樣。

是她所喜歡的那個樣子。

突然想到那一日在佛前的祈求，只為了想著見他一面。

但是見著之後，她才發覺，原來她要的不只是見他一面。

她要的更多。

原本就不是什麼大病，休息了一、兩天，也就好了。

飛瓊扶著她在後院散步，一邊兀自歡喜雀躍。「姊姊，若是妳那日隨我一起進宮就好了。」

瑤光只是輕笑。「我倒慶幸自己不曾去。」

「為什麼？」飛瓊大惑不解，陽光下身上的緋紅衣裙彷彿可燃燒起來似的，越發襯得膚若凝脂，眉目如畫。

瑤光髮上別了一把釘螺銀髮簪，疏疏插成半月形，其他並無多餘飾物，一身藕荷色衣裙。因為生病剛好，面色略顯蒼白，更覺得人淡如菊，纖腰婀娜。

聽妹妹這麼一問，她便含笑開口。「我沒有去，那麼妹妹所看到的東西、所見到的人，就全部是只屬於妹妹的了。」

飛瓊細想一想，才知道姊姊又在打趣她，忍不住跺著腳。「姊姊，妳怎麼老取笑我？」

瑤光在她額上輕輕伸指一叩。「傻妹妹，我哪裡是在取笑妳，我是在為妳高興呢。妹妹若是能得償所願，美夢成真，姊姊真是替妳高興呢。」

「姊姊。」飛瓊羞得面上頓時飛紅，心下卻歡喜萬分。「姊姊不反對嗎？」

「雖然說侯門一入深似海，但是只要妹妹覺得值得，便沒有什麼可擔心的了。能和自己喜歡的人在一起，是一種福氣。」瑤光含笑誠心開口。飛瓊只是笑，喜孜孜的一副小女兒模樣，隨即便聽到腳步聲匆匆，抬頭看，才發現是碧瑚從前頭跑了過來。

瑤光看著她跑得那麼匆忙，心下奇怪，待她跑到跟前便問她。「出了什麼事？」

「老爺夫人在前廳請兩位小姐過去。」碧瑚跑得氣喘，換了口氣才把這句話給說完。

瑤光與飛瓊對視了一眼，一邊抬腳朝前邊走，一邊繼續問碧瑚。「知道老爺夫人找我們是為了什麼事嗎？」

「碧瑚也不是很清楚，但是剛才聽到說是瑾王剛走。」碧瑚跟在後頭一邊走一邊回話。

「瑾王？當今天子的弟弟？」瑤光微微一怔，突然握住了妹妹的手，面上帶了三分喜色。「說不定等下要恭喜妹妹了。」

飛瓊愣了一下，隨即明白過來，頓時忸怩不已。

瑤光心下高興，連忙加快了步子，拉著妹妹朝前廳走去。

也不過片刻，就到了地方，瑤光一握妹妹的手將她拉了進去，隨即對堂上坐著的父母行禮。「爹、娘。」

許將軍和許夫人卻看著她們兩個，半天沒有說話，瑤光和飛瓊面面相覷了半天之後，瑤光終於再次開口。「出了什麼事嗎？」

許將軍仍然沒有說話，許夫人遲疑了半天後，終於開口。「瑤光，剛才瑾王來過。」

「他說什麼了？」瑤光看著母親閃躲的眼神，不知道為什麼，有一種很不好的預感朝她襲來，讓她不覺屏住了呼吸。

「瑾王來，是為了雩王的婚事……」許夫人依舊吞吞吐吐。

瑤光不禁朝飛瓊看過去，耳邊卻傳來父親的聲音。「是為了瑤光妳和雩王的婚事來的。」

就像天邊突然炸了一聲雷，隨即亮過一道閃電，那一瞬間，她突然間失聰，耳朵裡嗡嗡的，什麼聲音也聽不到了。

「瑤光、瑤光！」許夫人見她面色不對，連忙走過去晃了她兩下。

一旁的飛瓊臉色唰地蒼白，不敢置信地搖著頭。「這不是真的吧？這怎麼會是真的呢？我一定聽錯了是不是……」

瑤光猛地伸手抓住了母親的衣袖，臉上沒有半絲血色，嘴唇顫抖著，半天才茫然開口。「娘，怎麼會是這樣？我那天根本沒有進宮……」

「瑤光，妳別這樣，妳不要嚇娘。」許夫人見她神色恍惚，擔憂地伸手撫過她的眉。

瑤光的身子不覺顫抖起來，手中緊緊抓住母親的衣袖，臉色蒼白無比，彷彿血色瞬間已流失。「娘，怎麼會這樣？怎麼會這樣？」

尚未安撫好瑤光，一旁的飛瓊眼眶一紅，隨即掉下淚來，連忙掩飾著匆匆跑開。「這不是真的，這不是真的……」

許夫人頓時覺得焦頭爛額，只好輕抱著瑤光拍撫著她的背。「瑤光，怎麼了？」

「娘，我該怎麼辦？」瑤光失魂落魄一般，茫然地偎在母親懷中，渾身冷得彷彿突然墜入了冰窖當中，只覺得眼前一片黑暗，再也看不到光明似的。

母親的手溫柔地撫在她的背上，但是心間的那一抹隱痛，卻在剛才聽到那個消息之後，已經形成了。

就像她做女紅的時候，被針刺傷手指時形成的傷口，因為針眼太過於細小，看著似乎並未受傷，卻總覺得疼，直到後來微微地沁出血來，才知曉傷到了哪裡。

沒有想掉眼淚的意思，但是總覺得心裡酸酸的，彷彿在剛才那一刻之後，整個身子、神智都已經不受控制了似的。

大哥，為什麼你還不出現？

一思及此，心下便是猛地一抖，彷彿突然碰到了傷口，終於明白傷到了什麼地方。

但是那又能怎麼樣？

她又能做什麼？

父親和母親正擔憂地看著她，而妹妹……

她微笑，在唇邊扯出一抹苦澀，默默推開母親，低聲開口。「娘，我沒事，我去看看妹妹比較好。」

許夫人輕輕點了點頭，隨即擔憂地看著她一步步走開。

「夫人……」許將軍疑惑地低聲開口。

許夫人回頭，神色間茫然又無措。「老爺，我們的女兒……會幸福嗎？」

許將軍頓時愣住了。

「妹妹。」在房間裡找到飛瓊後，卻見她已經哭得眼睛紅紅的，瑤光伸手為她拭去了眼淚，扶正歪散的髮釵，然後才低聲開口。「不要哭了。」

「姊……」飛瓊哽咽了一聲，撲到了她的懷中。

「別哭了。」撫著妹妹的長髮，她喃喃自語。「妳放心，姊姊不會嫁給他的。」

「可是……可是這是皇上和皇后娘娘都答應的事情……」飛瓊抹著眼淚低啞地開口。

「妳相信姊姊嗎？」瑤光認真地看著她。「我絕對不會嫁給雩王的，就算不為別的，為了妹妹妳，我也不會那麼做的。」

「姊……」飛瓊突然疑惑地喊了她一聲。

「什麼？」她低聲開口。

「妳想要哭了嗎？」察覺到她微顫的身子，飛瓊終於停止了掉眼淚。

「不，」她搖頭。「我不想哭。」

雖然眼淚已經開始打轉，重得彷彿已沒有辦法承擔，雖然心下震驚又害怕，就如已經預感到沒有辦法再繼續以往的幸福時光了，但是……她還是不想哭。

就像大哥說的那樣，她要等他。

她必須要等他！

時間已經很晚了，但成帝依然沒有歇息，只是坐在書房裡出神。

一旁的內侍已經提醒過了好幾次，可最終都被成帝揮手趕了下去。眾人只好不再催促，只是守在門外，偶爾有伺候茶水的宮女到聖上面前斟茶，微微的響動之後，書房內便又恢復了平靜。

夜色漸濃，守在外頭的人漸漸疲倦，卻依舊強撐著身子，睜大眼睛看著緊閉著的書房門。

燭影微晃，蠟燭裡灌了沉香屑，燃燒之後，火焰明亮，香氣清郁，皇帝看著那一點點跳動的光兀自出神。

書桌案前擺放的摺子略略掀開了幾本，卻依然還有許多沒有處理，就那樣堆著，也不知道裡面寫的是急事還是無關緊要的事情。

又過了片刻，案前的茶水熱氣散盡，終於又變得冰涼，這已經是宮女伺候的第三道茶水了，成帝卻連看都不看。

蟄伏在樑上的楚離衣終於不再忍耐，輕悄無聲地落了下來，在皇帝將要驚呼之前制住了他，將半面銅鏡放到了他的手中。

成帝看著那半面銅鏡，頓時詫異地瞪大了眼睛，吃驚地看著面前的年輕男子。

「不認識了嗎？」楚離衣低聲開口，面色嚴肅而冷硬，彷彿成帝若是想要否認的話，下一刻，他就會對他不利。

「你怎麼會有這個？」成帝握緊了那半面鏡子，急促地開口低聲問他。

面前的年輕男子有俊朗的眉目，表情卻很疏離，冷淡得彷彿他面對的根本就是一個無足輕重的人似的。

「你那半面銅鏡呢？」楚離衣冷冷開口。

成帝突然一驚，隨即急急地站起身來走到北牆，不知道按了什麼開關，上面掛著的畫軸突然捲起，牆壁上便立即出現了一個小小的凹槽。他翻了兩下，取出一只扁平的盒子，小心翼翼地打開，拿出裡面的東西後，與剛才那半面銅鏡相合。

「秦娥……」顫抖地開口，成帝握著銅鏡的手幾乎把持不定住。

依稀還記得那張總是娟秀嫣然的容顏，看著他的時候總喜歡甜甜地笑。

「四郎……」

第一次見面時正是春日，他那時還不是皇帝，出遠門去遊玩的時候走得渴了，恰逢一片桃林，花顏灼灼，香氣微微，輕盈的身影一閃，原本想要躲開，卻還是回了眸，對他盈盈一笑……

於是便不走了，眷戀著那女子的甜甜笑顏。

後來便春風一度，幽夢一簾。

他當真是喜歡那個女子的，但人生卻總是身不由己。若他沒有出生在帝王之家，會不會幸福一點？

再去找她的時候，卻不知道為什麼找不到了，據說是因為她未婚先孕，被浸了豬籠……

猛地伸手抓住了面前年輕男子的手，成帝老淚縱橫。「你就是那個孩子對不對？對不對？」

外面的內侍聽到聲響，頓時開口。「皇上！」

「沒事，不要進來！」成帝連忙喊了一聲。

楚離衣沒動，只是靜靜抽回了自己的手。

「你是秦娥生的那個孩子對不對？」成帝卻再次抓住了他，兩隻手忍不住顫抖了起來。

「孩子，告訴朕，你叫什麼名字？」

「我來這裡，只是因為我娘要我把這東西還給你。」他指了一下桌上那分成兩半的銅鏡。

「你在恨朕是嗎？還有你娘，她也是在怨恨朕沒有找到她嗎？」成帝顫抖地握起了那兩半銅鏡，雙手微合，將它們湊到一塊兒。

「那麼長的時間，說不怨恨，是不可能的。」楚離衣看著他冷冷地開口。

成帝忍不住心酸，視線卻貪婪地留在了他的身上。

這個氣宇軒昂的年輕人，是他的兒子。

是他和秦娥的兒子！

耳邊依稀浮起他曾經的笑語。「若是有了孩子就更好辦了，我們就抱著孩子去求我父皇和母后，他們一定會答應的。」

但是回去之後，卻因為突如其來的大婚給耽誤了，後來找了她幾次沒有找到，便也就放棄了。

是他背棄了她！

他活該！

「孩子，告訴我你的名字。」他依舊哀哀開口。

楚離衣終於緩緩開口，只三個字，就讓成帝痛到難以自持的地步。「不必了。」

「你在怨恨朕……」他緊緊地抓住他的手。「到底要朕怎麼做，你才肯原諒朕？只要是你說的，只要是你提出的要求，朕都可以滿足你。」

他卻冷冷開口：「早知今日，何必當初？」

「孩子，朕有不得已的苦衷……」成帝狼狽不堪，只覺得在他的目光逼視下，幾乎找不出任何藉口。原本理直氣壯的理由，如今一個也不能拿出來阻隔他灼人的視線。

「苦衷？」楚離衣挑眉冷笑。「帝王多薄倖，說是苦衷，還真是諷刺。」

成帝滿心愧疚，幾乎沒辦法再說出什麼推託的話。

是他的不是，是他負了秦娥！

「我走了。」冷淡地看他一眼，他這個無名無分的兒子便要就此離開。

他心下一酸，頓時攔住了他。「不要走！」

「你想要怎樣？」楚離衣挑眉。「難道你想要我留下來？你要用什麼藉口、什麼身分讓我留下來？又要我以什麼理由、什麼身分出現在你那些為了皇位而爭奪不休的皇子面前？」
他的笑意很是諷刺，成帝不由自主地慢慢放開了他。
他毫不留戀地轉身，身後的成帝卻又突然開了口。「等一下。」
楚離衣轉身，看著面色蒼白、眼神迷惘的成帝。「又有什麼指教？」
「你……把它帶走吧。」成帝指著桌案上的兩半銅鏡開了口，目光迷離。「這是我給你娘的東西，你……好生收著吧。」
可能是心思恍惚，他居然連自己不小心沒有說「朕」而是說「我」都沒注意。
楚離衣看他一眼，隨即腳尖微點，瞬間悄然隱起行蹤。
成帝怔怔地看著他離去的方向，半晌都沒有再挪開視線。

回到迎賓樓的時候，已經很晚了。
叫開了店門，掌櫃睡眼惺忪，看到他之後似乎微微發愣，片刻之後才清醒過來。「楚公子，前兩天有位姑娘來找過你，但是你那時不在。那姑娘走的時候讓我告訴你一聲，說有急事找你。」
「姑娘？」他微微驚訝，目色頓時變得犀利無比。
「就是之前跟你一起來過客棧的那位姑娘。」掌櫃打了個呵欠。「看起來似乎真的有急事似的，臉色也不太好。」

是瑤光？

她來找他什麼事？

思緒尚殘留在腦中，身體卻彷彿自有意識似地驅使他轉身出門，身後傳來掌櫃的聲音。

「楚公子，你又要去哪裡？」

他還能去哪裡？

雖然於禮不合，但是她既然來找他，說不定是有了什麼讓她為難的事情，如果不快點見到她平安無事，他根本沒辦法安心。

夜的微風拂動他衣袍下襬，逐漸轉暖的氣息在空氣中四處流竄。街道上靜寂無人，他快步前行，順著記憶中熟悉的路徑靠近許府，然後去了後院，伸指在她閨房窗前一叩，房間裡立即響起警惕的聲音。「誰？」

是她！

他忙低聲開口。「是我。」

「大哥？」房間裡的瑤光頓時又驚又喜，連忙披上衣服下床。

「外面冷，不要出來了。」他連忙阻止她。

窗子打開了，房間裡沒有掌燈，他只能隱約看到她的樣子。

「大哥！」瑤光看著他急急開口。「大哥的事情辦完了嗎？還要我等多久？」

「出了什麼事？」察覺到她神色有異，一副沈不住氣的樣子，他疑惑地開口詢問。

「皇上下旨，要我不日嫁與雩王為妃！」瑤光心下一急，眼淚頓時奪眶而出。「大哥，我該怎麼辦？」

「什麼？」他心下頓時一驚，下意識地抓住她的肩膀。「妳說的當真？」

「是。」瑤光看著他模糊的樣子，淚光盈盈。「大哥，我們該怎麼辦？本來我以為可以等到你事情辦完的……」

伸手為她拭去眼淚，他已然心亂如麻。

怎麼會是這樣？

她將要嫁與雩王為妃？

「大哥，我不能嫁給他，若是我嫁了，不但傷害了妹妹，而我們……我們也……」瑤光緊緊抓住他的衣袖，雖然難以啟齒，卻還是低聲含淚開口。「大哥，我只想和你在一起。」

他心下猛地一慟。

娘臨終前也說過相似的話。

已經是彌留狀態，臉上卻泛起大片的紅暈，精神好得簡直不可思議，那日不但吃了一碗粥，還起身靠在床頭同他說了些話。「……娘真的不怨，因為從看到他的第一眼起，娘只想和他在一起……」

忍不住伸手將她攬入懷中。「瑤光，我哪裡好？」

她含淚輕笑。「一見鍾情，相看兩不厭。」

心下頓時明瞭。

那是屬於他們的最美好的時光。

楚離衣頓時迅速作了決定，輕輕撫過她的長髮，在她耳邊低聲開口。「瑤光，妳等我，這件事情交給我來解決。」

「但這是皇上皇后的決定，又怎麼能輕易更改？」瑤光越想越是絕望。「大哥，我不知道該怎麼辦才好？」

察覺她身子微顫，他不自覺加深了擁抱，妄想把全身溫暖都給她。「不用擔心。」

「大哥，我好害怕，」瑤光低低開口。「我害怕再也見不到你，我害怕要嫁給別人，我害怕妹妹會因為我而難過傷心……我該怎麼辦？」

彷彿這兩日來積蓄的眼淚要在他面前流盡似的，無論怎麼壓抑，都沒有辦法控制。

心彷彿被一隻看不到的手揪得生疼，他無語，皺眉看著無邊的夜色在頭頂上方四下裡蔓延渲染。

若是他去求「那個人」的話，會不會有一線生機？

他從來不曾想過需要「那個人」幫他做什麼，或是從「那個人」那裡得到什麼，所以之前他才可以瀟灑地轉身。

但是這一次，如果他對「那個人」開口，會不會還有可能改變即將到來的一切？

微微推開她的肩，他看著她認真地開口。「瑤光，妳等我，很快就沒事的。」

真的很快就沒事嗎？

透過淚光看著面前的男子，她遲疑地點了一下頭。

大哥，你要我等你，那麼……我一定會等你的……

一定會等的……

酉時。

之前在皇宮裡潛伏了幾日，楚離衣已經大致摸清了成帝的習慣，因此他知道，這個時刻，成帝應該在書房獨坐。

這是唯一一個能夠靠近成帝而不被人當刺客抓起來的機會，但是就為了這個機會，他也已經等了快一天時間了。

幾乎已經沒有耐心再等下去了。

成帝面前的摺子依舊堆積，隨便翻了翻，然後便又被丟棄在一旁。

他終於從隱身處現身，悄無聲息地出現在皇帝面前。

「你……來看朕？」成帝怔忡的表情含著難以言說的驚喜和忐忑。

「不。」他搖頭。

成帝臉上頓時浮現出失望和尷尬相混雜的神色，口中吶吶幾不成言。

「那麼，你來這兒做什麼？」陪著笑，成帝冉次開口。

「你不是說想要補償我？」他淡淡勾了下唇。

「你要朕做什麼？」成帝的眼神重新變得清醒犀利，明黃色的衣角微微一動。

楚離衣看著他冷然一笑。「你不必緊張。」

被說中自己不自禁的反應，成帝頓時有些慌亂，說話的聲音頓時虛弱起來。「朕並沒有緊張。」

他只淡然一哂。「我只是想讓你取消你日前剛剛為雩王定下的婚事。」

「為什麼？」成帝立即反問。

他的面色未變，看了成帝一眼後，淡淡開口。「不為什麼。」

「但是那婚事——」成帝突然醒悟，目光頓時炯炯。「難道你也喜歡許將軍家的大小姐？」

他沒有否認，只是看著他開口。「我只問你，要不要答應我取消？」

雖然他的表情平靜，並沒有急躁之色，但是成帝卻依然覺得有些不安。

就是因為他的眼神太平靜了，反而會讓他覺得更加不妥。

「若是不答應呢？」成帝突然開口反問他。

「沒什麼。」他只淡淡一哂。「告辭。」

「你會做什麼？」皇帝連忙站起身來。

「既然你不願意現在取消，那麼……」他笑了笑，無所謂地看了他一眼。

就是那一眼，讓成帝突然清晰地意識到，原來，他從頭到尾都沒有指望過他會幫他。

他根本不相信他，也根本不願意相信他。

頹然坐了下來，成帝突然開口。「你真的喜歡許將軍家的大小姐？」

楚離衣頓了一下，隨即開口。「你會取消嗎？」

「如果你需要的話。」成帝無奈地嘆了口氣。

略略點一點頭，楚離衣隨即開口。「我走了。」

「不能……多說幾句話嗎？」成帝看著他的背影，既眷戀又無措，不知道該怎麼做，才能夠消除他與他之間的疏離和陌生。

面前站的，明明是他的兒子不是嗎？

「這兒是皇宮，不是我的久留之地，」楚離衣揚起略帶嘲諷意味的笑容回眸。「我若再不走的話，只怕會惹來麻煩的。」

成帝無奈地看著他從自己眼前消失，微微的嘆息隨即逸出了喉嚨。

他虧欠了他。

既然他如此要求他，那麼就讓他為他做一件事情吧。

秦娥……

妳可曾想過，我們父子二人之間居然會陌生到如此地步？

第五章　明鏡妝成朱顏改

尚書房內。

成帝微一笑，看著景珂開口。「這兩日在忙什麼？」

「也沒忙什麼，」景珂面上喜氣洋洋。「無非同平時一樣，恰好得了幾首詩詞，心下頗為得意，若是父皇不嫌，回頭兒臣讓內侍們送來給父皇一觀如何？」

「很好，」成帝點頭一笑。「我看你似乎心情很好。」

景珂聞言一笑。「多虧父皇母后成全兒臣。」

成帝聽他那麼一說，不由仔細地將他打量了一遍，見他一臉溢於言表的喜色，不由微微嘆了一口氣。「珂兒，你當真十分鍾情許家的大小姐？」

景珂面色微赧。「兒臣自見過她之後，便發誓此生非她莫娶！」

成帝見他說得鄭重，心下頓時猶豫起來。

他的諸多兒子中，以景珂最得他寵愛，只因他的心性脾氣與他年輕時幾乎相差無幾。如今他雖然身為一國之主，不能再寄情山水詩詞，但是每每看到景珂，總覺得彷彿看到了年輕時候的自己。

他自登基為帝已經十載有餘，自然明白帝王的身不由己，既然景珂無意政治，他也便由著他的性子，任他自在度日，而景珂也是個省心之人，無論言談行止，從不會給他添加煩憂，更不會無端向他做出要求。此次他的婚事，幾乎是他數年來唯一的一次請求，如果他同他說取消這婚事的話，只怕他……

成帝又是一嘆，隨即含笑開口。「我倒聽你母后說那日你同許二小姐談得極為投機。」

景珂聽他提起那日所見到的許飛瓊，笑意微微。「許二小姐於詩詞上，倒還真是兒臣的知己。」

「那麼為何不選她呢？」成帝開口。「若是成為夫婦，也是珠聯璧合的美事，豈不甚好？」

景珂聽他那麼一說，連連搖頭。「父皇，若是只想要個詩詞上的知己，兒臣自有良伴。許二小姐固然優秀聰慧，但是此刻我心中所念，卻是那位或許並不能同我談論詩詞歌賦的瑤光小姐，兒臣……很喜歡她。」

「珂兒，天下間貌美的女子勝過她的何止千千萬萬？」成帝一嘆開口。「你若是喜歡，父皇可以為你尋找出絕不遜色於她的女子，又何必一定是她？」

「父皇，你反對兒臣的婚事？」景珂驚訝地看著他，隨即正色開口。「我自然知道天下勝過她的女子有千千萬萬，但是兒臣此刻眼中，卻只有她一人而已，請父皇一定要成全兒子！」

成帝被他的話堵得啞口無言，更為他臉上的鄭重所撼動，頓時不知道該如何作答。

景珂是他所寵愛的兒子，而那個人同樣是他兒子，又是他所虧欠良多的女子所出，他要怎麼做，才能夠同時滿足兩個兒子的要求？

景珂見他沈默不語，心下頓時大急。原本以為這婚事是十拿九穩的事情，父皇和母后根本不會有反對的理由，但是此刻看父皇神色，居然有猶豫之感，似乎不甚喜歡……

這是為了什麼？

他心下一急，連忙跪下叩首大禮相拜。「請父皇成全兒臣！」

成帝被嚇了一跳，容不得多想，已經主動攙扶起了他。「珂兒不必如此，父皇並沒有反對的意思。」

景珂一笑，眸含期盼地開口。「請父皇儘快下旨吧！」

成帝見到他臉上那種發自內心的喜悅之情，心下不由一震，為他的喜悅所感染，隨即點了點頭，走至書案前將之前已經擬好的聖旨抽了出來，囑人立即到許家宣旨。

「兒臣多謝父皇！」景珂頓時欣喜地再次拜了下去。

成帝見他喜不自勝的表情，不覺地撫了一下鬍鬚，看向他的眼神裡充滿了無比寵溺之情。

又商談了一會兒，將大婚之時的瑣事暫定下來，景珂這才含笑出宮，心下欣喜萬分。

此刻他只需要再稍微等上一等，便會擁有他所愛的女子了。

人生如此，夫復何求？

如果她成為他的妻子，他一定會對她很好，讓她的一生再沒有遺憾和委屈……

馬車轆轆地經過都城街道，地面微有不平，但是他絲毫沒有感覺，直到察覺到一抹煙色的身影在馬車外一閃而過，景珂這才急忙開口。「停下來！」

下人連忙勒住了馬兒，馬車隨即停了下來，景珂連忙出了馬車，追上那抹煙色身影。「楚兄！」

楚離衣回首，就見景珂正一臉喜色地看著他，只好淡淡地拱手開口。「雩王。」

「楚兄不必客氣，」景珂左右看了一眼。「楚兄在忙？」

「準備辦些私事。」楚離衣見他臉上喜色不褪，不禁開口詢問。「王爺如此高興，可是有什麼喜事？」

景珂含笑點一點頭。「過兩日便是我大婚之日，已經下了聖旨，小弟能夠娶到自己心愛的女子為妻，自然是人生一大喜事。」

楚離衣面色微變。「何時下的聖旨？」

「就是適才。」景珂一笑點頭，隨即卻見眼前煙色身影一閃，楚離衣頓時已經消失在他面前。

他怎麼了？

景珂原地站了片刻，不解地笑了一笑後，隨即返身上了馬車，徑直朝雩王府而去。

為什麼會這樣？
不是答應他會取消這門婚事嗎？
他居然可笑到聽信那人的話?!
楚離衣雙拳緊握，小心地避開宮中侍衛的耳目，徑直向皇帝的書房而去。
小心地翻身而入，他的面色嚴峻無比，成帝無措地站起身來，迎上他的目光。
「為什麼會這樣？」片刻之後，楚離衣終於緩緩開口。
「珂兒他對許家千金一片癡心，朕不忍心開口……」成帝被他的目光那樣看著，只覺得自己彷彿犯了天大的過錯似的，幾乎無顏見他。
「你不是曾經答應過我嗎？」楚離衣冷笑，緩緩扯出一個譏誚的弧度。
「孩子，天下勝過她的女子有千千萬萬——」成帝猛地語塞，無法面對他突然變得冰寒的眼神。
「可是我只愛她一個。」楚離衣冷笑，看著他，口氣凌厲無比。「你總是這樣吧，給了人承諾，然後……從不履行。」
「不是！」成帝猛地站起身來。「朕並不是有意要辜負你母親的！」
「所以呢？」楚離衣厭倦地看著他。「你讓她一個人鬱鬱寡歡至死，而你，同樣又一手毀去了我的幸福！」

「可是，珂兒他畢竟是你的弟弟……他對許家千金如此深情，難道要朕一手毀去他的幸福？」成帝左右為難，希冀地看著他，試圖讓他瞭解。

「弟弟？我哪裡有什麼如此尊貴的弟弟。」楚離衣不無嘲諷地一笑。「對於你而言，我也不過如此而已。」

成帝心下頓時愧疚無比。「孩子……」

「我走了。」他驀地轉身，便要離去。

成帝猛地上前抓住了他。「我可以補償你！」

「你要怎麼補償我？高官厚祿，還是榮華富貴？」楚離衣冷冷一笑，拂開他手的瞬間卻突然扼住了他脖子。

成帝只覺呼吸越來越困難，但就在他幾乎快要喘不過氣的時候，那隻手卻猛地一鬆，他頓時咳嗽起來，大口地呼吸。

「如果……如果不是因為母親的話，我真想殺了你！」楚離衣雙手握拳，身子輕顫，極力壓下心間憤怒，遽然轉身離去。

就在他離開的瞬間，成帝開口還要對他說些什麼，但是一眼看到他腳下適才站立的地方，居然已經深深下陷了半寸有餘，被踩出了一雙腳印痕跡，立即被駭了一跳。

這個兒子……他不知道他從哪裡學到了這麼厲害的功夫，也不知道他品性脾氣如何，如果他像剛才那樣對付珂兒，珂兒一定沒有辦法抵擋。

他也如珂兒一樣愛著許家千金，若果真情深如斯，只怕……只怕……

他驀地大步走出房外揚聲。「魏統領！」

有人應聲，快速奔到他面前。「屬下在。」

「朕命你即刻起調派人手，負責雩王和未來雩王妃的安全。如果見到什麼人攪擾雩王的婚事，務必拿下交給朕處置！」成帝冷靜地開口，說完後，才緩緩吐了口氣。

「臣遵旨！」宮中禁軍統領魏岩重重點一點頭，隨即快步離開。

成帝微微抬頭，就見藍澄澄的一汪碧空，陽光微微藏在薄薄雲後，往遠處看，九重城闕似乎都可以看出層疊的隱約輪廓，飛簷卷翹，金黃水綠兩色的琉璃華瓦盡顯富貴華麗之氣。

他無法拒絕景珂的要求。

那是自小便在他身邊長大的孩子，無論怎樣，心中總是多了些不捨之情。

他是高高在上的帝王，早已經知道如何取捨，但是……他卻勢必要負了秦娥母子了。

是他的錯。

陽光透過雲彩映得宮殿一片華彩，站在廊簷之下，成帝重重地嘆了口氣。

這樣大的宮城，此刻他身邊，居然沒有一個合心的人。

這便是帝王嗎？

夜色深沈。

許府的朱漆大門緊閉著，院子裡彷彿沒什麼聲音，靜得連一個人影也看不到似的。但後院房間內仍燈火通明，白日的喧鬧繁華已經過去，此刻剩下的，卻是滿院空寂。皇帝的明黃手諭依然擺放在案上，被燭光微微映出一室的淡淡流金。是格外讓人焦躁的顏色。

沈寂。

瑤光慘澹一笑，燈光下面色蒼白得驚人，隨即視線輕移，看向同樣面色蒼白的妹妹。察覺到姊姊的視線落在自己身上，飛瓊咬唇，卻終於站起身來一笑。「恭喜姊姊。」

「飛瓊？」瑤光錯愕地看著她。

飛瓊輕笑。「這是許家的喜事嘛，咱們做什麼一副悲傷的樣子？像姊姊這樣的美人，除了嫁給雩王這樣的人，難道還會有更好的選擇嗎？咱們應當高興才是，這婚事又是雩王親自求的，他一定極愛姊姊，姊姊嫁過去之後，一定會很幸福的。」

她這一番話下來，中間語音頓澀之處不乏，卻依然面上帶笑，瑤光看得心下大是不忍。「妹妹……」

「姊姊，一定要幸福。」飛瓊對著她粲然一笑。

「我不嫁。」瑤光卻搖頭。

「為什麼？」許將軍、許夫人、飛瓊幾乎是異口同聲地開口問她。

「我……」瑤光看著他們無奈地咬唇，卻不知道要如何開口。

許夫人看著她欲言又止的樣子，心下突然一凜。

這些事情來得太過突然，居然讓她忘記了追問瑤光最近的異常舉止，難道……

「姊姊說哪裡話？」飛瓊突然湊到她耳邊低聲開口：「不要擔心我，我沒事。」

瑤光微蹙眉頭看她，飛瓊卻已然退開，微微行了個禮。「時候也不早了，女兒先告退了。」

許將軍和許夫人看她走開，擔憂的目光這才完全放在她的背影上。

「爹、娘，我若嫁了，妹妹怎麼辦？」瑤光咬唇，只覺心下苦不堪言，但是她又不敢提到楚離衣。如果貿然說到他，爹娘定然會以為大哥不是好人，居然與她私下定情，那時再要他們接受，只怕不會太容易了。

許夫人勉強開口。「飛瓊年紀小，或許只是一時迷戀而已……」

許將軍沒有說話，但是擔憂的目光一直看著飛瓊離開的方向。燈光下，他鬢邊一點斑白清晰地映入了瑤光眼中。

彷彿突然被冷水潑澆，她心下一凜。

爹娘生養她姊妹二人已經不易，她又怎麼能讓爹娘為難？

即便雩王為人再和善可親，他終究也是皇親，這婚事已經昭告天下，若是反悔，定然失了皇家顏面，到時候只怕會給皇室蒙羞，帝王的顏面將被她置於何地？

但是……如此的話，便要放棄大哥嗎？

瑤光心下一顫，頓時淚落如珠。

此刻即便想出門，只怕也不能了。下午的時候已經有宮中的侍衛過來，說是皇上怕人手不夠，特意差來給父親使喚的，如今她若出門，後面肯定會有人跟著，這樣的話，對大哥也不好。

究竟要她怎麼做？

安安分分嫁與雩王為妃嗎？

難道她只能這樣接受嗎？

透過半開的窗子看過去，夜色深沈如水，滿天星子無語，前些天還尚有寒意，但是此刻風吹來，卻已經察覺不到了。江南春早，原來暖風果然已到。

只是心底的冰，卻慢慢形成，無法融化似的，壓得渾身發寒。

三月初五，大吉。

雩王娶妃。

曙光剛剛昇起，碧空萬里無雲，已經昭示了這將會是一個無比晴好的日子。

通向宮城的御街兩旁早已經擠滿了圍觀的人群，人們像潮水一般從四面八方湧來，一眼看過去，萬頭攢動，千巷皆空。

十里長街由南向北到處是摩肩接踵的人，踮腳的踮腳，伸長脖子眺望的眺望，所有的人都爭著往前擠，擠在最後面的人，沒辦法看到前面到底如何，乾脆搬梯爬牆，跳上屋頂，俯身鳥瞰。

素日皇親出行無不戒嚴淨街，但是今日因為雩王大婚，遇喜開禁，所以百姓無須迴避，不僅可以盡興領略皇家迎親的浩蕩儀仗，更可以飽覽滿載珠光寶氣、鎏金溢彩的嫁妝車流，圍觀的百姓因此莫不興高采烈，看得津津有味。

城西阜成大街，許府。

這兒更是人流如織，往來奔走，府中的人幾乎個個都忙得暈頭轉向。許將軍自在前面招呼來賀喜的客人，前院裡堆滿了各色物事，上面無不紮錦裹繡，貼著「囍」字花樣，紅彤彤的映得人眼花撩亂。

但是此刻的後院，卻靜寂無聲一片。

瑤光房間內的床上，早已經放置好了一套金絲銀線繡製的大紅色錦繡喜服，紅得幾乎刺人雙眸。案上適才打開的脂粉釵環等物已經收拾完畢，如今只等她穿上喜服，待吉時一到，便可被迎出門去了。

緩緩坐下，瑤光靜靜地看著銅鏡中陌生的自己。

依舊鳳眼星眸，朱唇皓齒，面色雖略顯蒼白，卻早被上等的脂粉完好地掩飾了起來。

鏡中的人兒，此刻美得幾乎恍若玉人。

今日是她的大喜之日，但是所嫁的人，卻不是楚大哥。

視線落到那華貴尊美的喜服上，她不禁別過臉去，不想再看。

之前服侍她的丫鬟婆子已經被她打發了暫時出去，此刻再沒有人來打擾她。

心下茫然一片，不知道該何去何從。

誰能伸出溫暖的手，幫她脫離這即將預料得到的悲劇……

窗子突然「嘩喇」一聲，她猛然回頭。「誰？」

「是我。」熟悉的清朗聲音響起，隨即窗子被人從外面推開再關上，她苦等不來的人終於出現在她的面前。

「大哥……」瑤光怔怔地開口，話音未落，淚已成珠。「你不是說你來處理這事情嗎？怎麼會變成現在這樣？你這幾日去了哪裡？為什麼不來見我？你說讓我等你，為什麼我等到現在你才來……」

她有幾千幾百個問題想問他，此刻卻語塞得根本說不出來，眼淚不停地掉下來，面前的他離她那麼近，卻又彷彿那麼遠。

「我早就想來看妳了，但是這幾日，你們府中一直有人看著，人多口雜，我不想讓他們看到我來找妳……」楚離衣看她淚眼模糊，心下痛到難以忍受，猛地伸手抓住了她肩膀。

「瑤光，我們走吧，我們一起離開這裡好不好？」

「離開？」瑤光含淚搖頭。「我若走了，我爹娘妹妹怎麼辦？」

楚離衣的手握在她肩頭，無意使力，卻幾乎握得她肩膀生疼，他一字一句地開口。「妳若嫁與他人，妳怎麼辦？我楚離衣，又、該、怎、麼、辦？」
看著他此刻焦灼萬分的視線，一字一句地問她該怎麼辦，瑤光只覺喉間微甜，氣血翻滾不停，似乎只要再開口，就會嘔出血來一樣。
若是不曾遇到他該多好。
若是不曾想過要永遠和他在一起該多好？
楚離衣看著她，字字焦灼，帶著難以控制的苦楚酸痛。「瑤光，妳若嫁了，我該怎麼辦？」
瑤光卻只是睜大眼睛看著他，眼裡的神情讓他根本沒辦法看懂。她在想什麼？她到底在想什麼？
「大哥，我不知道該怎麼做。」她終於開口，聲音低啞，星星點點的眼淚微微沾在長睫之上，臉上的妝容已經花掉。
楚離衣舉起衣袖為她拭去臉上的妝容，然後捧起她的臉，看著她的眼睛，急促而低微地開口。「要麼跟我走，要麼就嫁給雩王，妳選哪一個？」
「我不能嫁給雩王，他是妹妹喜歡的人。」瑤光頓時悚然一驚。
「那麼就跟我走！」楚離衣深吸一口氣，驀地打橫抱起她。「我帶妳出去。」
瑤光目光閃爍，似乎還要說什麼話，他卻已經開口。「如果妳留下來，就只有嫁給雩王這一個選擇！」

他說的沒錯。

如果她不和他走，那麼她今天是一定會換上喜服坐上花轎的。

一切幾乎都是可以預知的悲劇……

她無力再思考將會如何，只能埋首於他懷中，茫然而無助地等待時間一點一點流逝。

出房間了嗎？

出了後院了嗎？

出了許府了嗎？

她……離開了嗎？

「什麼人？」守在許府內的宮中侍衛驀地察覺有人翻牆而去，冷喝制止，只是對方似乎絲毫沒有停下來的意思，他們立即便循蹤追了過去。

站在房間門外的飛瓊臉色蒼白地看著眼前的一幕，冷喝聲停下的瞬間，她猛地回頭。

「碧瑚，快去請我爹趕緊過來！」

碧瑚連忙朝前院飛奔而去，飛瓊僵直的身子終於軟化，無力地靠著牆壁滑下。

她剛才……看到的是什麼？

許威隨著碧瑚匆匆趕到了後院，就看到飛瓊臉色蒼白地坐在地上。「出了什麼事？」

「爹，姊姊走了。」飛瓊茫然地開口。

「走了」是什麼意思？

許威困惑不解地看著她。

飛瓊怔怔地看著前方一點。「我剛才看到姊姊被一個男人帶走了，宮中派的侍衛已經追了上去……」

沒等她說完，許威已經飛奔離去，隨即衝出許府，策馬而去。

風聲在耳邊掠過，身上的碧色煙羅衣裙被風拂起，傳來颯颯的輕響，彷彿微張的蝴蝶翅膀，一開一合之間，帶著恐慌倉促的明媚美好，彷彿重新回到了上元夜的那一天，自水面上掠波而過。

那一刻，她明白了什麼叫做比翼雙飛，一顆心就此陷落在那個煙花之夜，再也沒有辦法收回。

但是即便這樣，就可以無視爹娘妹妹嗎？

在他抱她走的瞬間，她神往過將來，想著可以就此和他攜手一生一世，可以無視將會付出的代價。

拒絕皇家的婚事，許家能有多少腦袋面對皇帝即將而來的憤怒？

何況她是私下出走，與人私奔？

不但家人會有危險，爹娘妹妹還要擔著被人嘲笑的可能繼續生活下去，原本好好的一切，全因為她而被攪得七零八落。

她總是藉口著妹妹喜歡雩王，實際呢？

不過是她自私地想用這個藉口來掩飾罷了。

想給自己一個正當的理由，可以不用嫁給除了大哥之外的人罷了。

身後的冷喝聲陸續傳來，她知道那是駐守家中的那些宮中侍衛追了過來，驀地開口。

「大哥，你走吧！」

「瑤光?!」楚離衣頓時吃驚地看向她。

她淒然一笑。「就當世上沒有瑤光這個人，大哥，你還是快點走吧！」

「我怎麼能讓妳回去嫁給他人做妻子？」楚離衣心頭猛地一慟，費了好些力氣才把每一個字落到實處。

「我怎麼忍心為難我爹娘？」瑤光用力推開他。「快走，宮中侍衛要追來了！」

楚離衣伸手抓住她，聲音低啞沈痛絕不同於以往。「瑤光，妳便忍心讓我一個人走？」

她怎麼忍心？

她怎麼忍心！

卻依舊一寸寸推開他的手，忍下眼淚，用最後的力氣將他的容貌鐫刻在心間。「瑤光福薄……」

身後追來的人已不知為何沒了聲息，楚離衣渾然未覺，只覺得此身茫然，已經無所寄託。

便這樣放手，讓她離開嗎？不忍再看他，瑤光驀然轉身，卻詫異地對上父親驚訝了然的目光。「爹……」

剛剛請求侍衛們退下並保證自己帶回女兒的許威一臉震驚地看著她，隨即把眼神投向她身後的楚離衣，半天沒有說話。

「爹，我跟你回去。」瑤光低頭咬唇，朝他身邊走了兩步。

身後的楚離衣卻驀地對著許威跪拜了下去。

瑤光猛地回頭看向他。「大哥！」

不顧許威的臉色有多難看，他依舊跪在那裡開口。「求許將軍讓我帶走瑤光！」

「不行，我不能跟你走！」回頭看一眼父親，瑤光含淚搖了搖頭。

楚離衣看了她片刻，隨即移開視線看向許威。「求將軍成全！」

許威終於反應過來，顫抖的手指著他開口。「瑤光，妳是因為他？」

瑤光咬唇，紅唇上的齒痕頓時清晰地浮現出來，卻依然不得不困難地點一點頭，默認了他的話。

原來如此，原來如此！

許威只覺得有一瞬間的眩暈，不得不閉一閉眼睛待那眩暈消失。

「爹，不要管他了，我們走吧。」瑤光驀地快步走到他身旁，自始至終沒有再回頭看一眼。

在這樣的大喜之日，本該喜氣洋洋如珠如玉，此刻她卻是面色蒼白雙眼紅腫，身上依舊還穿著家常的碧色煙羅衣裙，甚至比平日還要顯得憔悴。

許威看著面前的女兒，禁不住一陣心軟，平日那個聰慧明麗的瑤光哪裡去了？

才不過短短時日，她卻像已耗盡了所有的美麗，迅速枯萎了下來，是什麼讓她如此？是那個年輕男子嗎？

許威忍不住開口。「瑤光……」

他的話音未落，卻赫然驚怖地看到她長睫一垂，一滴血珠子居然落了下來，那是……

他猛地抓住瑤光，隨即震驚地發現她眼中居然落淚成血，和著斑斑血跡，分外嚇人。

身後的楚離衣同樣驚呼一聲，搶身上來抓住瑤光，目光悽楚。「瑤光，我只願當日沒有遇到妳！」

語氣中悽惻之意，幾乎令許威不忍卒聽。

瑤光拂去臉上的血淚，再次緩緩推開他的手。「大哥，我真的不能再等你了。」

楚離衣心下頓時空落落的，一顆心早已經不知道遺失到了何處，只覺得此生彷彿再也沒有了所謂的快樂和幸福。

瑤光含淚背過身去。「大哥，由我來念著你記著你就好了。你忘記我吧，會比較快樂。」

就像被人重重一拳打在心上，他幾乎不知道今夕何夕，只能看到她單薄的肩頭就在離他那麼近的地方，卻彷彿咫尺天涯，即便耗費這一生，也沒有辦法再觸碰到她的氣息。

許威看著又是血又是淚的女兒，終於武人身上的蠻勁爆發，猛地將瑤光推入楚離衣的懷中，大喝一聲。「快帶她走！」

「爹！」瑤光頓時驚呼出聲。

許威伸手在自己騎來的馬兒身上一拍，趕至楚離衣的面前，他看著那第一次見面的年輕人。「你若要帶她走，這一生都要對她好！」

「我會的！」楚離衣微微驚愕之後，隨即伸手與他慎重擊掌，然後便帶著瑤光翻身上馬，朝遠方馳去。

「爹！」瑤光回頭，卻只見到父親的背影。

一直都覺得身材高大的父親的背影像座小山一樣矗立在心中，但是此刻的父親，彷彿突然間矮了許多，日光下，髮間刺眼的一抹霜白，幾乎刺痛她的眼睛。

這樣一走，便將一切的困難和重擔全部都壓到了父親的身上……

她怎麼忍心？

她怎麼忍心?!

猛地伸手抓住身邊人的衣襟，她困難無比地開口。「放我下馬。」

楚離衣猛地一勒韁繩，馬兒頓時發出了一聲長嘶，隨即便停了下來。

「瑤光……」他淒然一笑。「妳還是要回去……對不對？」

她無語，淚水洗濯後的雙眼如寶石般灼灼逼人，隨即突然緊緊抱住他，彷彿要用盡全身的力氣一樣。冰涼的頰碰到他的下巴，一瞬間而已，如蝴蝶輕輕一觸便已鬆開，隨即重重一口咬在他的肩頭。

這樣痛，這樣傷，他無聲沈默，任她為他留下記號。

她終於鬆開他，從馬上跳了下來，抬起臉，忍著眼淚看著他。「大哥，從現在開始，我每走一步便會數一個數，然後慢慢離開你。每數一個數，我們都要多忘記彼此一分，直到我們徹底地忘記彼此……」

她果然轉身，抬頭，吐氣，開口。

初相識的夜晚，滿天煙火的表演。

射謎猜字，心有靈犀，一見鍾情，相看兩不厭。

佛前期盼，願如樑上燕，歲歲長相見。

迎賓樓前，言笑晏晏，幾多心慌亂。

小樓幾多星如許，一日不見，我心悄然。

我心悄然……

淚珠串串滑落，背影卻依舊端正，每一步踩出去，明明虛軟無力，卻依舊走得決絕如斯。風吹起裙角纏裹在腳邊，鞋子上細碎的銀珠子一聲聲泠得讓人心焦。

一步步離開他，一步步斬斷過往……

她慢慢停下了腳步，背對著他。為免他發現，所以她只能把手指塞入口中緊緊地咬住，以免自己哭出聲音被他聽到。

既然決定回去，就不要再讓他痛苦……

用力地咬著，她把自己的手指幾乎咬出血來，卻還是沒有辦法控制自己，單薄的肩頭微微發抖，逐漸加劇。

抽泣聲漸漸清晰。

五臟六腑都被無形的手扯得生疼，楚離衣抬頭，無聲冷笑。日光下，分明的淚光一閃，隨即消失不見。

瑤光，妳好狠的心……

他驀地跳下馬，快步走過去從背後抱住了她。

哭泣的聲音清晰地響在耳邊，她渾身顫抖，彷彿風中的落葉。

「不要哭，」他微微抬頭，將不斷漫上來的淚意逼回去，隨即將懷中的半面銅鏡塞進她的手中。「從今後，我不能在妳身邊，那麼就讓它陪著妳吧。」

手中握著那另外半面銅鏡，與她手中的相合，只有這樣，才是完整的一面鏡子。

瑤光緊緊握著手裡的半面銅鏡，斷角處幾乎深深地刺入手心中。

心中輾轉反側到已經無法再繼續心疼下去的地步，已經無法再比現在更痛苦了……

拂起衣袖拭去眼淚，她再次抬腳前行，一步步走得穩重端莊。

一直走到不可預知的將來去。

楚離衣站在那裡一直未動，銅鏡邊緣的斷角處深深刺入手心。血跡斑斑，淋漓在腳下微黃淺綠的草地上，形成一幅觸目驚心的圖案。

他卻一動不動，就那樣站了好久、好久。

雩王的婚事辦得隆重而熱鬧，宮中已經許久沒有這麼熱鬧過，再加上又是皇帝最寵愛的兒子大婚，所以特別動用了戎裝侍衛開道，並有兩隊彩衣宮女護擁，車水馬龍，川流不息，旌旗扇傘，光彩奪目，羽儀肅穆，喜氣洋洋，特別是儀仗隊中那一路綿延而去的絳紗宮燈，以及由金石絲竹編組的喧天鼓樂，更是把全城紛沓而至的百姓們看得眼花撩亂、目瞪口呆。就為了觀看這盛大熱鬧的迎親場面，甚至有因為擁擠而爬到屋頂上的百姓不小心踩塌了房頂，結果最後摔下來，受傷頗重。

婚事繁瑣的儀式幾乎持續了整整一日，直到此刻，她才終於坐到了新房之內。

房間內紅燭高燒，燭光通明如炬，映得房內纖塵可見。屋中陳設甚是古色古香，玉鼎金爐，羅帷錦茵，式樣考究，應有盡有。

身下的床坐起來並不舒服，大紅的鴛鴦戲水被面鋪得整整齊齊，下面覆蓋著一床的蓮子、桂圓、花生等各色乾果和銅錢，卻是民間嫁娶的習俗，寓意「恩愛好合、早生貴子」。

透過擋在眼前的紅羅蓋頭看過去，室內的一切都帶著朦朧的紅光，她寂然端坐，連手指都不曾動一下。

早已沒有了眼淚，從她穿上喜服的那一刻，她便沒再掉一滴眼淚。

回去之後，並沒有人多問她半個字，只是匆忙地幫她重新梳妝打扮。菱花銅鏡涼，眉添黛料香。妝成後，她只看見鏡中的人陌生地髮綰高髻，上簪黃金鑲寶石串珠步搖和嵌貓睛石花形金簪，皆是成雙成對，眉心細細點出梅花鈿妝，耳邊垂一對黃金梅花墜子，越發金光燦爛，盡數彰顯皇家富貴之氣。

身上碧色常服終於換下，大紅嫁衣上細細繡了茶花牡丹凌霄芙蓉紋，觸手微涼，如她此刻的心一般，帶著不可捉摸的冰滑。

此後便是茫然地被人牽引著上轎下轎，步行，穿過長長的廊道向皇上皇后行禮……她彷彿被人為操縱的木偶，一個口令一個動作。做完所有的事情，此刻的她，便被送到了這裡。

不遠處的鳳口罌鼎爐中嫋嫋地燃著香，卻是宮中的主香宮女得意之作，以丁香、棧香、檀香、麝香各一兩，甲香三兩，細研成末，繼而勻和十枚鵝梨汁液，盛在銀器中，用文火焙乾，點燃之後，輕煙嫋嫋，清香四溢。

心下卻更是煩躁，屋中的香淡而悠長，幾乎把人悶得透不過氣來似地微微著惱，懷中原本冰涼之物早已經被暖得幾乎與體溫相融，伸手輕觸，帶著難以錯察的堅硬，彷彿他遺落的一顆心，填補著她此刻心上的殘缺，帶來些許的安心。

第六章　舊事縈懷夢難入

房間外的腳步聲愈來愈近，隨即來人伸手掠過一層層鮫綃紗簾，腳步穩健而輕盈地終於走到了她的面前。透過紅羅蓋頭看過去，只能看到他腳上的鞋子以及大紅的喜服袍腳一角，她心下猛地一陣緊張，忍不住略略朝後退了一下，隨即便聽到他朗聲一笑，聲音中透著說不出的悱惻溫軟，低柔地在她耳邊響起，伴著溫熱的氣息一起向她襲來。

「瑤光，妳讓我好等。」

她心下猛地一抖，面上已經熱熱地泛起紅霞，背心處卻冒著微微的寒意。陌生的男子氣息頓時兜頭蓋臉地襲來，身子不由自主地輕顫，隨即只覺面前紅羅蓋頭一盪，室內的一切頓時清晰地呈現在她的面前。

她遲疑地抬起頭，看著面前陌生的男子。

這便是雩王嗎？

雩王景珂？

他帶著溫暖的笑意就這樣站在她的面前，明明應該是陌生的，偏偏卻帶著一絲熟悉之感。

果然，他緩緩開口，含著微微笑意看著她。「瑤光，妳還記得我嗎？」

渾身的毛孔似乎都在一冷一熱間收縮，她恍然大悟，不得不感嘆造化弄人。

原來這一切，都是上天注定的。

她在去見大哥的路上，遇到了這個人，而對於這個人來說，卻是一次美好的邂逅。

「妳知道嗎？整整一天，我看到妳就在身旁，可是一直看不到妳的樣子，害我好著急；但是現在好了，我終於可以見到妳了。」景珂含笑握住她的手，將她帶往房間內放置了點心食物的桌案前。

「王爺……」她低聲開口，試著掙開他的手。

他卻沒有放開她手，將她帶過去坐了下，依舊神色癡癡地看著她。「瑤光，妳好美，從我第一眼看到妳的時候，我就已經決定要娶妳為妃了。」

臉上帶著輕笑，她的聲音卻微微發顫。「王爺說笑了。」

景珂只覺得一生之中，再也沒有一刻比現在更快樂了。面前坐著的是心愛的女子，秋水為神，美玉為骨，一室的喜色映得她頰上微微浮現出淡淡的胭脂色，螓首娥眉，朱唇皓齒，一切都是他所心心念念難以忘記的樣子。

不是沒有見過比她更美麗的女子，但她的美麗彷彿是上天特意為他準備的一樣，每一分每一毫都完全符合他心目中喜愛的模樣。

察覺到她的手指不由自主地在他手中輕顫，他捧起她的手，在她掌心中落下一吻。「叫我的名字。」

她微微搖頭，髮上黃金鑲寶石步搖上的長長串珠隨著微微一蕩，傳來脆而輕的聲響，隨即低下頭去，看著被他握住的手指。

景珂終於鬆開手，將桌案上的酒斟在兩個杯中，並遞給她一杯。翠綠的杯盞越發襯得她十指纖纖，膚色柔白，他含笑開口。「瑤光，喝了這杯酒，我們便真的是夫妻了。」

長睫微抬，她靜靜看他一眼，與他共飲下杯中之酒。

並不討厭他，但是為何……他說出來的每一句話都像是針一般刺在她的心上？

讓她不得不面對現實，面對她已經成為雩王妃的事實。

酒順著喉嚨辣辣地下肚，她忍不住微微一咳，面上頓時泛起緋色，一雙溫熱的手掌卻恰到好處地輕輕拍撫在她背上，他輕笑一聲。「原來瑤光如此不勝酒力。」

「為什麼是我？」她突然抬頭，開口詢問。「你曾見過飛瓊，但是為什麼是我？」

景珂認真地看著她，許久之後，唇角微微現出一抹微笑，隨即開口。「一見鍾情，再無二意。任她紅顏如畫，我眼裡，卻只有妳一個。」

「或許，我並不像你想像的那麼好，起碼，你同飛瓊說過話，可以大致看出她是什麼樣的姑娘。而我，你只見過那一面，不曾瞭解，又怎麼會喜歡呢？」瑤光微微抬睫看他。

景珂只見她眸色清遠，微微有神光離合之感，略微一怔，已然開口。「天邊雲卷雲舒，雨絲風片，朝飛暮卷，我並不曾瞭解它們，但是我喜歡。堂前燕語聲聲，鶯啼嚦嚦，明媚如剪，我從不曾瞭解它們，但是我也喜歡。至於妳，不是因為妳有了什麼一定要我喜歡的理由……瑤光，妳對我來說，是難得的。」

微微一帶，只覺得懷中鶯鶯嬌軟，燕燕輕盈，淡淡的幽香傳來，讓他頓時迷醉其中，手上用力處，已經將她輕輕抱起，隨即大步走到床邊，才將她放下來，伸手抬起她尖秀的下頷，軟語開口。「瑤光，再沒有一刻比現在更讓我歡喜了。」

心下不由輕顫抖，一滴眼淚瞬間滑落，他俯身吻去，一路熱熱蔓延下去，最後停在她耳邊。「不要怕。」

流蘇金鈎輕輕鬆開，鮫綃紗帳遮掩住了房內的旖旎。身上的紅色喜服無聲委落，彷彿落花輕墜，不驚片塵，身下涼滑的錦被漸漸溫熱，她的手卻始終緊緊壓在那半面銅鏡之上，烙出清晰的印痕。

時間久了，連它也變得溫熱起來，與體溫融在一塊兒，再不覺得冰涼。

紅燭依舊高燒，彷彿絲毫沒有暗淡的痕跡似的，微微睜開眼睛，只覺得整個人似乎都要被那片緋紅淹沒，提醒著她此刻即將失去的東西。莫名的刺痛席捲身心，她終於無意識地放開了手下的鏡子，半幅錦被凌亂地遮住了它。

他的吻溫柔而強悍，似乎連她的氣息也要一併吞沒。心上火燎一般，眼前頓時流光繽紛，深紫、朱紅、澄碧、銀灰、明黃，就像那夜的煙花，重新在眼前綻放一樣……

世間一切彷彿都顛倒了，她微微閉上眼睛，眼淚再次垂落，滑至鬢角，印出冰涼的一片乾澀。

時間一分一分流逝，夜半時分，她突然驚醒了。

看一眼身旁的男子正安穩地沈睡，絲毫沒有察覺到她的注目。

這便是她的夫君，此後將要攜手一生的人。

飛揚的眉，俊雅的容貌，微微含笑上揚的唇，彷彿在夢中，依然欣喜無比。

錦被光滑，自身上無聲滑落，她索性掀被而起，不忘順手帶走那半塊銅鏡。

燭淚垂垂，燃燒了半夜後猶如一樹小小的紅珊瑚。她只坐在一旁，靜靜地將那銅鏡翻來覆去看得仔細無比，邊緣上刻著繁麗的花紋，看起來倒是極為精緻之物。

昔有「破鏡重圓」的典故……

她忍不住手中一顫。大哥，你也同我一樣妄想著，還能有再重逢的一日嗎？

身上漸漸覺出涼意來，她終於起身，將那半面銅鏡用一方嵌著寶石的金盒裝了細細收藏妥當，這才回身上床。

燭光漸漸暗淡了下去，身旁的人微微一動，隨即一握她的手，朦朧開口。「怎麼這麼涼？」

她無聲委在他胸前，彷彿倦極的鳥終於找到了暫時棲息的樹枝一樣。

靜靜閉上眼睛，大顆的眼淚瞬間被他身上的綢衣吸收，泛出微微的一點淚痕。

這個夜，同樣有人無心安睡。

房間內的燭檯上燭淚垂垂，飛瓊站在書案前挽袖提筆，一字一字寫得徐緩。

惠兒已經在不停地打著呵欠，卻並沒有要去睡覺的意思，倒是飛瓊已經催了她好幾遍要她去睡了，但是她依舊沒動，只是慢慢地幫她研著墨。

微微的墨香散開，上好狼毫輕輕點上一點，便有暗香幽幽四濺。

翻來覆去，飛瓊卻始終只寫著一句話。

春心莫共花爭發，一寸相思一寸灰。

一寸相思一寸灰。

便是這麼喜歡嗎？

喜歡到即便明知道他已經成為了自己的姊夫，也還是控制不住地思念他嗎？

「二小姐，加件衣服好不好？」惠兒過去把半掩的窗子關緊，隨即拿了件衣服給她。

「不必了，寫字會不方便的。」她微微搖了搖頭，興致勃勃地開口。「惠兒，妳看我這字寫得怎麼樣？」

惠兒連連搖頭。「二小姐的字自然寫得極好，但是惠兒又不懂這個，不如以後請大姑爺幫妳看不是更好？」

飛瓊面色頓時一僵，隨即不自然地笑了一笑。「說的也是。」

說完不再開口，依舊一筆一畫寫得無比認真。

直道相思了無益，未妨惆悵是清狂。

明知如此，卻已然身陷其中。

惠兒見她書寫的速度愈來愈快，臉色也漸漸泛紅，忍不住伸手一探她的額頭，頓時低呼一聲。「二小姐！」

飛瓊一笑擱筆，只覺得頭腦有些發暈，面上彷彿被火燒一般，熱熱的一片，卻依舊笑著開口。「我沒事。」

「都燒成這樣了還說沒事？」惠兒急得都要掉眼淚了。「我去請大夫過來！」

「不用了，」飛瓊淡然一笑拉住了她。「即便大夫來，也是治不好的。」

她微笑著鬆手，看著剛寫完的字出神。

即便知道相思無益，卻還是願意這樣癡守一生。

原來對他……已然生情了嗎？

大婚後的第三日，景珂要帶著她進宮謝恩。

因是新婚，再加上又是第一次面見帝后，為免失儀，瑤光便由著雩王府中的侍女為她挑了梅紅色織錦廣袖宮裝禮服換上，瑰麗的裙角迤邐流霞地拖曳在身後，上面細細地繡著穿枝薔薇牡丹紋，每一瓣每一朵都極盡妍態，彷彿占盡了韶華盛極的無邊春色。

換了衣服之後自有侍女為她梳髻。瑤光透過鏡子看身後，那個侍女鵝蛋臉兒，笑容甜美，眉心一點胭脂記，倒是極伶俐的一個妙人兒，忍不住便出口問她。「妳叫什麼名字？」

「回王妃的話，奴婢叫清菡。」她含笑回答，手勢依舊靈巧地在她髮間穿梭。

王妃？

瑤光面色一黯，彷彿從高空之處突然跌下似地遍體生寒。

身後的清菡並未察覺，依舊絮絮開口。「王妃可真美，難怪王爺那麼喜歡，總是對著王妃的畫像，看一回嘆一回。」

「畫像？」瑤光微微側目看她。

「可不是。」清菡一笑開口。「是王爺自己畫的，還題了詞，就掛在書房裡。」

隨口應了一聲，瑤光暗自苦苦一笑。說來說去，這便是所謂的自作孽，不可活嗎？

若她當日沒有去見大哥，是不是就不會遇到他？

是不是就可以等到大哥辦完所有的事情來找她……

「在想什麼？」突然在耳邊響起的聲音幾乎嚇了她一跳，長睫微抬，景珂正滿面含笑地扶著她肩膀站在身後。

「沒有。」她搖了搖頭，悄悄朝後避了一避。

一旁的清菡笑著開口。「王爺，我和王妃剛才正說到書房裡的那幅畫呢。」

景珂聽她那麼一說，臉上居然生出一絲不自在來，轉臉去看瑤光，卻見她並沒有什麼意外的表情，不覺握住她的手。「可惜我並不能畫出瑤光妳的傾城容華來。」

瑤光心下一冷，臉色卻微微一紅，隨即開口。「有人。」

「清菡乖覺，已經退下了。」景珂微微一笑。

瑤光抬頭去看，發現清菡果然已經出了房間，正欲起身，景珂卻在她肩上微微一按，隨手執了一管螺子黛，瑤光頓時大羞，按住他的手。「王爺要做什麼？」

景珂無奈失笑。「原本想仿效張敞，偏偏瑤光要如此大殺風景。」

瑤光臉色頓時飛霞。「王爺！」

「該罰，昨天不是說要妳喊我的字？」他搖頭輕笑，放下手中的螺子黛，伸指與她按住他的手指相握，隨即將她輕輕一帶攬在懷中。「既然我得償所願，那麼，瑤光可有什麼心願？」

「我若有的話，王爺……」被他在手心懲罰一吻，瑤光只好改口。「從嘉是想要為我實現嗎？」

「只要我力所能及的話。」景珂點頭開口，含笑看她如玉容顏。

瑤光靜靜看了他片刻，淡淡一笑。「真的可以說嗎？」

「自然。」景珂略一點頭，隨即含笑開口：「妳怕我辦不到？」

「不是，」瑤光搖頭，隨即不動聲色地離開他的懷中。「我只希望王爺若有一天視瑤光為雞肋時，一定要放瑤光自由。」

景珂頓時面色一僵，勉強笑著開口。「我視妳如珠如玉，怎麼有朝一日變成雞肋？」

瑤光見他神色有異，淡然低頭一笑。「只是隨口這麼說一說罷了，王爺現在覺得瑤光很好，只怕日後會有更好的女子出現在王爺面前……」

如果真的到了那個時候，便放開她，讓她自由可以嗎？

景珂這才安心，伸指便要發誓。「不論這世上再有多美貌的女子，從嘉此生必不負瑤光！」

「何必如此。」瑤光拉下他伸出的手，神色有瞬間的恍惚。

景珂見她眸中怔怔之色，雖然不解為何，卻愛煞了她的一舉一動，不自覺地攬她入懷，細密的吻落在她的眉心。

瑤光卻推開了他。「不是要進宮嗎？」

景珂無奈，只好攤了她的手，乘了馬車，趕往宮城，不忘對她叮囑。「不用緊張，有我在呢。」

瑤光無聲地點了點頭。

鳳藻宮。

皇上皇后端坐寶座之上，含笑看著眼前的一對璧人。

行過禮後，皇后招手喊了瑤光過來，將她細細打量上下，忍不住笑著開口。「果然是個美人兒，怪不得珂兒會如此猴急。」

瑤光輕輕陪著一笑，卻見皇后隨手從髮間取了一支鎏金掐絲轉珠點翠簪，上面懸著無數細細串珠流蘇，簪身上更繪著無數細小精緻的花紋，看著她笑了一笑後，順手為她插在髮間，忍不住驚呼。「母后……」

皇后卻又拉著她左右看了一看，頻頻點頭。「果然相配。」

她無奈，只好行了禮。「瑤光謝過母后恩典。」

成帝笑著去看雩王景珂。「怪不得那次那麼著急，原來如此。」

原本是隨口一句話，冷不防想到之前的事，心下不由黯然。

那個孩子……也喜歡著她是嗎？

皇后卻又笑著開口。「說起來這許將軍也真是有意思，怎麼會養出這麼兩個如花似玉的女兒來？前些日子見過飛瓊，以為已經是從未見過的姑娘了，沒想到今天又見到了瑤光，居然是一個賽一個地招人喜歡。」

「母后謬讚，瑤光姊妹實不敢當。」瑤光忙輕聲開口。

景珂卻一逕微笑，看著她的眼神便不由自主地帶上了三分幸福和滿足的意味。

皇后笑了一笑，隨即注意到兒子的目光，忍不住笑謔。「原本還想經常宣妳來宮裡看本宮，如今看來，珂兒定然不肯。既如此，本宮還是多宣妳妹妹來兩趟吧，那姑娘本宮喜歡。」

瑤光微一側目，隨即注意到景珂此刻的神情，微微一怔後，只好垂下頭去當作沒有看到。「飛瓊年紀尚幼，承蒙母后喜歡，能經常得到母后的教誨，那也是她的造化。」

皇后不由得側臉去看成帝。「看看，果然跟飛瓊說的一樣，進退得當，對答合宜，許將軍家養的好女兒呢。」

瑤光微微一笑，低頭看著腳下光滑如鏡的澄泥金磚地面。

連腳下踩著的地也這般富麗堂皇，盡顯皇家氣派。

這一切都這麼好，夫君對她寵愛有加，皇上皇后亦是親切無比，待她極好。

但是她偏偏不喜歡。

沒有辦法控制自己，每每一想到，心下便會細細碎碎地疼。

大哥，你現在是否也如我這般痛呢？

出了宮，卻沒回雩王府，瑤光疑惑地開口。「我們要去哪裡？」

「自然是去妳家。」景珂微微一笑。「民間嫁娶，有『回門』一說，我們也該回去看一看。」

瑤光看他一眼，心下一嘆，隨即輕聲開口。「你待我，倒是真好。」

身為皇子，皇帝親封的雩王，卻一點也沒有王爺的架子，倒如平常人般自在瀟灑。

景珂含笑握住她的雙手。「妳是我的妻子，又是我請求父皇母后允的婚，我當然要對妳好。」

瑤光微微撩開轎簾看著外面景色，隨即淡淡開口。「如果那日你不曾遇到過我呢？」

「妳也知道，父皇和母后如果要決定我的婚事，一定會在那些王公大臣之間細細挑選有沒有合適的人選，即便那樣的話，瑤光，我還是會遇到妳的，只不過，可能在時間上會晚一點，」景珂含笑看著她。「但是，妳注定會是我的妻子。」

是嗎？

只是時間上晚一點？

他可曾知道，他的「晚一點」對她來說，可能就意味著得以同自己心愛的人攜手一生，而不必像現在這樣，朝朝暮暮，被相思之刃割到傷痕累累？

是誰錯了呢？

似乎並沒有人錯。

他只是做了任何一個傾慕於心的男子都會做的事情，就是讓自己喜愛的女子成為自己的妻子。

只不過因為生在帝王之家，便可以輕易達到他夢想，其實他也同樣沒有錯。

或許，這是上蒼故意同他們所開的玩笑吧……

「到了！」耳畔傳來他的聲音，接著她只覺得身上一輕，已經被他抱下了馬車，得到消息的爹娘等人已經快步迎了上來，隨即行禮。「恭迎雩王爺、雩王妃。」

瑤光心下有瞬間的恍惚，便要掙開景珂的懷抱，他卻只是笑著開口。「免禮。」

隨即，她整個人已經被他抱進了府內。

她終是掙脫開來，面色微紅，心下更是尷尬不已，遠遠地看到身後妹妹髮間金簪上的光芒一閃。「我爹娘可不像你，你這樣會嚇到他們的。」

景珂笑了一笑。「好，我等下自然會向岳父岳母陪罪。」

身後的許將軍看著走在前頭的兩人，終於悄悄地鬆了口氣。

飛瓊一直不緊不慢地走在最後，帶著惠兒慢慢跟著眾人到了前廳，悄悄地揀偏僻角落坐了，只希望不被人注意到。

所謂近君情怯，便是這樣吧？

景珂等眾人坐下來，果然以大禮相拜。「見過岳父大人、岳母大人。」

被他這一聲稱呼喊得有些發呆的許將軍和許夫人半天才醒悟過來，忙不迭地便要扶他。

「雩王萬萬不可行此大禮。」

「即便從嘉身為皇子，二位也是從嘉妻子的血親，行此大禮參見岳父大人和岳母大人又有何不可？」景珂說著又恭敬地拜了一拜，這才起身，看到一旁的飛瓊，隨即點一點頭，揖手行禮。「二妹有禮。」

飛瓊勉強起身福了一福。「姊夫不必客氣。」

許夫人悄悄詢問瑤光。「雩王待妳如何？」

「很好。」瑤光不欲多說，略略點一點頭，隨即起身對景珂開口。「從嘉，我要和妹妹說些話，你陪我爹娘多聊一會兒吧。」

景珂點頭，含笑開口。「去吧。」

瑤光這才走過去看著飛瓊輕聲開口。「妹妹，我們回房間去。」

飛瓊抬頭看她一眼，輕微地點了下頭，髮間紅寶石髮簪上的串珠略略動了一動，隨即起身隨著她朝後院走去。

推開房門，房裡的一切擺設幾乎沒有任何改變，瑤光靜靜地看著書案上那依舊堆在那裡的卷軸，牆壁上掛著的前人詩畫，闊口粉彩開光山水人物瓶中淡藍寶綠的數十枝孔雀翎。

彷彿還是前些日子的模樣……

心下微微一悸，她隨即示意碧瑚關上了房門和惠兒守在外頭，伸手握住飛瓊的手，無奈地看著妹妹。「飛瓊，妳怨恨姊姊嗎？」

飛瓊勉強一笑。「姊姊說哪裡話，如今姊姊做了王妃，姊夫對姊姊似乎也很好的樣子，飛瓊高興還來不及呢，怎麼會怨恨姊姊？」

瑤光神色黯然地放開了她的手。「姊姊知道妳一直仰慕雩王——」

「姊姊，」飛瓊急忙打斷她的話。「雩王現在是飛瓊的姊夫，姊姊千萬不要這麼說，被人聽到會誤會的。」

瑤光凝眸看她，飛瓊與她對視一眼後，不覺避開了她的目光。

「飛瓊，」她伸指慢慢撫過屋中的案几。「妳可知道，我真希望這一切不曾發生過。」

她的語氣很是平靜，但飛瓊聽在耳中，總覺得她語氣中的苦楚之意讓人隨之心酸，抬頭看一眼，卻見她居然立時掉下淚來，她頓時嚇了一跳。「姊姊，妳怎麼了？」

「明知道是錯誤，明知道是悲劇，我偏偏還是選擇了這麼走……」瑤光微微揚唇，面色卻瞬間暗淡，語氣低微，彷彿只是在喃喃自語。

「姊姊，妳怎麼了？」飛瓊上前輕撫她的肩背，擔憂地低聲問她。

瑤光含淚搖頭，心中猶如被利刃生生切割，再不得完整。

這房間裡所有的一切都還是老樣子，她卻已經不同於往日了。

物是人非事事休，欲語淚先流。

她極力壓抑著自己，心間卻被極大的傷楚箭一般貫穿，越發抽噎難忍。

大哥，大哥，終究是瑤光福薄緣淺……

飛瓊見她如此傷悲，心下不由一動。「姊姊，可是因為那個人……」

瑤光驀地抓住了她的手，指甲幾乎都深陷在她的手背皮膚中。「妳……見到過？」

「姊姊大婚當日，隱約見過那人的身影，」飛瓊頓時恍然大悟。「原來姊姊……」

瑤光含淚點頭，看著她淒然一笑。「妳我姊妹，到底誰更不幸一些？」

飛瓊的眸似寒星一般。「姊姊當日為什麼不跟他一起離開？」

若是離開了，若是離開了，會不會……

瑤光拂去臉上淚痕。「若我離開了，便是與人私奔，到時候皇家顏面何存？必然遷怒爹娘，而爹娘念及我時，又情何以堪？」

「但是……」飛瓊心下頓時一急。

瑤光微微抬眸，將再次蔓延上來的淚意逼回。「妳以為……我不想走嗎？」

飛瓊看著她臉上猶自未乾的淚痕，默然無語。

或許是她自私，但是此刻，她真的滿心埋怨和遺憾。

為何……姊姊不同那人離去？

心有所屬的姊姊，同雩王又是如何做夫妻的？

此刻她滿身心裡，居然不自覺地憐惜對此茫然不知的雩王。

她曾經幻想過，若她是雩王的妻子，她將奉獻給他此生最真摯完全的愛戀，不會有任何一絲保留，但是姊姊……對她來說無比珍貴的一切，姊姊卻絲毫不珍惜，並且愛著另外一個人，心裡沒有雩王的位置……

「我只知道，姊姊沒有走。」她微微揚唇，隨即看向瑤光。「姊姊……」

「什麼事？」瑤光難得見她如此慎重認真的模樣，似乎只是不見了兩、三天而已，曾經天真爛漫的小女孩般的飛瓊突然長大了許多。

「既然姊姊沒有走，」她垂首一笑，神色間清婉如許。「那麼，姊姊一定要好好待雩王，因為……他是妳的夫君。」

瑤光猶如被當頭棒喝，心下頓時一凜。

飛瓊看著屋中某一點，淡淡開口。「雖然姊姊愛著別的人，但是現在的姊姊卻是雩王的妻子。我想姊姊也看得出來，雩王他喜歡妳，妳是他的愛情，所以不要讓他失望，也不要……讓我失望。」

瑤光的唇微微一動，正想要說話，飛瓊卻又再次開口。「飛瓊不會怨恨姊姊，只要姊姊好好待雩王，如此而已。無論姊姊再怎麼傷心難過，事情也已經是這樣了，姊姊斷不可能將一切再恢復到以前的狀態，所以只要這樣就好了。」

瑤光的眼神很奇怪，彷佛在看著她，又彷佛只是看著虛空中的某一點。過了許久之後，才勉強牽動唇角笑了一笑。「妳說的對，無論怎樣，我也斷不可能將一切再恢復到以前的狀態了……」

「姊姊，」飛瓊微微吐了口氣，面上做出興高采烈的表情。「就當作什麼都不曾發生過吧，姊姊如今是新婚，理當高興才是。這樣吧，妹妹寫一幅字送給姊姊好了。」

她果然招呼惠兒取了筆墨紙硯來，略一思忖，已然落筆。

誰言生離久，適意與君別。
衣上芳猶在，握裡書未滅。
腰中雙綺帶，夢為同心結。
常恐所思露，瑤華未忍折。

放下筆後，她將那幅字拿給姊姊。「我知道姊姊喜歡那首〈有所思〉的曲子，那麼妹妹就寫一首梁武帝蕭衍的〈有所思〉送給姊姊吧。」

瑤光看著那幅字出神，卻聽到碧瑚在外頭敲了敲門開口。「大小姐，王爺請妳回去呢。」

瑤光手下微微一顫，隨即跟著碧瑚取了那幅字朝前院走去，走不過兩步，卻又停步，回頭看向飛瓊。「多謝妹妹。」

飛瓊在她身後微微點一點頭，猶豫片刻，卻還是跟了上去。

走到前廳，便見到景珂正在等她，瑤光對爹娘拜了一拜。「爹、娘，女兒先回去了。」

「回去吧。」許將軍點了點頭，隨即又忍不住補了一句。「有時間，常回來看看爹娘。」

景珂微微一笑，攜了瑤光的手開口。「小婿一定會常陪著瑤光回來看望二老。」

瑤光又看了雙親一眼，這才隨著景珂出門回雩王府。

景珂不覺朝後面看了一眼，正好看到碧瑚手裡的東西。「那是什麼？」

「妹妹寫的字。」瑤光亦回頭，卻正好看到爹娘以及飛瓊跟著走了出來送他們出府。

景珂已然伸手取了過來，只看了一眼便讚了一聲。「二妹寫得好字，若有機會，一定多多切磋才是。」

瑤光看著不遠處飛瓊的身影默然，許久後才開口。「王爺喜歡詩詞歌賦，也喜歡書法，偏偏我不擅長這個，王爺難道不遺憾選錯了人？」

景珂卻笑笑地與她攜手前行。「我會就可以了。更何況，我娶的是妻子，不是知己。」

瑤光看他一眼，任他握著手帶著她上了馬車回雩王府。

那是她將來、甚至一生都要在那裡生活的地方。

馬車轆轆前行，街角處的青色身影微微一閃，待馬車經過之後，隨即又現身而出，看著遠去的馬車出神。

站在許府門前的許將軍無意中看到之後，微微愣了一下，隨即對著身後的許夫人開口。「我看到了一個熟人，過去打個招呼。」

許夫人點了點頭，隨即帶著飛瓊走回府內。

許將軍猶豫了一下，卻還是大步走了過去，伸手在那人肩頭拍了一下。「我說你……」

「楚離衣。」青色的身影回頭，隨即報上自己的名字。

「楚公子又何必如此？」許將軍頗不認同地搖了搖頭。「瑤光終究已經出嫁。」

「正是因為如此，才放心不下。」楚離衣依舊看著長街盡頭處馬車的身影。

「為何放心不下？」許將軍微微挑眉。「雩王人品出眾，是瑤光的福氣。」

「我只是不知道，她會不會幸福……」楚離衣看著馬車的影子一點點變小，神色間頓時黯然無比。

「瑤光幸福不幸福，此刻應該由她的夫婿來擔心才對，」許將軍語重心長。「楚公子此刻，只是外人而已。」

楚離衣神色茫然無措。「我只是外人而已？」

許將軍將他上下打量，只見他面上微現新生鬍渣，一身青衣上滿布縐褶，不過短短兩、三天之內，居然憔悴如斯，心下不由微微垂憐。「我知道楚公子喜歡瑤光，但是瑤光已有夫家，如果再與你多有牽扯，豈不是置她於尷尬之境？若被雩王知曉，他又會做何想法？你既然喜歡瑤光，自然不願意令她為難……」

楚離衣被他說得心下一驚，長揖一禮後開口。「許將軍教訓得是，是我……疏忽了……」

她的幸福已經與他無關了，所以，他不可以再想著她念著她，那樣只會給她帶來困擾。再也不可能聽到她喊他「大哥」了，也沒有辦法再看到她為他而綻放的笑容……

「楚公子以後將會如何？」看他神色惘然，許將軍再次輕聲詢問。

楚離衣頓了片刻之後才澀然開口。「天地之大，四海為家。」

「既然如此，老夫就與楚公子在這裡先行告別了，」許將軍口中雖這麼說，卻到底不忍。「楚公子與小女到底緣淺，如果強做留戀，只怕終究會傷己傷人。」

楚離衣唇角略略揚起，泛出一個憂傷的笑容。「煩勞將軍回頭見到瑤光，告訴她一句話，要她善自珍重，勿以為念。」

許將軍點了點頭，看著他轉身大步離開。

楚離衣神色古怪，腳下匆匆，滿身心裡卻全是瑤光的影子，一走到無人的街角處，才停下了腳步。

若再不走開，只怕他會當場爆發。

但是，要他從此不再想念瑤光，要他遠遠地離開她，他如何能做得到？

他到底算什麼，又要去往哪裡呢？

曾經想過和瑤光一起回到自己的故鄉，但是此刻的他，倒是真真正正的孑然一身了，那麼去哪裡，也就沒有任何關係了吧？

只要讓他再見她一面，讓他可以同她親自道別……

那麼他就可以真正地放開，將她的幸福完全交託在她的夫婿手中吧？

第七章　薄硯烏墨不禁研

春雨如織，已經連下了兩日了。

雩王府，含慶居內，流蘇金鉤微微攬過一簾閒情，髮束絲絛玉簪、身穿殷紅薄羅澹衫的瑤光靜倚窗前凝目不已。

身後的琵琶已經放置多時未曾動弦，碧瑚見她不語，自己也悄悄站在旁，不曾打擾她。說春便已經春歸。

雩王府內春意盎然，各色植物抽芽拔節，從含慶居的窗邊朝外看去，片片碧色溫潤如玉，一片草色煙光，隔牆一樹初綻的杏花探出頭來，花瓣如冰似綃，淡淡的一抹粉色，越發襯得花瓣如玉般透明。

不知道站了多久，瑤光微微覺得累乏之時才重新坐了下去。

她與雩王這般，便是所謂的夫婦嗎？

雩王對她真的很好，每每閒來無事之時，總是陪在她身側。她若彈琵琶時，他便在一旁含笑欣賞，若是他寫了什麼詩什麼字，也總要拉了她過來一同欣賞，每每見到她時，總是笑容滿面，軟語殷勤，只恨不能把她捧在手心似地呵護溫存。

鳳髻金泥帶，龍紋玉掌梳，去來窗下笑相扶，愛道畫眉深淺入時無。弄筆偎人久，描花試手初，等閒妨了繡工夫，笑問鴛鴦兩字怎生書。

若是這般看來，雩王實在是她的良人了，卻到底為何舉案齊眉，依然意難平？

「瑤光。」一雙溫熱大手突然落在她肩上，雖已經逐漸習慣，卻仍然被嚇了一跳。

「你找我？」她微微轉身，輕輕拂開他的手，略略笑了一笑。

身後的景珂卻滿臉喜色。「我有驚喜送妳。」

「是什麼？」她好奇地開口。

「跟我來。」景珂不由分說便攜了她的手出了含慶居。

「你要帶我去哪裡？」見他行色匆匆卻又喜氣洋洋，瑤光再次問他。

「瑤光見了，一定會很喜歡。」景珂略一停步，隨即對她笑了一笑。

瑤光滿心疑惑，卻還是隨著他一起去了柔儀堂。走到近前的時候，景珂卻突然伸手遮住她的雙眼。「閉上眼睛。」

「你到底要做什麼？」雖然疑惑，卻還是閉上了眼睛。

清晰地感覺到景珂帶她走進了柔儀堂內，隨即他鬆開手，得意地環顧四周後才笑咪咪地看著她。

四下一打量，瑤光微微愣了一下。

此刻的柔儀堂內以紅錦鋪地、繡羅護壁，雕花的紫檀木長案上擺滿了佳餚美酒、什錦果品，中間點綴著滿插梔子、米蘭茉莉等芳香襲人的瓶花，彩繪著各式圖案的藻井明珠高懸，光亮耀眼，如同白晝。四周條几上放著銅胎鎏金或青玉雕琢的香爐，爐內燃著用名貴香料製成的獸形薰香，嫋嫋的煙霧薄薄散開，滿室便充滿了沁人心脾的香味。

「從嘉，為什麼要把柔儀堂裝飾成這副模樣？」她疑惑地開口。

「有沒有很吃驚？」景珂含笑開口。「等下還會有更讓妳驚訝的事情。」說著，便握著她的手坐了下來。看她滿面疑惑，景珂隨即輕輕拍一拍手，霎時間只聽得環珮叮咚，接著一陣香風細細，從堂外頓時湧進無數身著彩虹裙裾和羽製上衣，肩披薄如蟬翼的七色輕紗、頭戴金花與垂珠相配的步搖，並飾以鈿瓔玉的舞伎和歌女來。

瑤光微微驚訝，景珂見她如此，便笑著將一樣東西放到了她手中。「看看喜不喜歡？」

她低頭去看，卻是幾冊薛濤箋手抄的附有樂器圖示和演奏方法的殘譜，由於年深日久，紙張脆裂殘破，又經蟲蛀，曲譜時無時有，但是即便如此，她依然驚喜地開口。「這是失傳了多年的《天香調》？」

景珂點一點頭，笑著對她開口。「是前些日子找出來，雖然只剩了殘譜，但是揀取片段曲子後，她們卻也練習得不錯。我知道瑤光對此頗有研究，若是閒來無事，不妨看上一看，若是能夠把殘譜續完，倒也算是一樁妙事。」

瑤光將手中的《天香調》翻來覆去地看，心下喜歡，唇邊的微笑便加深了許多。

景珂看得出神，忍不住便偷香而去。

瑤光只覺得耳邊一熱，隨即面色一紅，忙拿了那手中的《天香調》殘譜朝面上一遮，好擋住瞬間流霞之色。景珂忍不住放聲大笑，隨即握了她手。「好了，我不鬧妳便是，還是看歌舞吧。」

瑤光又看了他一眼，確認他不會無故偷襲，這才放下擋在面前的曲譜，靜心看著堂下舞伎和歌女的表演。

《天香調》由散序、中序和破三個部分組成，每個部分又分若干遍，全曲共十六遍——散序四遍，中序和破十二遍，散序為前奏，不歌不舞，奏過四遍之後，才開始進入舞拍，音樂節奏愈加清晰明快，似秋竹坼裂，如春冰迸碎，此時一旁侍立的歌女開始放聲高歌，歌聲婉轉繞樑，幾乎可以三日不絕，輕緩處猶如春風拂面，綿延不斷。而那些舞伎也同時大顯身手，開始翩翩起舞，廣袖輕舒之處香風陣陣，裙裾飛揚猶如嫩蕊初綻，身姿猶如三春扶風弱柳，又如流雲行天，若卷若舒，千姿百態，美不勝收。

瑤光微微一嘆。「〈洛神賦〉中所說的『翩若驚鴻，婉若遊龍』也大抵如此吧。」

「只是有頭無尾，未免可惜。」景珂略顯遺憾地一嘆。

瑤光見此時堂下的舞伎已經舞到高潮之處，眼見這僅剩的殘譜已經快要走到盡頭，好勝心頓時升起，隨手將一旁碧瑚手中抱著的琵琶要來，微微試了兩下弦，隨即依譜尋聲，憑藉自己多年的心得技巧，時輟時續悉心構思。堂下的舞伎原本已經舞到盡頭，此時卻聽得她琵琶聲又起，興起之下，索性放開舞步，身姿由徐入疾，只聽得耳邊音樂聲繁音急節，猶如跳珠濺玉，似驚雷閃電橫掃長空，又如三峽回流席捲飛瀉，只片刻工夫，紅錦地衣已經被碾踩得處處綹痕，細小簪環聲響起，直到最終音樂聲急轉直下，戛然而止，眾人才發現因為舞姿太過急促飛揚，簪髮的金釵珠翠居然也隨著音樂散落了一地，一時間，只聽得嬌喘微微，除此之外再沒有別的聲音，所有的人都被剛才舞曲相合時的盛景所震住了。

景珂終於鼓掌而起，驚喜地看著瑤光。「繁音急節十二遍，跳珠撼玉何鏗錚。瑤光，妳實在讓我驚訝萬分！」

瑤光彈得盡興，此時面色微紅，神情飛揚，依然沈醉在剛才的舞曲中，聽他那麼一說後隨即開口一笑。「其實還不夠好，剛才有許多處仍然可以多加修改，尤其是結尾。本來的曲子尾聲舒緩漸慢，如遊絲飄然遠去，但是我總想著盡興而歸才是痛快，所以改成急轉直下，戛然而止，也不知道合適不合適。」

她此時心思全在剛才的樂曲之上，一掃平日眉間的清愁薄倦，顯得格外神采飛揚，雙眸更是靈動如水。看一眼堂下的舞伎歌女同樣盡興的神情，景珂忍不住伸手握住她的手。「即便如此，已經足以讓人驚嘆驚訝了，從嘉何得何能，能夠得妳為妻？」

被他伸手一握，瑤光微微錯愕，但是還沒容她收下臉上的飛揚之色，景珂卻又將她抱起，大笑著步出了柔儀堂。

「你又要帶我去哪裡？」瑤光驚慌地抓緊了他胸前的衣襟。

景珂腳下略頓了一頓，隨即在她耳邊低語開口。「瑤光，我真希望我沒有自己想像中的那麼愛妳。」

瑤光心下一亂，隨即抬眸驚慌地看向景珂。
景珂腳下未停，將她一路抱往他們素日歇息的陶然居，關上門後才將她放了下來。
瑤光不過才喘息片刻，一陣天旋地轉，卻已經被他壓在身下。
景珂伸手輕撫她的面頰，一字一句說得分明。「瑤光，我好愛妳。」
不只是初見面時的喜歡，是比喜歡還要多一些的感情。
是愛。
瑤光微微一顫，隨即驚惶地移開了視線。
他怎麼可以這麼說？
怎麼可以這麼說……來擾亂她的心？
「瑤光，我愛妳，妳愛我嗎？」景珂靜靜地看著她的眼睛，希望可以看出他所要的答案。
無法回答，她只好輕輕地閉上了眼睛。
愛……嗎？
她這一生的愛情只有一次，卻早已經耗盡在那個煙花之夜了。
宮城。
御苑中春花初綻，嬌蕊嫩柳，幾欲佔盡這極致的春色。

皇帝所居的寢宮之內，跪在下頭的人膽戰心驚地開口。「回皇上的話，瑾王爺今天在場上打馬球的時候，不知道是怎麼回事，馬兒突然受驚，沒幾下子就將瑾王爺摔下馬來，等到御醫趕到的時候，卻已經來不及了……」

偶感風寒，這兩日正在養病的成帝吃驚得頓時從床上翻身而起，嚇得一旁內侍勃然變色。「你說什麼?!」

跪在下頭的人大氣也不敢喘，聽到問話，卻還是要小心翼翼地再次回答。「瑾王爺他……他……」

「父皇！」雩王景珂匆匆自外而走來，一臉的悲傷和難以置信的神色。「我聽說皇叔出事了？」

皇帝頹然地倒回龍床之上，只覺得眼前一陣發黑。「怎麼會這樣？怎麼會這樣？」

他與瑾王爺一母同胞，自幼兄弟二人便分外友愛，於詩詞上更是良朋善伴，如今乍聞他出事，實在是天大的打擊。

景珂亦是滿臉悲色。前些日子皇叔還喜孜孜地作了他大媒，怎麼才不過一個多月，居然出了這樣的事情？

下頭的人卻又小心著開口。「所有的人都說……都說……王爺的馬是被人給做了手腳……」

「放肆！事情還沒查清楚，怎麼可以隨便拿來說給皇上聽?!」景珂一驚，連忙喝止住了那個人，隨即斥退了他。

成帝聞言卻皺眉開口。「說什麼？」

景珂連忙開口：「父皇的身體尚未痊癒，又何必為了這等流言傷身，還是好好歇息吧。」

服侍父皇重新躺下來歇息，隨即要一旁的內侍小心伺候著，然後景珂才茫然地走出皇帝的寢宮。

不是沒聽到流言，但是……畢竟是流言，能相信嗎？

對面卻急匆匆地走過來一個人，景珂不覺抬頭。「七弟？」

對面走來的人還是少年模樣，生得骨架纖細，端秀非凡。他是成帝的第七子，景珀，字重山，年十四，此刻正好碰到三哥景珂，忙忙地走上來行禮之後開口。「三哥是從父皇那裡出來？」

「是。」景珂點一點頭，隨即問他。「你想去哪裡？」

「我想去看一看父皇的病如何了。」景珀跟在他身旁走了兩步。

「父皇剛睡下，七弟還是回頭再去吧。」景珂看著他淡淡地開口，心中卻因為皇叔的死而滿腹糾葛。

「喔，我知道了，」景珀乖巧地點了點頭，隨即面露擔憂不解之色。「三哥，你聽到皇叔的事情了嗎？」

景珂一愣，卻也知在宮中根本藏不下什麼秘密，隨即點了點頭，可並沒有說話。

景珀的聲音頓時又清晰地響了起來。「那麼，皇叔真的是被太子哥哥害死的嗎？」

景珂被嚇了一跳，立即伸手捂住了他的嘴。「不要亂說，大哥又怎麼會是那樣的人？」

景珀迷惑不解地繼續問他。「但是大家都是那麼說的，說是大哥害怕父皇把帝位傳給皇叔，所以大哥就對皇叔下了手，說不定以後我們也會遭殃……」

「七弟——」景珂面色慎重地雙手按在他肩上。「你年紀小，現在根本就不懂，你只要記住少說話就成。別人那麼說也就算了，但是大哥和我們是兄弟，和皇叔也是血親關係，你萬萬不能這麼說大哥，我相信大哥是絕對不會做出那樣事情的——」

他的話音尚未落下，就聽到身後有鼓掌大笑聲傳來，語氣裡是說不出的嘲弄和冷然。「說得好，我倒不知道三弟居然如此維護我。」

景珀被嚇了一跳，差點就想縮在景珂身後。景珂看一眼畏縮的景珀，只好微微上前對太子景玨行禮。「大哥。」

景玨朝前走了兩步，看一眼景珀後隨即開口。「七弟，你怕我？」

「我……我……」景珀求救似地把目光投向了景珂。

景珂無奈開口。「大哥說笑了。」

景玨看了他們一眼，神色冷淡而蕭索。「說笑？我素來不愛與人說笑。」

景珀平常便已經很怕這位太子哥哥，總覺得他看起來很是嚴肅，也不太愛和兄弟們一起玩，此刻見三哥為了自己而被為難，念及三哥平日的好，終於鼓起勇氣上前。「重山不怕大哥，三哥說大哥是兄弟，重山怎麼會怕自己的兄弟呢？」

「兄弟？」景玨頗玩味地勾起唇角。「你三哥的話，你倒是聽得仔細。」

景珂心下頓時一凜。

景玨是因為生母純孝皇后早逝，又是嫡長子的原因才被立為太子，但是成帝一直不喜歡他剛硬狠烈的性格，若非念著純孝皇后，只怕當真早已將皇位交給皇叔瑾王，正是因為成帝時時以「將皇位改換」之語重責太子，所以造成景玨對皇位常有患得患失之感，久了，便更加喜怒無常，心機難測。

如今看來，倒是又疑心在他身上了……

姑且不說皇叔之死到底誰是誰非，反正對他來說，可是從不曾想過要做皇帝的。

於是他便微微一笑。「大哥說哪裡話，七弟和我都是膽小之人，大哥千萬別嚇我們。」

景玨又看了他們兩眼，冷冷哼了一聲，隨即拂袖而去。

景珂見他身形索然，忍不住開口問他。「大哥要去哪裡？」

「喝酒。」景玨回頭看他一眼。「三弟要不要一起去？」

景珂搖了搖頭，隨即微微一笑。「我還要回雩王府。」

「回去陪三嫂嗎？」景珀好奇地開口。

「以婦人為念，難成大器！」景玨冷冷一哂，隨即轉身離開。

景珂無所謂地笑了一笑，隨即和景珀告別，徑直回了雩王府。

每每到宮中之後，便忍不住急著想要回來，只因為瑤光在府裡。

但是此刻，他匆匆找遍府中的每一處，卻沒有發現瑤光的身影，倒是清菡看到他回來了，急匆匆地跑了過來。「王爺，王妃讓我告訴王爺一聲，說是家裡有事，回去探望，過一時便回來。」

「是嗎？」景珂微微一笑，隨即大步朝外走去。

「王爺要去哪裡？」清菡急急地跟在他身後追問。

景珂含笑開口。「去接王妃回來。」

清菡忍不住笑出了聲。

王爺與王妃之間，倒還真是一日不見，如隔三秋呢。

許府之內，瑤光握著母親的手，正擔憂地皺著眉。

許夫人微微一笑。「不妨事的，只是偶感風寒，歇息兩天也就好了。」

一旁的飛瓊連忙開口。「姊姊放心，飛瓊一定會細心照顧，讓娘的病趕緊好起來。」

「那就好。」瑤光無奈一嘆，看著母親。「只可惜女兒不能陪伴母親身側……」

「傻孩子，」許夫人撫著她的髮開口。「妳已經嫁人了嘛，怎麼還能常常陪伴著娘呢？」

瑤光微微咬了下唇，髮間金鑲玉髮簪上的流蘇頓時微微一顫，像不被人察覺到的心一樣，不小心便被什麼撞到，引起細微的顫動。

許夫人見她不說話，只細細地看著她。「氣色倒還好，看來雩王待妳不錯，這下娘就放心了。」

「就是太好了……」瑤光低低開口，隨即把剩下的話又嚥了回去。

飛瓊卻彷彿一臉無事的樣子微笑。「娘說的是哪裡話，姊夫若是對姊姊不好，幹麼還要大費周折地親自去求皇上皇后賜婚？」

面上雖然若無其事，但是每每想及如此，心上便是一陣痛。

他的眼中，不曾看到為他傷神的她……

「說的也是。」許夫人笑著點一點頭，雖然之前還會因為那籤文的事而擔憂女兒，但是時間一長，她早就把那張籤文給丟開了。

反正現在看來，瑤光嫁得很好。

「姊姊今天會留在家中用晚膳嗎？」飛瓊好奇地問她。

「不，從嘉……」察覺到妹妹身子一僵，瑤光連忙改口。「王爺會擔心的。」

許夫人隔窗看了一眼天色。「那妳快點回去吧，免得王爺掛念。」

「嗯。」瑤光點點頭，隨即起身看向母親和妹妹。「爹娘請多保重身體，妹妹也要記得替我照顧好爹娘二老。瑤光已經沒有辦法再在膝前承歡，還望爹娘將那份寵愛一併轉給妹妹才是。」

說完後，給母親恭恭敬敬地行了個禮，這才帶著碧瑚準備出門。

剛剛走出房門，卻見到父親正在房外廊簷下踱步。

瑤光微微一愣，隨即走過去。「爹站在這裡，莫非是在特意等我？」

許將軍微微一嘆，捋了一下鬍鬚後才開口。「上次妳回來，那個人跟在你們馬車後頭看了許久。」

瑤光只覺心被重重一擊，沈得半天都說不出一句話來。

許將軍見她臉色都變了，忍不住在心裡重重嘆了一聲。

察覺到自己的失態，瑤光只好微微側過臉去，不敢正視父親的臉色，隨即輕聲開口。「他可曾……」

許將軍一嘆。「他要我留一句話給妳。」

「是什麼？」瑤光頓時回轉臉來，神色迫切無比。

許將軍無奈地看著她。「他此刻大概已經離開南朝了，要我跟妳說，善自珍重，勿以為念。」

瑤光心下一顫，幾欲當場落下淚來，連忙匆匆一低頭，淚珠一點瞬間滴在胸前。綢衫並不吸水，那顆淚珠便順著衣衫滾了下去，落在走廊上，只見微微的一點暗塵。

怕會繼續失態下去，她只好匆匆開口。「爹，女兒先行告辭，回頭……再來看你老人家。」

她說完立即腳步匆匆地朝外走去，片刻已經出了許府，碧瑚緊緊地跟在她身後，擔憂地看著她。

出了許府，面前就是四通八達的街道和熱鬧的行人，南來北往，東奔西走。她看得出神，心下酸楚，眼淚便如斷了線的珠子一般顆顆往下落去。

善自珍重，勿以為念？

大哥，你只這樣簡單一句話，便不告而別了嗎？

你明明告訴過我，說即便是故鄉，因為沒有可以供你思念的人，所以即便回去也住不久了。

天下之大，你又要去往哪裡？

便從此天涯一方，人海茫茫，此生再也不得相見了嗎？

雩王對我百般寵愛，錦衣玉食，噓寒問暖，唯恐照顧得不周到，但是大哥你呢？天涯孤苦，一個人要怎麼打發以後的漫漫時光……

「小姐……」碧瑚無奈地看著她，用力把她拖進街道的一角巷內。「不要在大街上哭，會被人看到的。」

她如何不知如此失態大不應該？只是……只是……大哥他一個人……一直是一個人……

她靠牆而泣，抽噎得幾乎無法喘過氣來。

彷彿前生的眼淚終於找到了虧欠之人，一定要還盡才肯甘休。

「小姐，妳已經嫁給了雩王，就不要再想那個人了。雖然奴婢也不是很懂，但是小姐，事情既然已經是這樣了，妳又怎麼忍心整日悶悶不樂的讓老爺夫人也跟著難過呢？」碧瑚輕聲勸慰著她。

「碧瑚，妳不懂，」瑤光淒然搖頭。「若是我能控制自己不去想他念他的話，我又何必總是傷心？這並不是我能控制的事情。」

碧瑚取出帕子幫瑤光拭去眼淚。「小姐，還是趕緊回府吧。」

瑤光怔怔地看著那藕色帕子，沾上眼淚後微微的一點灰白痕跡，茫然地點了點頭。

碧瑚見她點頭，左右看了一下，直到確認她並沒有什麼不妥之處，這才扶著她出了巷子。

走沒兩步，抬頭卻見一個熟悉的身影，碧瑚驚訝地開口。「王爺？」

前面的人回頭，不是雩王是誰？

瑤光微微一怔，隨即勉強對他笑了一笑。「夫君怎麼會在這裡？」

「本來就是要接妳回去的，」景珂看著她含笑開口。「但是岳父大人說妳已經回去了，我剛才迎面沒有遇到妳，想妳也走不遠，就四處裡找一找了。」

瑤光低首開口。「我自己會回去的，不用這麼麻煩。」

不知道是她看錯了還是怎麼回事，總覺得他今天的眼神裡不知道為何帶著些古怪的神氣。

「我的妻子，自然由我來接。」他依然含笑，攙著她的手慢慢走回駕來的馬車前。

瑤光與他一起上了馬車後，車子隨即朝雩王府方向馳去，抬頭看他一眼，再次看出他臉色略顯古怪，她忍不住開口。「從嘉，你有心事？」

「哪有？」他回答得太快了，說完之後看了她一眼，便不再說話了。

真正古怪。

這是他第一次這麼沈默地面對她，瑤光情不自禁地看了他一眼。

察覺到她的眼神，景珂微微移開目光，淡然一笑。「可能是因為五皇叔的事情吧。」

「他怎麼了？」瑤光疑惑地開口。

「皇叔去世了。」景珂淡然開口，表情有一瞬間的脆弱。

「怎麼會？」瑤光驚訝地開口。

「我也不相信——」他微微抽了一下唇角，臉色帶上了一抹悲傷。「似乎閉上眼睛，還能立即回想出來皇叔的樣子……」

「我很遺憾。」瑤光看著他那抹鬱鬱之色，如此似曾相識的表情，不禁伸手過去。「我不知道該怎麼安慰你，但是從嘉，千萬不要太過傷心傷神……」

她的手搭在他手上的瞬間，景珂下意識地一顫，隨即抬眸看向她。

瑤光這才發覺自己的舉動，正要訕訕地收回自己的手，人卻已經被他整個擁在懷中。

「從嘉……」

她髮上有微微的蜜合香味道。景珂的下巴抵在她肩上，緊緊地擁抱著她。「瑤光，不要離開我。」

她微微失神，整個人彷彿要僵住了一樣。

他依然輕聲開口。「瑤光，我只有妳……千萬不要離開我……失去了妳，我便什麼都沒有了。」

他抱得那樣用力，彷彿下一刻，她便會消失在他面前似的。

是嗎？

失去了她，他真的什麼都沒有了嗎？

怎麼可能？

他還有雩王府，還有別人永遠也無法企及的權力和富貴。

他怎麼可能什麼都沒有？

只因為他一個心血來潮的異想，她便被送到了他的面前，如果只是因為失去了她便失去了一切，那麼她，實在是太被高估了……

只有大哥，才是什麼都沒有吧？

她在出神。

景珂看得很清晰，逐漸熟悉了她臉上每一個細微的表情。
她想到了什麼，眼中才會又帶上那抹薄薄的輕愁和憂傷？
他只記得初次見到的她，似乎並不是這樣的。究竟是他的記憶有誤，還是那次的相遇，他看到的並不是真正的她？

車聲轆轆，終於停在雩王府前。
景珂伸手攙她下車，隨即帶著她一同回到了陶然居內。
她卻微微掙開了他的手，隨即掩飾似地開了口。「我想彈曲子，你要聽嗎？」
景珂微微點一點頭，坐到一旁，看著她取了琵琶坐下試了試弦，隨即便攏撚抹挑，專注於自己手中的琵琶之上。
那是一曲〈有所思〉。
景珂的眼神落在她髮間數根梅花竹節碧玉簪上，隨即緩緩落下，看著她身上碧色的薄羅襜衫出神。

誰言生離久，適意與君別。
衣上芳猶在，握裡書未滅。
腰中雙綺帶，夢為同心結。
常恐所思露，瑤華未忍折。

突然想到那一日，看到的那一幅好字……

曲聲悠揚反覆，待他回過神來，才發現瑤光翻來覆去彈奏的始終是那一首〈有所思〉，在他出神的這段時間內，已經不知道彈了多少遍。

他突然驀地起身，伸手拉住了她。「不要彈了！」

「沒關係。」瑤光輕笑，神色卻茫然，彷彿神思縹緲，不知道神遊到何處去了。

「我說不要彈了！」他猛地伸手奪去了她的琵琶。

瑤光被他嚇了一跳，立即睜著驚惶的雙眸看向他。

忍了幾忍，他終於握住了她的手，緩緩開口。「妳的手……出血了。」

瑤光一怔，隨即慢慢低下頭去。果然，纖纖十指之上，鮮紅的一抹血痕清晰可見。

乍暖還寒的春季，常常讓人著惱。

風寒總是悄無聲息地來臨，讓人想躲也躲不開。

雩王府內。

飛瓊含笑看著姊姊。「好在不是很厲害，歇息兩日也就好了，姊姊注意休息，多注意保暖就是。」

瑤光躺靠在床邊，微微地搖了搖頭。「哪裡是不注意保暖，只是前兒半夜醒來多發了會兒呆，忘記披上衣服，結果就成這樣了。」

「姊姊還是睡不著？」飛瓊疑惑地開口。「姊夫……他怎麼說？」

「還是那樣，半夜的時候總是會醒。王爺請了宮裡的御醫來看過了，但是也只說是有些勞心過度。」瑤光自嘲地揚唇一笑。「就那樣吧，或許過些日子就好了。」

「姊姊，」飛瓊微微咬了下唇。「妳……還在想念那個人？」

瑤光半天無語，看著一旁案几上的太古鼎內焚出的嫋嫋香霧出神，過了許久才慢慢開口。「我記得那天看到妹妹寫過的一句話，春心莫共花爭發，一寸相思一寸灰。此刻我的心，恐怕也已經焚盡成灰了吧。」

「姊姊，」飛瓊抓住了她的手。「姊姊難道一絲一毫也不喜歡雩王？」

瑤光淡然一笑。「無論怎樣，他對我總是極好的，我……雖然不曾喜歡他，但是……我也不討厭他就是了。」

見她面色悵惘，心裡想的卻全是旁人，飛瓊猛地推開了她的手。「姊姊，妳好薄情！」

瑤光猛地一怔，隨即轉臉看向她，卻見她一張臉都已經脹紅。

飛瓊終於忍無可忍地開口。「姊姊明知道我……我總是希望他好的，但是這樣傷害他的人偏偏又是我最敬重的姊姊……」

瑤光見她如此，心下頓時一陣苦澀。

若是當初他選的是飛瓊該有多好，但偏偏造化弄人……

「飛瓊，妳還喜歡著他是嗎？」瑤光看著她的模樣忍不住開口。

「不！」飛瓊自覺失態，連忙搖頭，猶如發誓一般開口。「我只是不希望姊姊和他不快樂，因為你們都是我心中很重要的人。我最敬重的姊姊，能夠嫁給我……我曾經景仰過的人，我希望你們都過得很好……」

瑤光沒有說話，只靜靜看著她。

飛瓊面色愈來愈紅，終於按捺不住，起身後匆匆開口。「我說的是真的……姊姊需要好好休息，那麼飛瓊還是早點回去好了，就不打擾姊姊了。」

不去看身後姊姊的表情如何，她近乎是倉皇地逃離了她的面前。

心中有若黃連氾濫，苦得讓人幾乎難以忍受。

她最敬重的姊姊，能夠嫁給她……她曾經仰慕過的人……

無論怎樣想來思去，都是讓她心痛的理由。

她才只有十六歲，錦繡人生還有長長一卷沒有展開，卻偏偏讓她遇到了他，讓他遇到了她。那個人，是她的血親姊姊，這讓她情何以堪？

情何以堪！

「妹子！」一隻有力的手突然撐住了她幾乎撞上來的身子。

只聽得一個字，她便知道是他，臉色頓時染紅，微微行了個禮。「姊夫從宮中回來了？」

「是啊——」景珂點了點頭，隨即發現自己只能看到她的頭頂，忍不住笑了。「妹子害怕我？」

「哪有？」飛瓊忙輕輕地搖了搖頭。

「那為何一直低著頭只看著腳下的地？」景珂忍不住又笑了一笑。

飛瓊啞口無言，只好慢慢地將頭抬起，怯怯地看了他一眼。

景珂卻笑容滿面，彷彿突然想起來什麼似地開口。「對了，妹子上次的字寫得真好。」

「姊夫太客氣了，姊夫的字寫得才真是好。」飛瓊面紅耳赤，只覺得被他誇得渾身都不舒服起來。

「喔，妳見過？」景珂隨口一問，卻意外地看到飛瓊驀地飛紅的臉。

猶豫了一時，飛瓊才輕輕地點一點頭。

景珂頓時心下一喜。「我還以為妹子是和外面的人一樣胡說著玩呢。」

「才不是呢，何況外面的人也不是胡說，誰不知道姊夫的詩好詞好書法好？人人都以能擁有姊夫的一幅字為榮呢。」飛瓊見他那麼說，居然立即與他分辯起來。

「那麼妹子又怎麼看呢？是不是也同那些外人一樣？」景珂想到她那日的字，忍不住來了寫字的興趣。

飛瓊脹紅著臉看著他，卻終究點了點頭。「若是姊夫肯給飛瓊也寫一幅，飛瓊自然高興萬分。」

「既然如此，妹子就不要急著走，咱們到書房去吧。」景珂看著她微微點了點頭，心下頓時大喜。

飛瓊看他含笑朝書房方向走去，終是慢慢跟在他身後走了過去。

即便他不知道她喜歡他，即便他不知道他的一言一語對她來說意味著什麼，那都沒有關係。

她可以偷偷守著這份喜歡，度過長長的人生……

她的確是這樣想的。

但是此刻他邀請了她，即便只是最簡單的理由，絲毫不牽涉到她心中隱私的秘密，她卻依然歡欣雀躍。

只因為，這即將到來的時光，將是完全的……

只屬於她和他在一起的時光。

第八章　風聲細碎紅燭影

驟風吹亂歸途，盼雲舒，不見江南江北雨曾疏。前塵恨，佳期盡，旅魂孤。誰嘆船頭船尾俱模糊。前塵速，佳期暮，旅魂獨。

「旅魂獨，旅魂獨……」飛瓊看著掛在牆上的字，口中悄聲細吟，目色溫婉，神情更是說不出的癡迷。

這首詞，確確實實是他寫給她的。

字是他寫的，連詞，也是他當時一揮而就，是完完全全屬於她的東西。

房外的惠兒遠遠地看著許夫人走了過來，連忙深施一禮。「老夫人。」

「小姐在做什麼？」許夫人疑惑地看著緊閉的房門。

「似乎是在寫字。」惠兒連忙開口。

這個飛瓊，從那天到雩王府後，回來就覺得有些不對勁，跟她說什麼話都心不在焉似的，不知道在想些什麼。

許夫人略略頓了一頓，隨即推門走了進去。

飛瓊被嚇了一跳。「娘，妳來了？」

「嗯。」許夫人應了一聲，隨即開口問道：「在做什麼？」

「沒做什麼。」飛瓊掩飾似地走到了桌案前，隨意撥著案上那一方墨，眼神卻依舊悄悄溜到一邊看那幅字。

「在寫什麼？」許夫人又開口問她。

「沒寫什麼。」飛瓊依舊順口回答，眼神依舊癡纏在那幅字上。

「飛瓊，妳到底怎麼回事兒？」許夫人疑惑地開口並向她走去。

飛瓊冷不防被嚇到，手上的墨頓時因為她的心不在焉而「啪」地一聲被碰掉在地上，墨漬點點，濺上了自己的裙子。

「妳看看，還說自己沒事？」許夫人此刻倒是被她嚇了一跳，忙不迭地喚過惠兒幫她換衣服。

「娘，我真的沒什麼。」飛瓊卻猶自如此地回答。

許夫人嘆了口氣，隨意在屋中打量了一圈。「怎麼和妳姊姊一樣了，房間裡這麼素淨？」

「沒什麼。」飛瓊換了衣服走過來，眼神快速地在牆壁上的字幅上打了個轉兒後含笑開口。

許夫人疑惑地隨著她看過去，注意到了那幅字上的落款。「那個……」

「那個……那個沒什麼的。」飛瓊眼見被母親看到，頓時驚慌地回答，心下卻忍不住一陣懊惱，隨即忐忑不已。

傻瓜也知道什麼叫做欲蓋彌彰。

許夫人靜靜看了她兩眼，慢慢地坐了下來。

飛瓊見她不說話，心下更是緊張。

看一眼那牆壁上的字，又看一眼飛瓊，許夫人的臉色頓時變得難看起來。「飛瓊，他是妳的姊夫！」

飛瓊默然無語。

這是事實，她能說什麼？

「我知道妳的心思，但是他此刻已經是妳姊姊的夫君，妳怎麼可以這樣？」許夫人的面色沈了下去。「妳是想要害妳姊姊傷心嗎？」

飛瓊立即衝動地開口。「我沒有，我從不曾想過要害姊姊傷心。」

「那妳為何要這麼做，對著一幅字看得如此入神，妳已經癡迷了好幾天了，還想要怎麼做？只是一幅字而已！」許夫人無奈長嘆。

「娘也知道只是一幅字而已，飛瓊又能做什麼？」她重重咬唇，低首看著地面。

「我怕的是，它不僅僅只是一幅字而已！」許夫人心下一急，只覺得頓時頭疼不已。

「它不是一幅字，那它是什麼？」飛瓊咬唇低聲開口。

「妳……」許夫人連連搖頭。「飛瓊，妳是想要娘擔心著妳姊姊不說，還要擔心妳嗎？妳明知道娘是什麼意思，妳喜歡雩王，妳以為娘看不出來嗎？娘又不是傻子，自己養的女兒什麼心思若還猜不出的話，娘又有什麼資格做妳們的母親呢？」
飛瓊見母親如此開口，再次默不作聲。
「飛瓊，妳不能再這麼不懂事了。」許夫人看著她放緩了語氣。「妳姊姊嫁的是王爺，說是雩王爺喜歡，誰知道這寵愛有多久，一朝失寵，又能怎樣？妳若跟著陷進去，是想要接著過妳姊姊那樣的日子嗎？娘和妳爹以前只想著要妳們平安喜樂一生，妳姊姊嫁到王府去，已經是出乎我們的意料了，難道，妳還想讓爹娘再這樣擔心妳嗎？何況，爹娘又怎麼會願意妳們姊妹二人同時下嫁雩王，即便真的嫁了，到時候有多少閒言碎語出來妳知道嗎？更何況即便如此，若是雩王喜歡妳，妳姊姊勢必會不再受寵，而若是雩王不喜歡妳，也許他還會喜歡上別的比妳姊姊更美的女子……到時候，妳是想要爹娘看著妳們姊妹爭寵或是一起失寵嗎？」
飛瓊被她說得無地自容，眼睛裡淚光微微閃動。「飛瓊……飛瓊只是覺得委屈，姊姊她……姊姊她……」
「她怎樣？」許夫人疑惑地看著她。
飛瓊卻到底沒有說，微微的淚意在眸間離合。「到底是飛瓊沒有福氣罷了。」
「飛瓊！」許夫人頓時冷下臉來。「我不允許妳這麼說，什麼叫做沒有福氣？難道妳就這麼死心塌地地對他嗎？我清清白白的女兒，可不許這樣說自己！」
飛瓊忍了忍，眼淚終究還是掉了下來。

「總之妳記住——」許夫人見她掉淚，終究不忍再責備她，只好慢慢開口。「他現在是妳姊姊的夫君，妳要將之前對他的所有想法全部抹煞掉，一星半點也不許留。」

飛瓊的眼淚頓時掉得更急。

許夫人起身走到她身邊輕輕拍撫她的背。「答應娘，為了妳姊姊，忘記他！」

飛瓊不得不輕輕點了點頭，垂首處又是一串眼淚落下來。

許夫人無奈地長嘆一聲，慢慢地走出了房間。

飛瓊獨立片刻後，終於忍不住伏在案上痛哭出聲。

忘記他、忘記他……

怎麼可能會忘記他？

從她十三歲之後，她腦裡想的、心裡念的，全部都只有他一個人而已。

即便她一直到現在才知道他是什麼樣子，但那並不妨礙她喜歡上這個人。

如果說忘記便能忘記，那麼她之前漫長歲月裡唯一奢豔浮華的想像，豈不是要全部丟棄？

豈不是等於將她的過往一併抹煞？那麼，沒有了回憶的她，要如何才能繼續生活下去？

如果輕易就能抹煞掉所有的記憶該多好？那樣的話，就不必總是想念和思量。

雩王府外，楚離衣已經站在隱蔽的角落很長一段時間了。

沒有任何舉動，只是那樣看著，目光便已經癡迷至斯。

說離開，卻彷彿有什麼牽引著他一樣，讓回到澤縣的他身不由己地再次返回南朝。他本是北朝人，卻偏偏要與南朝糾纏不清，正如母親一般無二。

馬車聲轆轆響起，楚離衣心下一驚，頓時閃身避開，抬頭看去，就見一輛裝飾華麗的馬車正朝雩王府而來。

確是曾見過的雩王景珂的馬車，比平常馬車大了許多的車身被裝飾得一派富麗堂皇，刻上了華麗而精緻的花紋，四角垂著華美的瓔珞。

馬車在雩王府門前緩緩地停了下來，幾乎感覺不到任何顫動似的，隨即雩王景珂便匆匆自馬車內走了出來。

身上穿一襲天青錦袍，越發顯得面如冠玉，人如玉樹臨風，周身自顯清貴之氣。

楚離衣遠遠地看著他進了雩王府之後才又閃身出來，隨即看著雩王府的大門在他面前緩緩闔上。

他忍不住苦苦一笑，卻依舊癡看著雩王府的方向。

隔著一扇門的距離，已是天淵之遠。

即便他從南朝回到北朝，再從北朝重新返回南朝，即便時間已經匆匆流逝過去，他卻依舊這樣放不開自己，自以為可以做到的事情，原來根本就沒有辦法做到。

瑤光，她究竟過得好不好？

陶然居外的臺階下綠草芳菲，春意盎然，居室內則一片安寧，隱約聽得琵琶三、兩聲，聲音寧靜平和，說不出的祥和。

瑤光抱著琵琶偶爾輕彈兩聲，周身上下彷彿籠著一層輕煙似的，碧瑚卻含笑在她身旁忙來忙去。「小姐，要不要給妳加件衣服？」

「不用了。」瑤光微微搖了搖頭，眉間依舊帶著淡淡的悒鬱。

碧瑚仍然不由分說地把衣服披在了她身上。「小姐，算碧瑚求妳，妳好歹多愛惜自己一點可不可以？」

瑤光看了她一眼，無奈地嘆了口氣。「好吧，我披上就是。」

看著她把衣服披好，碧瑚突然又伸手將她的琵琶拿了過去放在一旁。「小姐，妳還是多休息一會兒吧，宮裡來的杜御醫不也說要妳好好休息，不要太過勞心勞力？」

「不過彈首曲子而已，哪裡來的勞心勞力？」瑤光不以為然地開口。

「碧瑚可不管，既然連御醫都這麼說了，小姐就一定要這麼做。」碧瑚說著就小心翼翼地扶起了她。

瑤光無奈地搖頭。「我還沒虛弱到走不動路好不好？」

碧瑚還是不停搖頭。「不行，也不知道小姐最近怎麼了，吃飯也沒胃口，總是覺得身子乏，御醫看起來又神神秘秘的，我看還是小心一點好了。」

「沒事的——」瑤光的話還沒說完，陶然居的門突然被人給推開了。是景珂。

原本他在宮中陪伴母后，母后自然也問他為何不帶著瑤光一起，只是瑤光這兩日身體不大好，所以也就不想讓她來回折騰，於是便回了母后，母后也沒有責怪，只是囑咐他要好好照顧瑤光，等身體好一點再來宮中伴她。

終究是心裡掛念，在宮裡並沒有待多長時間，他便起身告辭，還惹得母后笑話，偏偏在那個時候，去雩王府幫瑤光看診的御醫過來了。

瑤光和碧瑚同時回頭，見是他後才鬆了口氣似的。

「怎麼現在就回來了？」瑤光走了過來。

伸手握住她一雙潔白柔荑，景珂微微皺起了眉。「不是說身體不舒服嗎？怎麼不好好休息，反而起來彈琵琶？」

瑤光搖了搖頭。「我覺得並沒有什麼大礙，所以就起來了。」

景珂的手溫熱無比，看著她的眼神更是纏綿，瑤光微微地紅了雙頰，只好低下頭去，剛好看到他腰間垂著的一枚玲瓏白玉瑩然生光。

好半晌並沒有聽到他說什麼，瑤光疑惑地抬頭，卻在下一刻又被他習慣地打橫抱起在房中轉圈。「太好了、太好了！」

瑤光無奈地接受著他突如其來的熱情。「到底出了什麼事，你在說什麼？」

景珂依舊笑容滿面地繼續抱著她轉圈，碧瑚頓時著急地開口。「王爺，小心別摔了小姐，小姐這兩天不舒服，禁不住這樣的。」

「好丫頭，不礙事的！」景珂朗聲一笑，半晌後輕手輕腳地把瑤光放了下來。「你們家小姐沒事。」

碧瑚皺眉小聲嘟囔。「那小姐怎麼會不舒服？」

景珂卻笑容滿面地低下身子靠近瑤光，看著她微笑而不作聲。

瑤光忍不住臉色一紅，推了他一下。「你在做什麼？」

景珂伸手過去覆在她的腹部，一笑開口。「妳不舒服，是因為……妳有了我們的孩子。」

輕飄飄的一句話，頓時讓房間內除他之外的另外兩個人目瞪口呆。

孩子？

瑤光吃驚地瞠大了眼睛，臉色頓時大變。

原來她最近這些日子覺得不舒服的原因……居然是因為有了孩子?!

她的腹中……有了孩子？

她和雩王的孩子？

她的臉色頓時蒼白，一瞬間居然不知道該如何是好。

她茫茫然地微微抬睫，看著他含笑的眼睛。

眸中清晰地映出他的模樣，發自內心的喜悅完全無法錯認，眼中的歡愉感激之色清晰而明顯。

他是那麼地喜悅著她腹中孩兒的降臨，但是她呢……

此刻的她，要做何表情？

是應該隨著他一起微笑嗎？

輕輕落下一個吻在她的手心，景珂愛憐地開口。「妳看看妳，手這麼冰涼。」

長長眼睫微微一顫，她茫然地開口應了一聲。

看著她一臉茫然怔忡的表情，景珂忍不住一笑，輕聲在她耳邊開口。「不要做出這個表情了，這是千真萬確的事實，妳正孕育著我們的孩子。」

她有了孩子……

看她臉色不對，碧瑚連忙開口。「恭喜王爺，恭喜小姐。」

景珂抬頭看著她又笑了一笑，隨即揮手讓她出門，待她離開後，隨即將瑤光輕輕抱坐在自己膝上，看著她輕笑，握緊了她的手。「瑤光，妳不知道我有多開心。」

遲疑地與他對視，瑤光終於開口。「你確定……我有了孩子？」

「是杜御醫說的，我想，應該沒有錯誤吧。」景珂揚起唇角微微一笑。

她不覺看向自己的腹部，實在很難相信這個所謂的「事實」。

景珂伸手覆在她腹上，含笑開口。「妳猜……這會是個男孩還是女孩？」

瑤光茫然地搖了搖頭。「我不知道……」

「謝謝妳。」景珂看著她，突然認認真真地開口。

瑤光從茫然中回神。「謝我……做什麼？」

「謝謝妳……讓我能夠擁有了除妳之外，與我有更親密關係的另外一個人。」他的神情是難得地鄭重。

瑤光卻無措地避開了他的眼神。

她該說什麼？她該用什麼表情來面對他？她該怎麼做，才能同他一樣表現出她的喜悅之情？

「不用這麼說。」最後她只是虛弱地擠出了這麼一句，只覺得耳邊他的氣息愈來愈濃重，落下的吻也越來越熾熱纏綿，心下一亂，她忍不住猛地伸手擋開了他。

「瑤光！」景珂微微地止住了紊亂的呼吸，不解地看著她。

「我……我沒想到……」她低下頭去，遮掩住心間瞬間湧上來的驚惶。

生命……似乎愈來愈偏離她原有的生活了……

她該要怎麼做？

這世上，總有些事情陰差陽錯，便再也追不回了，就像她之於他，他之於她。

人人都身不由己，為著種種不得已的緣由而錯過，但是明知道已經錯過，卻還是妄想著能多少再抓住一些什麼。她總是在做著自欺欺人的事情，以為只要減少與景珂的接觸，控制自己的心，便可以固執地守候在原有的感情裡。

卻不知道，她既然早已經作出了選擇，那麼遲早會因為選擇而付出相應的代價。

「妳不喜歡？」景珂伸指抬起她的下頷凝眉看她。

「不，」她搖頭，卻不敢看他的眼神。「我……我喜歡。」

景珂又看了她一眼，才將她緊緊擁在懷中。「瑤光，妳帶給了我生命中最繁盛的一片日光。我真希望，這一生就這樣過去，可以握著妳的手，看著我們的孩子幸福地生活，然後和妳一起慢慢地老去。什麼皇家富貴權勢，我們全部都不用管，只要和妳一起過著隱士一樣的日子，到一個只屬於我們的地方，好好地生活下去。」

他的聲音逐漸地低下去，彷彿夢囈一般低低地迴盪在她的耳邊，猶如一張無形的網，繭一般將她慢慢裹住、纏緊，她掙扎不開，怎麼努力也做不到，最後只能頹然放棄。

手指觸到他的髮，涼涼的，一如她此刻的心境。

即便勉強自己的表情做出笑的樣子，她的心裡，卻還是如此。

彷彿像做了錯事似的，一片冰涼。

她似乎……越來越回不去了。

回不去了。

這是瑤光第一次獨自來新涼寺。

很多個以前，都是陪伴著母親來的，但是這次，她來到新涼寺卻是以雩王妃的名義，再不是以前那個站在母親身後素紈遮面的許大小姐。

長空大師的接待一如往常，卻又似乎較以前慎重了許多，看著她的時候，帶著一種彷彿通達世事的了然，含笑開口。「王妃大喜了。」

「大師太客氣了。」瑤光微微一笑，緩步走進了香堂。

殿內香霧繚繞，蒲團早已擱置在地上，抬頭看去，寶相莊嚴慈悲，雙眼似合微睜，彷彿一切都早已算計，盡在掌握。

恍惚間，她突然記不得上一次來是什麼時候了。

輕輕移步，瑤光在佛像前緩緩跪下，閉上了眼睛。

那個時候，她在佛前許的是什麼願？

願如樑上燕，歲歲長相見。

只是終究，一切都早已過去。

那麼如今，她又將如何呢？

腦中一片空白，她只是身不由己地茫然拜了下去。此刻的她，早已經不再是那個時候的她了，再想……又有什麼用呢……

在佛前禮拜完畢，瑤光並未立即離開，只是漫步在寺內，隨便走一走。

新涼寺地處幽靜，實在是個很適合獨思的地方，反正回去的話暫時也無事可做，不若在此走一走散散心也就是了。

寺內多種草木，因為逐漸入夏，所以這時間早已經枝葉舒展。

寺內放生池中的錦鯉在水間悠然逐波，微微的花葉落在水面上輕悄無聲，引來錦鯉競相爭戲，小小的水泡浮在水面，瞬間便破碎在眼前。

水中的影子清晰可見，映出她面上微微的鬱鬱之色，探指想抹去，卻怎麼也消散不去眼中的無奈之色。

碧瑚遠遠地看著她，並未上前來打擾。

水面落花無聲，恍惚之間彷彿看到了那抹煙色身影一現，隨即消失不見。

瑤光猛地轉身抬頭四顧。

是他嗎？

是他嗎？

「小姐、小姐！」碧瑚見她突然快步跑開，頓時緊張地叫了起來，連忙跟在她身後追了過去。

風揚起了身上的藕色煙羅長裙，繡鞋輕軟，路上的石子硌得雙腳生疼，鞋面上微微的珠玉相撞聲傳來，紛亂如蝶翅般撲閃在她心間。

神啊，如果祢果真慈悲，請讓我再見他一面好不好？

碧瑚只見她越跑越快，自己愈來愈被她落在身後，忍不住急著。「小姐，不要再跑了，身子要緊！」

瑤光充耳不聞，腳下依舊飛快地尋找著似曾相識的那個身影。寺廟原本就大，人又少，轉了幾轉，她已經離開了碧瑚的視線之內。

彷彿全身的力氣都要耗盡在這茫然的追逐中，她腳下終於一軟，匆匆地扶了身旁一棵柳樹，這才撐住了緩緩下滑的身子。

珠淚零落，軟軟的柳枝拂在面上彷彿一隻溫柔的手，卻只讓她更加悲傷。

原來自始至終，她都沒有看破。

明明知道自己剛才什麼都沒看到，只不過是幻想而已，仍然要這樣著魔一般尋找……她到底想要怎樣？

髮間釵環凌亂，氣息喘喘，微微的抽泣終於漸漸轉變，她如孩童般放聲大哭，在這樣寂然無人的時刻和地方，放縱著自己的悲傷。

身後彷彿有一隻手輕輕落在她的髮上，低低的聲音也彷彿如夢般迴響在她耳邊。

「瑤光。」

微微的溫熱讓她猛地僵住了身子。

一寸寸移動身體，一寸寸回頭去看。

略含鬱鬱之色的眼睛，淡淡的風霜之感侵襲在眉間，那是她所熟悉的、常常會在半夢半醒的時刻不停回憶的一張臉。

「大哥……」她茫然地開口，眼睫微微一抬，一顆大大的眼淚承受不住地滑落在玉般面頰上。「我……是在作夢嗎？」

「不是。」楚離衣伸指接去她落下的淚珠，怔怔地看著手心中珍珠一般剔透的淚珠被日光折射的七彩光，在手心中熱熱的。「妳不是在作夢……」

她驀地再次放聲大哭，緊緊地攬住了他的頸子，彷彿受傷的小獸，拚命地蜷縮著身子，以為這樣就可以看不到傷痕，忘記傷痛。「大哥、大哥、大哥……」

碧瑚循著哭聲追來，看到眼前相擁的一對人兒之後，又悄悄地走開了。

所謂心碎，他終於明白了是什麼滋味。

近在咫尺，卻又彷彿已經天涯之遠，物是人非。

一聲聲的「大哥」在他耳邊如驚雷般撼動心上的弦，彷彿被風一擊，整個人都已成為一個空殼，風呼嘯著而過，掠起撲面的寒意。

「瑤光，妳好嗎？」伸手撫過她的背，他輕聲開口。

瑤光無語，卻狠狠一口咬住了他的肩膀。

同樣的位置，同樣的切膚之痛，彷彿被燙到了似的，他頓時無法言語。

抽泣聲漸漸平息，瑤光渾身發著抖縮在他懷中。

「瑤光，妳好嗎？」看著她的眼睛，楚離衣再次低聲開口。

「大哥，」瑤光貪婪地汲取著他身上的溫暖。「你……沒有走？」

楚離衣搖了搖頭。「不，只是又回來了而已。」

瑤光更緊地攬住他的頸子，心上猶如被開水燙過一般。

楚離衣微微拉開了她，看著她又問了一句。「瑤光，妳好嗎？」

「我不知道。」她輕輕地搖搖頭，面上泛出一個淒然的微笑。「我不知道我過得好不好……大哥，你過得好嗎？」

「我……」他微微搖了搖頭。「我也不知道。」

瑤光癡癡地看著他。「大哥，你瘦了許多。」

衣帶漸寬終不悔，為伊消得人憔悴。

斷送一生憔悴，只消幾個黃昏。

往昔讀過的詞話一句句浮現在心頭，她彷彿恍惚間明瞭了什麼。「大哥，你……是來帶我走的嗎？」

楚離衣的手指在她鬢邊略略停留。「瑤光，他……對妳好嗎？」

瑤光微微遲疑，卻說不出景珂對她有什麼不好的地方。「他對我很好。」

好得不能再好。

但是她這一生的愛情，卻沒有押在他的身上。

緩緩鬆開她，他微微泛起一個苦苦的微笑。「既然這樣……我終於可以放心了。」

那個人……

瑤光面色微變。「大哥，放心……是什麼意思？」

他卻終於鬆手。「我只是……想來看看妳。」

「然後呢？大哥，你又要離開我，把我一個人丟在這裡？」明知道是自己任性，她還是開口。

曾經作選擇的人是她，他才是被她丟下的那一個，不是嗎？

心下微微一酸，一陣難受的昏眩襲上，她忍不住乾嘔了幾聲。

楚離衣詫異地輕拍著她的背，心下卻電光石火一般，瞬間明瞭。

「妳……有了他的孩子？」楚離衣的目光漸漸下滑，終於落在她腹間。

瑤光抬頭看著他，臉色蒼白地一笑。「大哥……對不起。」

讓他知道了自己現在是什麼樣子，她只覺得狼狽不堪。

楚離衣心下一片茫然，幾乎在瞬間不知道自己為什麼要站在這裡。

面前的人是他心愛的女子，但是她已經為別人孕育著骨肉，而那個「別人」，是他的兄弟……

即便他不承認，卻無法抹去這個事實。

瑤光看他臉色變了又變，忍不住悄悄退了一步，又退了一步，等到楚離衣察覺的時候，她已經退了五、六步，與他之間隔著小小的一段距離。

咫尺天涯。

他遲疑地伸出手去，卻不知道為什麼終於放了下來。

眼淚彷彿怎麼也流不盡似的，她儘量地抬高臉，想著要把淚水逼下去，不讓他看見。

「瑤光，妳要和我生疏了嗎？」他終於開口，話語裡有著掩飾不住的悲涼，彷彿秋天草上的白霜，薄薄的一層，卻無端教人心傷。

「不是大哥……在介意嗎？」她低低開口，含淚笑著看他。

楚離衣看著她半晌無語，似乎隔了很久才澀然開口。「瑤光……我們該怎麼辦？」

我們該怎麼辦？

瑤光眼神一動，頓時淚珠滑下臉頰，伸手拂去，她帶著一抹淺淺的、伶仃如寂寥黃花似的微笑開口。「是啊，大哥，我們……該怎麼辦？」

再也回不到從前了。

顧慮的事情似乎越來越多，而他們之間也似乎變得越來越複雜。

他們，該怎麼辦？

筆架上擺放的是御賜的「點青螺」筆，筆鋒尖銳、整齊，筆腰渾圓飽滿，筆頭以鼠鬚製成，不散鋒，不脫毫，經久耐用。

案上的新安香墨用料考究，造型美觀而典雅，以松煙為基本原料，以麝香、冰片、犀角、珍珠、樟腦、藤黃、巴豆等十幾味防腐防蛀、除臭散香的藥物為輔助原料，和膠時添加生漆，製成了烏玉塊形制的墨錠，上面描繪著海天旭日的精美圖案。
新安香墨旁邊鋪的是淺雲色的薛濤箋，以麻楮白紙，用荷花、雞冠花的花瓣搗成泥狀再加膠汁調研塗抹改製而成，格外清新雅致。
再旁邊是上好的荷葉形龍尾石硯，石質堅韌細膩，溫潤瑩潔，髮墨如油，撫之如柔膚，叩之似金聲，石紋理絢麗，神彩天成，硯額上刻有青蛙蓮葉的圖案，亦是精緻無比。
瑤光很少特意要去寫什麼字，此刻看著案上這些東西，心下忍不住想到妹妹。
若是飛瓊見了，只怕會喜不自勝吧。
於她，卻彷彿有些浪費了。
碧瑚在旁邊幫她磨墨，她略略看了一眼，隨即開口。「好了，下去吧。」
碧瑚遲疑地看了她一眼，退了下去，守在書房門口。
寫什麼呢？
她也不清楚，只是有些什麼話，彷彿想要一吐為快似的。
錦瑟無端五十弦，一弦一柱思華年。莊生曉夢迷蝴蝶，望帝春心托杜鵑。
滄海月明珠有淚，藍田日暖玉生煙。此情可待成追憶，只是當時已惘然。
此情可待成追憶，只是當時已惘然。
房間內的銅漏之聲突然變得清晰無比，一滴便似乎擾人歡夢，等她清醒過來，發現滿紙寫的都是他的名字。

楚離衣。

簾外燕子，海棠春思，琵琶弦上說相思。

「大哥，你的名字好生淒清。」

曾經，她這麼說過。

細細行筆，橫豎撇捺，橫豎撇捺，橫鉤豎橫撇捺。

一筆一畫，說盡曲折心思，銅漏點滴又是一聲，頓時心下一陣焦灼，那一筆卻再也寫不下去了。

提筆在手，墨汁漸漸匯聚，微微的「啪」一聲，頓時讓她悚然一驚，淺雲色薛濤箋頓時被污了一片。

心浮氣躁。

她隨口喊來碧瑚。「幫我把它丟掉。」

碧瑚看了一眼，隨即點了點頭。「知道了。」

瑤光微微一嘆，出了書房的門，剩下碧瑚一人對著那張紙發愁。

要丟到哪裡？

隨手匆匆將那張薛濤箋疊合，朝袖中微微一揣，連忙出了書房的門。

還是撕碎了好。

碧瑚心下暗暗合計，心不在焉地東張西望，冷不防面前人影一閃，嚇得她趕緊停下腳步，微微福了一福。「王爺。」

「王妃在嗎？」景珂含笑看著她開口。

「小姐回房去了。」她低下頭垂著袖子恭敬地開口。

「我去找她。」景珂點了點頭，隨即便要離開。

碧瑚不禁抹了一下額上的燥熱感。

一紙薛濤箋慢悠悠地以一種落葉的姿勢，輕飄地飛到了兩人中間的青石路上。

碧瑚臉色頓時大變，立即搶身上前便要撿起那張薛濤箋。

一隻手卻在她之前出現，伸手幫她撿了起來。

碧瑚的臉色頓時變得蒼白，景珂迷惑地看了她一眼，隨即被紙上熟悉的字跡吸引，慢慢地順著摺疊的印痕打開了它。

景珂的臉色未變，只是淡淡地開口。「是他嗎？」

碧瑚茫然地看著他，突然醒悟過來，頓時面色蒼白，瞠目結舌。

景珂伸手過去，將那張薛濤箋慢慢遞到她面前，目色犀利如劍，灼灼地看著碧瑚。碧瑚只覺得雙腳發軟，忍不住搖頭。「奴婢不知道王爺的意思……」

「讓她亦喜亦憂的那個人……就是他嗎？」他的聲音依然很平靜，但是其間蘊藏著的澎湃之浪，就埋伏在那片平靜之色下，似乎下一刻，就會決堤而出。

原來是他！

楚離衣……

居然是他！

他嫉妒得幾乎想要發狂，怪不得他初次見到的她和現在截然不同，原來……

原來她所有的容華歡喜都是為了另外一個男人！

原來那一日他去接她，她在暗巷中的哭泣是為了這個人！

碧瑚大力地搖著頭，面色蒼白到了極點，不知道該怎麼回答他。

「說！」驀地，景珂低吼出聲，面上是碧瑚從未見過的憤怒和狂亂。

他一貫都是優雅而清貴翩然的，從來不曾有過這樣凶狠凌厲的表情，碧瑚被他嚇得頓時雙膝一軟，跪了下去。「王爺，我什麼都不知道，我什麼都不知道……」

「妳可知道說謊的代價！」景珂對她厲聲喝道。

「奴婢真的不知道，請王爺不要再問奴婢了！」碧瑚打定主意絕口不說，只好不停地叩首，用力太大，沒幾下，額頭就已經紅腫一片。

景珂猛地伸手抓住她的手臂，將她整個給提了起來，勃發的怒氣蘊藏在肌肉下，彷彿下一刻就能扭斷她的手臂似的。碧瑚疼得倒吸一口冷氣，眼淚都掉了下來。

景珂的面色陰霾得猶如烏雲遮日。「妳可知道，我若想取妳的性命，易如反掌！」

一想到他所傾心相愛著的女子心裡居然滿滿想的全是別的男人，他便幾乎要發狂，往日的一幕幕情景頓時浮現在眼前。

難怪……難怪……

即便是有了他的孩兒，她依然不歡喜，一點也沒有即將要做母親的快樂。

她不愛他，或許連喜歡也不曾喜歡過他……

他驀地鬆手，放開了幾乎已經被扼得喘不過氣來的碧瑚，碧瑚一邊喘息一邊顫聲開口。「即便王爺……要取碧瑚的性命，碧瑚也還是不知道的。」

「好丫頭、好丫頭！」他卻突然放聲笑了三、兩聲，聲音淒厲無比，逼近到她的面前。「今日之事……就當沒有發生過，不要說給任何一個人聽！」

隨即他又笑了兩聲，驀地轉身大步離開。

飛絮紛亂拂面，一如他此刻的心境，剪不斷理還亂。

他茫茫然不知道身在何處，一顆心彷彿突然間千瘡百孔，鮮血淋漓。

楚離衣！

日光猶如冬日草色霜容，泛著瑩白的寒意，披頭蓋臉襲來。

一個輕軟溫柔的聲音卻在耳邊響起。「姊夫。」

如當頭水淋，他悚然心驚，頓時醒來。

第九章　兩處沈醉換悲涼

直到這個時候，才發覺自己居然在不知不覺中走出了雩王府，正站在一處他叫不上名來的街道上。

想到剛才那聲輕喚，他回頭看去，卻見喊住他的人身著蜜合色薄羅裙裳，腰間繫著丁香色如意絲條，上面綰了個同心結，掛著一塊羊脂白玉，雕成了梅花狀，剛好壓住被風吹得微微飄起的長裙，軟緞素色繡花鞋微微的一抹藏在裙下。

女子面色瑩潤若玉，雙眉微翠，明眸似水，眼神中分明的淺淺驚喜之色，看著他微笑開口。「姊夫。」

居然是她?!

他終於停下了茫然的腳步，向她走了過去。「二妹怎麼會在這裡？」

「天氣很好，隨便走一走，這條街上賣的字畫很是出名，因此到這邊來看一看。」飛瓊心下怦怦直跳，只覺得緊張得全身都在微微地打著顫。

怎麼也沒有想到會在這裡遇到他……

抬頭看一眼天氣，景珂點了點頭，對她略略一笑。「天氣的確不錯。」

「姊夫怎麼不在府裡陪著姊姊？」飛瓊疑惑地看了他一眼，隨即開口。「不知道姊姊這兩日可好？」

「還好。」景珂又點了點頭，眼神略帶一絲茫然，看著遠遠柳梢頭上的一抹翠綠，腳下卻依舊慢慢朝前走著。

「姊姊如今大喜，姊夫一定也很高興。」飛瓊微微彎起了唇角。

「嗯。」景珂淡淡地點一點頭。「我很高興。」

看一眼身後無聲的惠兒，她再次開口。「姊夫有心事？」

景珂猛地一驚，從自己的情緒中走了出來，搖搖頭。「怎麼會？」

周圍的一切彷彿突然變得靜寂無聲，風微微拂過她身上的蜜合色薄羅長裙，被那梅花狀的羊脂白玉珮壓著，下面垂著的流蘇珠子一聲聲輕輕相撞，發出清脆的聲音，和著腳下細碎的窸窣之聲，微微地撩人心弦。

「對了，前兩日姊姊差人送來了一副上好的文房四寶，說是姊夫讓送的，我還沒有謝過姊夫。」頓了一頓，飛瓊輕聲開口。

「妳喜歡嗎？」景珂心不在焉地開口詢問。

「很喜歡，」飛瓊微微一笑。「『點青螺』筆、新安香墨、澄心堂紙、龍尾石硯，姊夫的厚禮太重了，飛瓊真是愧不敢當。」

「怎麼會？」景珂看了她一眼，微微地揚起唇角。「這些東西配上二妹的字，才是剛剛合適。」

「姊夫太誇獎飛瓊了，倒是姊夫的字更勝飛瓊百倍呢。」飛瓊淺淺一笑。「姊夫的字遒勁如寒松霜竹，落筆瘦硬而手神溢出，矯若遊龍，翩若驚鴻，用筆結字盡如人意，實在值得飛瓊細細觀察學習才是。」

「妳喜歡就好。」聽她言語溫存，景珂終於緩緩地平息下心間的紊亂之情，看著她微微笑了笑。

飛瓊與他眼神一觸，隨即不自覺地移開，唇角邊含著些微的笑意。「飛瓊……很是喜歡。」

察覺到她頰上微暈，與瑤光極為肖似的眉眼更是讓景珂情不自禁心下微微一軟，彷彿被綿綿的春風突然輕輕一擊似的，隱約察覺到她極力在他面前隱藏的感情。

「二妹若是喜歡，沒事的話可以到雩王府的書房去玩，那裡留著我許多手稿。」他含笑開口，語氣裡帶上了一抹微微的寵溺。

「如此，就多謝姊夫抬愛了。」飛瓊微微抬頭，看著他盈盈一笑。

他眼前瞬間浮現瑤光的音容笑貌，有一剎那的恍惚和失神，隨即又莫名地湧上了一絲連他自己都害怕的恨意，如蛇一般悄悄自心底爬出來，蜿蜒纏繞，漸漸地逼近，冰涼滑膩的感覺清晰得讓他遍體生寒。

因為太珍惜，因此更害怕。

「我只希望王爺若有一天視瑤光為雞肋時，一定要放瑤光自由。」

怪不得那一日，她會這麼說。

並不是因為她擔心恩寵消逝，恐怕……她根本就是希望著那一天快點到來，好讓他放她自由，與那個男人在一起……

看著面前的人似曾清晰又模糊的容顏，他的手下忍不住用力，直到聽得「唉呀」一聲，才回過神來。

被他突然握住手腕的飛瓊面上浮現一抹痛楚之色。「姊夫，你沒事吧？」

「我……我沒事。」他幾乎滿頭大汗，身上卻依舊寒意逼人。

飛瓊手腕上的皮膚微微發紅，由於腕上纏著數圈銀鍊子，上面的花形串珠被他同時握在手中，因此硌出了清晰的痕跡。

景珂覺得滿身都在冒汗。他到底是怎麼了？

平素從來沒有如此失態過，如今卻接二連三地做出奇怪的舉動，潛伏在心底不為人知、甚至不為己知的暴力衝動和毀壞慾望彷彿欲脫閘而出的洪水一般，即將洶湧而來。

到底……怎麼了？

驀地轉身，連招呼都沒有打，他已經快步離去。風揚起他的衣袂低低翩飛，如反覆紛亂的心事一樣，無論如何都靜不下來。

雩王府內。

還沒靠近陶然居，就已經聽到琵琶聲。

手上微一用力，已經推開了陶然居的大門，房間內的人回頭，琵琶聲頓時停了下來。侍立一旁的清菡含笑開口。「王爺，你聽王妃新作的曲子多好聽？」

他抬頭去看瑤光，卻見她含笑低頭，放下了手中的琵琶，舉步上前。「回來了？」

略略點一點頭，景珂看著她的眼神有些遲疑。

無論他怎樣，也不能控制他在看到她的時候，不去想到曾經……她以這樣溫婉的樣子面對著別的男人，用這樣的眼神看著別的男人。

見他不說話，只是看著她，瑤光忍不住伸手想去抓住他的衣袖。「怎麼了……」

手中卻抓了個空，他居然輕輕移開了身子。

瑤光頓時愕然，詫異地朝他看了過去。

景珂心下亦是暗暗一驚，隨即努力摒棄腦中所思所想，對她勉強一笑。「作的是什麼曲子？」

「新翻調的〈訴衷情〉。」心下雖然疑惑，但是瑤光隨即淡然一笑。

楚離衣說過的話在她耳邊清晰地響了起來。「瑤光，妳已出嫁，並且還有了孩子……妳須得要好好生活下去，不要再管我了，我會一直守在妳的身邊……」

心下微微一酸，卻還是拿了那曲譜給景珂看。

景珂略略看了看，一旁的清菡又笑。「王爺要不要聽一聽？」

他抬頭看了瑤光兩眼，輕輕地點了點頭。「好吧。」

瑤光隨即取了琵琶在手，微微笑了笑，坐了下去。

永夜拋人何處去？

絕來音。

香閣掩，眉斂，月將沈。

爭忍不相尋？怨孤衾。

換我心，為你心，始知相憶深。

景珂的面色未變，一直看著她，袖中的手卻微微地握了起來，忍不住低低冷笑了一聲。

換我心為你心……始知相憶深！

她到底……

憶的是誰？

思的是誰？

琵琶聲漸漸停息，瑤光抱著琵琶看著他，輕輕開口。「我彈得好嗎？」

景珂不覺點一點頭。「好。」

「那麼……為什麼你不喜歡、不高興？」瑤光輕聲問他。

「我只是有些累。」他倦然開口。

揮手讓碧瑚和清菡退下，瑤光緩步走到了他的面前。「為什麼……會覺得累？」

「可能……只是累了吧。」沒有再看她，他的目光落在案上小小的香爐上，微微一縷煙氣蒸騰上來，在房內幽幽瀰漫開去。

漸漸察覺有溫熱的手指拂在他額上，輕軟無聲。

心下終究一軟，隨即握住了她的手。

這是她第一次，主動靠近他。

埋首在她懷中，微微有衣料涼滑之感，他含糊地開口。「瑤光，妳……會一直留在我身邊嗎？」

「什麼？」她沒有聽清楚，只是微微低了低身子。

「沒什麼。」景珂嘆了一聲，沒有再繼續說下去，只是拉過她的手，放在自己頰邊廝磨。

瑤光看著房間內擺放著的一張梅花朱漆小几默然不語，過了片刻之後，才輕輕地把手放到了他的肩上。

宮城之內的壽慶殿內，微微燭光晃動，空氣中瀰散著濃濃而奇異的酒香。

此時的殿內突然輕輕傳來了三、兩聲低而不成調的琴聲，琴音低而委婉，彷彿來不及訴盡的心意，斷斷續續，若有似無。

「王爺，早點歇息吧。」內侍上前微微低聲開口，提醒著坐在那裡撫琴暢飲的雩王。

「再等一時。」他隨手一揮，將他們趕退了下去。

內侍疑惑地看了他一眼，只好悶不吭聲地慢慢退了下去。

奇怪，王爺自從大婚之後，這還是第一次夜宿宮中，沒有回王爺府。

景珂又獨酌兩口，漸覺酒意朦朧，索性拿了酒罈出了壽慶殿。

夜極靜，一彎新月如眉，遙遙掛在天際。暖風吹來，帶起清淡的花香，夜色頓時被薰蒸出莫名的詩情畫意之感。

殿外的廊簷下掛著宮燈，微淡的光映出一點明亮，四周寂然無聲。

如此星辰如此夜……

酒意醺人，他步履踉蹌，卻一臉疏狂之色，對著身邊所經過的一花一木到處提壺相撞，邀它們一起同醉。

細屈指尋思，舊事前歡，都來未盡，平生深意。

對好景良辰，皺著眉兒，成甚滋味。

手中的酒終於漸漸喝完，微微晃了晃，發現果然一滴也倒不出來了，他索性抬手將那酒瓶一拋，棄之一旁。

眼前的景色逐漸朦朧，看什麼東西都彷彿是兩個似的，腳下虛浮無力，他一個踉蹌，倒在一樹白玉蘭下，潔白的花朵彷彿鴿子的羽翼，在星光下映出微微透明之感。

隱約聽得環珮叮噹以及女子的輕呼聲，彷佛是被突然冒出來的他嚇了一跳。

「對……不起。」他實在已經無力，只好歉意地胡亂揮了揮手。

香風細細，淡淡的甜香彷彿輕輕裹住了他，隨即那個女子輕聲開口。「是你？」

朦朧中睜開眼睛，卻看到一張熟悉的面孔。

明眸勝水，綠鬢如雲，目色微微一動，彷彿有神光離合。

他不禁伸手握住她的肩。「瑤……瑤光，是妳嗎？」

她沒有動，只靜靜地停了下來。

手下的身子在微微地發顫，他心下又憐又愛又恨，整個人似乎都快要被燒得焚盡似的。

見她沒有動，他終於放下心來，抱緊了她。「瑤光、瑤光……我多害怕……害怕妳會離開我……」

她沒有作聲，身子卻越發顫抖起來。

景珂緊緊握住她的肩。「為什麼……為什麼不說……不說妳不會離開我？」

彷彿過了許久許久之後，她才低聲開口。「我不會。」

手下的身子越發溫熱滾燙起來，心下所動，他已經情不自禁地吻了下去，氣息溫熱而狂亂，帶著迷亂又痛楚的感覺，她似乎想要掙扎著躲開，但是他一想到她離開會到別的男人身邊，便忍不住要將她牢牢地困在臂彎中，讓她無處躲藏。

唇與唇接觸的瞬間，她的身子一硬，隨即便如水一般軟化了下來。

偌大的宮殿外，微微的月光照進昏暗的花樹叢中，他的手指流連在她的身上，彷彿燎起了滿天的火。有冰涼的氣息拂過她的肩、她的鎖骨，她彷彿含苞的蓓蕾，被毫不溫柔地催開，明明痛楚，卻又莫名的歡愉。心下茫然的時刻，衣衫已然委地，胡亂地散落在身下。

眼淚掉下來，他一一吻去，口中喃喃不停。「瑤光……妳是我的，妳是我的！」

夜色無邊如水般浸潤開去，落花無聲，濺起暗香無數，迷離曖昧的氣息愈來愈重。遠處的宮殿層疊顯現出微微的一角來，琉璃瓦金黃水綠交雜，月光下泛起粼粼的光，猶如碧波爍爍。

鳳藻宮內，皇后拿起一卷新抄的佛經微微點頭，同身後的宮人含笑開口。「飛瓊這丫頭果然靈巧，以後若有機會，本宮一定幫她指一門好婚事。」

「娘娘恩典，許二小姐一定會感念在心的。」身後的宮人亦然含笑著，看著那一卷佛經微微點了點頭。

「讓妳給她準備的地方已經收拾好了吧？她怎麼說？」看了兩眼，皇后再次笑著開口詢問。「這佛經還得抄兩天，本宮可不想嚇跑了她。」

身後的宮人含笑。「已經安排了，此刻想來許二小姐已經休息了。娘娘請放心，一切都是按照娘娘的吩咐做的。」

皇后終於滿意地點了下頭，隨即繼續就著宮中通透的燈光看著手中的佛經。

茫茫長夜過去，又是一天到來。

天色陰沈，彷彿風雨欲來，空氣中瀰散著讓人焦灼不安的氣息。

尚書房內，成帝坐著沒動。

不是他不動，而是因為有一隻手按在他腦後的大穴上。

雖然看不到身後的人，但是他依然清晰地明瞭其人是誰。

成帝終於開口。「你到底想要做什麼？」

身後的楚離衣冷笑一聲。「這話應該是我來問你吧？」

成帝跟他裝糊塗。「你在說什麼？」

楚離衣鬆開了手，走到他面前憤然開口。「為什麼找人跟蹤我？」

「朕……」成帝頓時語塞，但是看他那模樣，一副根本不知道他為什麼那麼做的樣子，就忍不住心下冒火。「你說朕為什麼要派人跟蹤你？你為什麼要那麼做？既然瑤光已經嫁給珂兒，你就應該謹守本分，不要再與她牽扯不清！你倒好，朕原本以為你回到北朝也就算了，如今你居然又來到南朝，並且躲藏在雩王府中，你實在是——」

成帝一口氣沒有喘過來，面色霎時變得蒼白無比。

楚離衣冷眼看著他。「我與瑤光之間清清白白，你不必妄自推測。」

「你……你……」成帝喘息了片刻後才開口：「你這逆子，存心要氣死朕！」

「逆子？」楚離衣不無嘲弄地開口：「我什麼時候成了你的逆子？楚離衣愧不敢當，承擔不起成帝的錯愛。」

成帝面色一時潮紅一時青白，幾乎不知道該怎麼反駁他的話。

作為人父，他從沒有盡過一天的父職，更沒盡到人夫的職責，反而教秦娥孤苦一生……

「你這樣做，置珂兒於何地？你是他的兄弟啊！」成帝終究還是開口指責他。

「身在皇家，他命運已注定可以得到欽定的華麗美滿的愛情……對於他人來說，卻意味著什麼？」楚離衣心下一痛，說出來的話更是冷厲。「是他一手毀去了我和瑤光的幸福，我為什麼還要顧慮著他？你說我是他的兄弟……這麼淒豔的榮幸，實在讓人愧不敢當！」

成帝茫然看著他，不知道該如何回應他指責的雙眸。

楚離衣看著他，冷冷一笑。「他一時的心血來潮，對我們來說，又意味著什麼……兄弟？血緣？在你的心裡，可曾有過我的存在？我明明……明明求過你的……但是你還是用我的企求去換得他一時心血來潮的幸福……」

成帝顫抖著開口。「你到底要朕怎麼做，才可以原諒朕？朕知道是朕負了你娘……」

楚離衣微微動了下唇，目色冰冷無情，彷彿沒有半點溫度似的。「我不會原諒的。」

成帝心下一慟，喉間頓時一腥，一口血似乎就要嘔出來。

匆忙的腳步聲漸漸飛奔靠近，楚離衣身形一動，已經消失在房內。

門外的人根本沒通報，就那麼直板板地闖了進來。

成帝忍不住憤而開口。「放肆！」

來人卻「撲通」一聲跪倒在地。「皇上，大事不好，太子……太子他出事了！」

乍然而來的噩耗伴隨著來人臉上的恐懼慌張全向他襲來，成帝的身形晃了一晃，眼前一陣黑，隨即「噗」地一聲，嗆出了一口血。

「皇上！」內侍們尖叫出聲，書房內頓時慌亂了起來。

太子的突然死亡，頓時讓南朝陷入了一片恐慌之中。

果然是大事。

誰能想到前一天還健健康康的太子，第二天變成一具冰冷的死屍？

他被人發現在裡城的一家暗巷之內，渾身酒氣，已氣絕多時，身上有十一處劍傷、七處刀傷，甚至還有兩枝箭深深射入他的心臟。

這是謀殺！

蓄意的謀殺！

只是太子平時招搖，又好勇鬥狠，與他結下梁子的人大有人在，這還僅僅是在南朝之內，但是他畢竟是一朝太子，又有誰有膽子去刺殺他？

因此最大的嫌疑犯就是他國派來的殺手，目的是要取了他的性命，要南朝頓失可以繼承大統的人，如此一來，南朝必將陷入恐慌之中，一時半刻自保已經來不及，又哪想著要去擴大版圖？

能夠開疆拓土，是太子景玨此生最大的願望……

只是，他的願望再也沒有可以實現的一天了。

南朝舉國同悲，為太子之喪守禮月餘，民間在此期間禁止嫁娶，直到一月之後，才漸漸地不見滿都城耀眼的白色。

雩王府內，小腹已經清晰凸現的瑤光坐在院中翠色小亭之上，手中握著一卷譜子。

那是一卷〈風入松〉，合了詩詞後重新換的曲子。

聽風聽雨過清明，愁草瘞花銘。樓前綠暗分攜路，一絲柳，一寸柔情。料峭春寒中酒，交加曉夢啼鶯。

西園日日掃林亭，依舊賞新晴。黃蜂頻撲秋千索，有當時纖手香凝。惆悵雙鴛不到，幽階一夜苔生。

「小姐，院中風大，加件衣服吧。」碧瑚手臂上挽著一件衣服走到了她的旁邊。

她輕輕點了點頭，隨即開口。「王爺呢？」

一旁的清菡回話。「王爺一早就進宮了，現在還沒回來。」

「喔。」瑤光淡淡地應了一聲，隨即又看向亭外的春色。

是從什麼時候開始，她的身邊，不見他總是圍繞的身影呢？

他突然變得很忙……但也沒辦法，太子突然逝世，成帝和皇后又相繼染病。她原本也進宮看過，但是皇帝皇后擔心她的身子，所以要她好生待在雩王府中安胎，要她答應好好照顧自己。

亭下的臺階上生著碧色，一路延伸，直到草色彷彿暗無，風吹又生。

默然坐了半晌，她起身沿著臺階慢慢走下去，碧瑚和清菡忙著跟上來，一邊一個照顧她周全。

在院中閒走片刻，她微微搖了搖頭。「我自己走一走就好了，不用妳們扶著了。」

「王妃還是小心一點的好。」清菡連忙開口，依舊小心跟在她身旁。

「哪裡就那麼嬌弱了？」她淡淡開口。

「小姐，王爺會擔心的。」碧瑚看著清菡為難的神色，也開口說了一句。

瑤光只好不語，又朝前走了一段，清菡好奇地開口。「王妃要去哪裡？」

她心下一驚，連忙搖了搖頭。「沒有，沒想過要去哪裡，在王府裡隨便走一走罷了。」

說是這麼說，眼神卻四處搜索，彷彿尋找著什麼似的。

已經好久……沒有見到大哥了……

他說他會在她身邊守護著她，但是她已經有月餘沒有察覺到他的氣息了，她感覺不到他在身邊。

他去了哪裡？

太子大喪，滿朝官員驚慌混亂，皇帝皇后先後抱恙在身……

她卻如此自私地只想著……為什麼這段時間見不到他？

甚至不曾去想，即便見到了，又能如何？

成帝寢宮外，景珂輕悄地走近，低聲詢問站在殿門外的宮人。「皇上今日氣色如何？」

「回王爺，皇上今天的胃口還不錯，已經用過了午膳，比前些日子稍微吃得多了一點。」被問話的宮人恭敬地低聲回答。

或許是聽到了他們的說話聲，殿內響起了成帝低沈的聲音。「是珂兒嗎？」

景珂連忙開口。「是兒臣。」

「進來吧。」成帝又開口說了一句。

景珂應了一聲，連忙走進了大殿。

明黃的綾帳下，成帝躺在御榻之內，臉色果然比前些天好了一些。景珂心下微微一喜，卻見父皇臉上頗有憔悴之色，鬢邊星星斑白，形貌已經實在無法再同太子大喪之前相比，心下不禁又是一酸，隨即便要行禮，卻被成帝揮手止住了。

「父皇覺得今日身體如何？」景珂只好垂手站在了一旁。

「看起來，似乎好了一些。」成帝淡淡笑了笑，四肢都有些乏力，只好慢慢地開口。

景珂皺起了眉，隨即一笑開口。「父皇一定很快就會恢復健康的，雖然兒臣這些日子幫著父皇處理了一些事情，但是終究還是不如父皇親為，只怕處理得不夠妥當。」

成帝認認真真地看了他一眼，景珂被看得微微侷促，只好低了低頭。

「既然你今天這麼說了，那麼珂兒，父皇有一事要囑託你。」成帝微微地咳了兩聲，隨即對他鄭重開口。

「只要是父皇要兒臣做的事情，兒臣一定萬死不辭為父皇做到。」景珂連忙正色開口。

成帝只覺得自己說話稍微大聲一點的話，便有些頭暈目眩，只好慢慢低聲開口。「父皇知道有一件事你是不願意做的，但是現在你大哥不在了，這件事，除了你之外，再沒有一個合適的人選了。」

景珂頓時臉色一變。「父皇——」

成帝揮手止住了他的話。「看來你已經知道父皇的意思了，你大哥既然不在了，父皇決定由你來接替他，做南朝太子，以後成為南朝的國主。」

景珂頓時跪下。「父皇，請收回成命！」

「你這是做什麼？」成帝無奈地開口。「這件事由不得你拒絕，你大哥已經不在，幾個弟弟年紀又小，只有你現在最是合適。珂兒，不要讓父皇為難。」

景珂面有難色。「父皇，這事是萬萬不行的，兒臣從來沒想過有一天會做皇帝，兒臣更不會做皇帝。」

「難道父皇也是生下來就會做皇帝的嗎？」成帝微微搖頭。「這事就這麼說定了，過兩天，等父皇上朝的時候便會提及此事。」

「父皇……」景珂猶在緊張地推辭。

成帝喘息了兩聲，隨即嘆息著開口。「珂兒，父皇的身子父皇自己清楚，我已經沒有多少日子了，難道你想讓我南朝大好江山斷送在我們父子手中？」

景珂被他這麼一說，頓時無奈地低下頭。「兒臣不敢。」

成帝長長吁出了一口氣，慢慢開口。「除了這件事，我還有一件事要和你說。」

「請父皇明示。」景珂連忙開口。

成帝揮了揮手要他坐到身旁，隨即悠悠地嘆了口氣，神色迷離。「父皇很年輕的時候，曾經辜負過一名女子，害她一生不幸。」

景珂頓時面色一怔，有些遲疑地開口。「父皇，你和兒臣說這些……」

成帝看著明黃的綾帳一角，緩緩地開口。「那時候父皇還沒大婚，因為很喜歡她的緣故，所以想著要娶她為妃。如果當時真的娶了她……那麼她的孩子，在父皇做皇帝後，就會是真正的嫡長子。」

景珂不解地看著他。「也就是說，父皇並沒有娶那名女子。」

成帝輕輕點了點頭。「所以……是父皇虧欠了她，更讓她的孩子流落在外，孤苦無依。」

景珂心下一跳。「父皇，你想要我做什麼？」

成帝臉上出現極難過的神色。「那個孩子……找到了我，但是他不準備原諒我，是父皇的錯……」

景珂見成帝面色異樣潮紅，不由得擔心。「父皇，你別太難過了，仔細身體要緊。」

「不妨事的。」成帝搖了搖頭。

景珂見勸阻無效，只好輕聲開口。「那麼父皇是想要我做什麼呢？」

成帝慘澹一笑。「我只是想要你若是有朝一日見到他的時候，要好好待他就好了，畢竟……他是你的大哥。」

景珂輕輕點了點頭。「但是父皇，他叫什麼名字？」

皇帝微微喘息一聲，似喟似嘆。「他自稱楚離衣。」

「是他?!」景珂頓時臉色大變。「怎麼會是他？」

「你認識他？」成帝疑惑地開口。

「認識……」景珂忍不住在心裡冷笑。

怎麼又是他？

居然又是他！

「你……」成帝看他面色不對，略有些遲疑地開口。

「他與瑤光、他與瑤光……」景珂心下翻江倒海，居然一時說不出一句完整的話。

「原來你知道他與瑤光的關係?!」成帝鬆了口氣。「父皇擔心的就是這個，在你大婚之前，他曾經來找過父皇，要父皇幫他解除你與瑤光的婚事。父皇問過你，但是見你一片癡心，所以就沒有答應他。因為這個，他更是對父皇產生抵觸的情緒。因為父皇不知道該不該告訴你，所以一直躊躇到現在，既然你已經知道了，以後見面切記要兄友弟恭，畢竟，父皇虧欠了他，又因為你而拒絕了他……」

景珂的臉色變了又變，一時也不知道是該冷笑還是難過。

果然，早在那個時候，瑤光的心裡便已經慢慢地藏著他了。

成帝又喘息著費力開口。「珂兒，父皇這麼多兒子裡面，最放心的就是你，所以，只能把這件事交託給你了。記得，一定要同他好好相處，千萬不可因為瑤光而傷到你們兄弟之間的關係。」

景珂無語地看著他，不知道該怎麼回答。

兄友弟恭？

還真是諷刺。

「你還記得你五皇叔的死吧？」成帝嘆息著低聲開口：「我知道是你大哥所為，卻一直當作不知道的樣子，就是因為不想把這事查出來鬧得盡人皆知，對皇室來說不僅僅是一個醜聞，更會傷了皇室眾人的心。我們景氏一族的人流著同屬於太祖的血，萬萬不可以骨肉相殘……」

景珂卻被這乍然傳到耳邊的消息震驚得僵成石頭。

皇叔是大哥害死的、皇叔是大哥害死的……

他驀地開口。「我不相信……」

成帝定定地看著頭頂上方的明黃綾帳。「父皇也不想相信，但這卻是真的。一個是我的手足，一個卻是我的骨肉……珂兒，父皇已經為此耗盡了心力……所以，即便是因為瑤光，你也萬萬不能做出對他不利與他翻臉的事情……」

景珂心下一片空白，失神地站在御榻之前。

成帝臉上的潮紅之色越發清晰，漸漸覺得眼前有些發黑，只好倦倦地對他揮了揮手。

「父皇說了這麼多話，實在有些累了，你還是先退下吧，把父皇所說的話回去好好想一想。」

景珂茫然地點了點頭，隨即慢慢朝殿外走去。

原來……事實是這樣的……

他根本沒有想到事實居然是這樣，可偏偏所有的事都是如此奇怪地發生在他的面前。

他所深愛的女子心裡藏著別的男人，而那個男人卻是他從未熟悉過的兄長，也是他曾經緣識一面並欣賞萬分的男人。

他敬愛的大哥居然是殺害了他敬愛的皇叔的凶手，而大哥此時也已經過世，兩個都是他的親人，他根本不知道該如何怨恨。

他從大哥那裡接掌在手的太子位，實際上是本該屬於他那個從未熟悉過的兄長的……

他排行第三，人人皆知他是南朝的三王爺雩王，一直以來，他也理所當然地認為一定是由於自己的二皇兄幼年即歿，因此他才對其無甚印象，不料這根本就是父皇有意為之。

原來，那個男人是他的大哥，而大哥卻是他的二哥……

為什麼事情要這般發展？為什麼看起來，他才是被捉弄的那一個？

為什麼？

半個月之後，就在眾人終於自太子之喪中逐漸走出之時，南朝成帝薨於宮中含延殿內。

成帝的突然病逝讓本就飄搖的南朝更陷入一片混亂之中，南朝在兩個月之內連喪太子、皇帝二人，實在是讓世人震驚之事。就在這一片混亂之中，雩王景珂按成帝遺詔在文武百官的擁護下接掌皇位，登基為帝，改元升平，成為南朝後主，人稱睿帝，同時策封雩王妃許瑤光為皇后，人稱昭后。

睿帝牢記先皇成帝教誨，四處與別國交好，免動干戈，以保南朝百姓安寧，在短期之內，暫時穩定了政局。

大局漸定，國境之內發展一如往昔。

天氣漸漸炎熱，已經是夏季了。

裡城城西阜成大街，許府後院。

許夫人臉色蒼白若雪，直勾勾地盯著飛瓊，眼神發直，似乎整個人都已經癡傻了一般。

「娘，妳不要嚇我！」飛瓊跪在她面前，不停地搖晃著她。

許夫人猛地一個激靈醒了過來，看到跪在自己面前的飛瓊，臉色頓時微微由白轉青。站起身，她在屋中失魂落魄一般轉了兩圈，突然走出門去，片刻之後卻又回來，手中提著猶如兩根手指粗細的荊條棍棒走了進來，隨即不由分說就朝飛瓊身上抽了下去。「妳到底說不說！妳到底說不說！」

飛瓊被抽得渾身劇痛，一邊掉眼淚一邊開口。「娘，請妳原諒女兒！」

看她就是不肯說出腹中孩兒是誰的骨肉，許夫人又惱又氣，直想一棍打死她了事。心驚膽戰的惠兒看著一直保護著自己腹部的小姐受如此重責，忍不住撲了過去，擋住了急落下來的荊棍。「夫人息怒、夫人息怒，這樣會把小姐打死的！」

打在兒身，疼在娘身。

許夫人見狀，含淚恨恨地在自己身上抽了一棒。「既然妳不說，娘還是打死自己好了，居然生出這麼不爭氣的女兒！」

「娘，千萬不要！」流著淚的飛瓊連忙撲了過去攔擋。

「飛瓊，妳是要氣死娘是不是？」許夫人只覺得彷彿有一把刀正在一片一片地切割著她的心。「到底那個人是誰？妳說出來，娘為妳作主！」

飛瓊咬著牙忍著身上的劇痛，眼淚盈眶，卻就是閉口不語。

一旁的惠兒終於忍不住含淚開口。「是大姑爺在宮裡喝醉了——」

「閉嘴！」飛瓊猛地開口喝止。

許夫人卻已清晰地聽到了惠兒的話，頓時兩眼發直，茫然地看著手中的荊棍。

天，居然……居然是他！

房外的風吹來陣陣熱意，飛瓊卻不自禁地縮了縮身子，一顆心彷彿被黃連泡過，苦到難以忍受。

只是一夜而已，誰想到會種下這般孽緣？

她該如何面對姊姊？

第十章　一曲相思無盡窮

婉儀宮內，子雲香鼎中薰燒著若有似無的甜香，稍聚還散。殿內去暑的冰微微融化，「啪」地一聲砸在銅盤上的聲音清晰傳來，在這大而幽深的宮殿之內，一切似乎都帶著回聲似的，嗡嗡得幾乎讓人聽不清楚。

瑤光身上的后服是深紅之色，微微地遮掩著小腹的凸起，行動間已經很不方便了。身旁隨侍的是雩王府的清菡，她從家裡帶的丫鬟碧瑚不知道為何在她封后典禮結束後，堅持去皇家的德淨尼院，沒有任何理由，甚至一句話都不曾說過，就那樣離開了她。

此刻，遠遠地站在殿內，她的身旁，只有坐在對面，臉色蒼白神色驚慌的母親。

母親說了什麼她聽得不是很清晰，突然覺得莫名燥熱，即便在這樣大而空曠的宮殿裡還是覺得身上微微地冒汗，眼前有些發黑，幾乎都要看不清楚母親的樣子了。

竭力靜下心來，她才輕聲開口。「娘，我沒有聽懂，妳還是再說一遍吧。」

許夫人侷促無比。「既然……飛瓊已經這樣了，妳還是為她……求個名分吧。」

瑤光沒有立即開口，停了一停，才抬頭問她。「娘，我……不曾聽皇上說過這事。」

許夫人的臉色頓時僵硬。「那怎麼辦？難道……難道飛瓊會騙人不成？」

「娘，我沒有說妹妹騙人……」瑤光看著她，眼神卻遼遠而空闊，彷彿這座宮殿一樣。

「我知道了，娘放心就是，我一定會幫著妹妹的。」

許夫人終於鬆了一口氣，伸手撫著瑤光的頰。「這一陣子不見，可比之前瘦了。瑤光，娘知道委屈了妳……」

「娘，不要說這種話。」瑤光輕輕搖了搖頭。「他已經是皇帝了……」

許夫人無奈地長嘆了一聲，隨即輕聲開口。「他已經多久沒有來妳這裡了？」

「一個月偶爾一、兩次吧，」瑤光臉上掛著淺淡的笑意。「娘，我懷著孩子，這裡的確不方便他來來去去，我又不能招呼他。」

許夫人心下一酸，只覺得她臉上不禁流露的神情特別淒清。「飛瓊這孩子……居然做出這樣的錯事……」

「娘，不怪她，是他酒後亂性，不是妹妹的錯，」瑤光輕輕按了一下母親的手。「何況飛瓊一直都喜歡著他，我才是不該在他身邊的人。」

許夫人神色惘然，突然想到許久以前的那兩張籤文來，只覺得這寂寞深宮就像一座華麗的墳墓似的，似乎早已經埋葬了瑤光昔日的靈動和明豔。

她不開心、不快樂，只是一個滿懷憂傷心事、半失寵的皇后。

皇后……

即便有這個虛名，又有什麼用？

她忍不住輕輕抱住女兒，撫著她鬢邊的髮，鳳狀累絲步搖上的珠玉溫潤生輝，輕輕搖晃。「瑤光，妳曾經和娘說過，若是有什麼事一定會讓娘最先知道。那個時候，妳想和娘說什麼？」

瑤光偎在母親的懷裡，只覺得自己彷彿又回到了之前可以無憂無慮撒嬌的時候，低低開口。「那時候，是想跟娘說，我似乎喜歡上了一個人……」

「是什麼樣的人？」許夫人輕輕開口，聲音彷彿如在夢中飄忽。

「是讓我喜歡的人。」她微微彎起唇角，聲音同樣飄忽不定。

「那麼為什麼沒有說？」許夫人拍撫著她的背，緩而輕，彷彿生怕驚醒了她的夢。

「因為沒有時間了。」她輕輕開口。

「現在那個人哪裡去了？」許夫人嘆息著問道。

「不知道，」她搖了搖頭，看著她認真地開口。「我不知道他去了哪裡，他好像消失了，不然……就是被我弄丟了……」

微微抬起長長眼睫，看著分外高大的宮殿頂樑，上面刻劃著精緻華麗的花紋，繁雜得彷佛紊亂的心事，卻透著格外冷清的氣息，彷彿百餘年來，它們就這樣冷冷地注視著居住在這裡的妃子們似的，看著她們一日一日熬過這漫長歲月，從青春年少到垂垂老去。

她的一生還這樣漫長，卻已經不知道該要怎麼繼續下去了。

喉間微微地一甜，隨即一股腥氣湧上來，她勉強嚥了回去，隨即笑如往常，並沒有一絲一毫不妥。

只是終究明瞭，她早已經有所不同，被傷到的，是早就難以癒合的傷口。

夜色漸濃，含延殿內寂然無聲。

自先帝逝世之後，當今睿帝便將此處作為寢殿，說是手澤猶潤，彷彿還能時時刻刻感受到先帝的教誨。

見到鑾駕來到殿門前，門外侍立的宮人即刻前去通報，瑤光這才進了殿門。

雖是寢殿，但是最近北朝活動猖獗，因此此刻睿帝並未休息，依然在處理相關事務，見著瑤光來到，略略詫異地起身看著她。「妳身子不方便，怎麼還到處奔走？若是要見朕，請宮人通報一聲，朕自然會過去的。」

「臣妾見皇上，只是為了私事，如果讓皇上奔走，誤了正事，豈不是臣妾的罪過？」她緩緩開口，神色依舊淡淡的。

睿帝見她面色微倦，便走過去扶她在一旁坐了下來，隨即開口。「妳找朕，是為了什麼事？」

「臣妾來，是為了妹妹飛瓊的事。」她靜靜地開口，絲毫沒有任何動容，甚至連髮間的鳳狀累絲步搖都沒有一絲顫動。

「喔？」睿帝隨口問道：「二妹怎麼了？」

「皇上，飛瓊懷了你的孩子。」她輕聲開口，抬眼一眨也不眨地看著他。

睿帝猛地一驚。「怎麼可能——」心卜卻如電光石火一般。

難道……難道是那一次……

怪不得他酒醒後發現身旁的女子消失不見，怪不得他會在酒醉的時候把她當作瑤光，她姊妹二人眉目頗為相似，被他酒醉認錯也有可能……

看他面色急劇變化，瑤光卻一臉平靜，只靜靜開口。「飛瓊說是因為你喝醉了，所以——」

「不要說了！」他猛地揮手制止她的話。

「那麼皇上要怎麼做？」瑤光微微低下了頭，看著自己衣裙一角上細細的刺繡圖案。

「我……我……」煩躁地走了兩步，睿帝回頭，卻看到她一臉無所謂的樣子，只是微顫的雙手似乎洩漏了一些什麼。

她是為了他而難過嗎？

心下一喜，他快步走到她面前，生起一絲歉疚。「瑤光，是朕對不起妳……」

「沒什麼的。」她淡然回話，長袖掩去了她的手，隨即又抬眸看向他。「飛瓊怎麼辦？」

睿帝看著她半晌無語，突然握緊了她的手。「瑤光，妳已經很久沒有喊過我的字了，妳喊一聲好嗎？」

瑤光靜靜地注視了他片刻，眼睛裡散發著清冷的光彩，就在他灰心沮喪到了極點的時候，她才終於開口。「從嘉。」

睿帝猛地一震，隨即抬起頭看著頂樑不語，許久之後才放開了她的雙手，隨即淡淡開口。「飛瓊的事情我會處理，讓她儘快入宮，接受晉封，就做慧妃罷了。」

瑤光起身，微微福了一福。「謝皇上恩典。」

睿帝古怪地看著她片刻，心下茫然而難過。

為什麼……在聽到答應絕不負妳的我有了別的女人，還可以保持得這麼冷靜呢？

而那個女人更是妳的親妹妹……

難道在妳心裡，我便真的是可有可無的存在嗎？

一點點感情也不曾投注在我的身上，因此被背叛之後，也並不覺得有絲毫的痛苦和難過？

是這樣的嗎？

眼看著她在自己面前行禮說要退下，他懷著最後一絲希望開口。「瑤光，今夜……留在這裡陪我好不好？」

她的身形微微頓了一下，隨即緩緩搖了搖頭。「臣妾還是離開吧，免得耽誤皇上做正事。」

睿帝看著她一步步走出大殿，身形一寸寸消失在自己的視線範圍之內，許久之後，他重重地一拳擊在案上，案上擺放的和闐白玉所製的茶盞受那震動頓時跌下去摔得粉碎，濺了一地淋漓的茶水。

終於……可以徹底地絕望了吧？

她放棄了他，寧願將他推給別的女人……

他和她是在什麼時候走到了這一步？

殿外的瑤光每一步都走得分外艱辛，直到走到暗處，才忍不住「咯」了一聲，隨即衣袖一掩，一口腥甜的血頓時濺在衣袖之上，一旁的清菡頓時「啊」地一聲叫了起來。「我去告訴皇上！」

瑤光伸手止住了她。「不要去了。」

「可是娘娘……」清菡擔憂地看著她。

「天氣熱，心裡虛火上升而已，沒關係的。」她低低開口。「不要告訴皇上，他有很多重要的事情要忙，這只是一點小事罷了。」

清菡無奈地點了點頭。

她看了清菡一眼，隨即微微笑了一笑，抬頭看了一眼，發現今夜天上的星子似乎分外耀眼。

清菡突然間發現，皇后娘娘的眼裡似乎出現了一抹罕見的純粹笑意，彷彿是回想到了什麼，帶著暖暖的感覺。

九月初七，這一年曆書上最好的日子，許飛瓊正式受封慧妃。

一時之間，許家出了一后一妃，頓時引來所有人的側目，但是箇中滋味如何，又有誰能明白？

行過各式正式禮節之後，慧妃飛瓊還要到婉儀宮內參拜帝后。

原本選的參拜地點不是皇后寢宮，只是念及皇后懷有身孕不便到處奔波，所以睿帝索性來到婉儀宮內接受慧妃的參拜。

氣氛尷尬而微妙，睿帝接受了參拜之後便匆匆離去了，剩下她們姊妹兩個相對無言。

許久之後，飛瓊終於含淚跪在瑤光面前。「姊姊……對不起……」

「傻妹妹，妳已經有了身子，為什麼對著姊姊也要跪來跪去？」瑤光忙喊過清菡扶了她起來，隨即讓清菡退了下去，好方便她們姊妹說話。

「姊姊，對不起……」飛瓊無地自容得恨不得眼前突然出現一個大坑，能立即將她埋進去才好。

「是我對不起妳才對，」瑤光搖了搖頭。「我知道妳喜歡他，當初要是堅持不嫁就好了。」

「姊姊……」飛瓊疑惑地看著她。「怎麼想到那時候的事？」

「我也不知道，」瑤光淡淡笑了一笑。「最近，我常常想到從前，一遍遍地懷念，想著以前應該這樣，或者以前應該那樣。如果……我當初堅持的話，會不會一切都有所不同？」

她最後一句話說得彷彿是在自言自語，飛瓊擔憂地看了她一眼。「姊姊還是安心養好身子才是，最近似乎瘦了不少。」

「都說回憶是年紀大的人才會做的事情，但是……」瑤光微微笑了笑，伸指在自己心間一點。「或許是這裡已經蒼老了吧。」

飛瓊看她神思縹緲，不自覺生出一身冷汗，幾乎錯覺下一刻她似乎就要從眼前消失不見似的。「姊姊？」

銅漏微微的聲音突然清晰地在她耳邊響了起來，她心下一驚，身上頓時一熱一涼。「我沒事。」

「姊姊，妳不快樂……」飛瓊遲疑地看著她。「妳還在……想著那個人嗎？」

瑤光被她說得一陣心悸，急急地搖了下頭，髮上的步搖頓時輕蕩，藍寶石製的珠串在鬢邊晃了兩晃。「我不知道。」

「那麼……就是在想著他了對不對？」飛瓊忍不住開口。「姊姊，妳到底想要怎樣？」

她茫然地搖頭，唇邊泛起苦澀的笑意。「我不知道，隨便吧，我現在只想著……好好照顧著我腹中的孩兒，他將會成為這世上我最疼愛與掛念的人了吧。」

飛瓊看著姊姊將手覆在腹部，自己的手也不自覺地覆在了自己的腹部。

她的身體裡，孕育著她愛的那個男人的孩子……

一念及此，她心下就是一甜。

之前的種種早已經煙消雲散，她終於得償心願，可以陪伴在自己深愛的那個男人身邊。她發誓，此後的日子，她必定與他不離不棄，至死方休。

其實，同姊姊相比……她真的幸福太多了。

「妳也累了，回去慶儀宮歇息吧。」許久之後，瑤光終於開口。

「是。」她點了點頭，隨即在宮人的照管之下離開。

瑤光一直看著她的背影，直到她走得再也看不到一點點影子，她才長長地嘆了一口氣。

「娘娘。」清菡走了過來，輕聲開口。

「清菡，我這裡不需要妳照顧，妳先出去吧。我歇一會兒，妳過一時再喊我。」她倦然開口，對她微微揮了揮手。

「是。」清菡扶她上了床，幫她放下帳子，這才輕聲出了大殿。

她閉上了眼睛，彷彿要朦朧睡去的樣子，實際上腦海裡卻活躍得很，根本沒有一絲一毫睡意，也因此清晰察覺到了殿內微微不同以往的氣息。

「誰？」她低低開口。

鮫綃紗帳外映出一個朦朧的身影，她驀地翻身而起。「大哥！」

楚離衣見她如此大幅度動作，嚇了一跳，立即揮開了帳子伸手扶住她。「小心！」

微微地有些頭暈，但是她仍然緊緊地抓住了他的手，微微閉一閉眼睛，待眩暈消失。

「瑤光，妳消瘦了許多。」楚離衣不捨地開口。

她用力眨了好幾下眼睛，才把氾濫如潮的淚意給壓下去，免得模糊了視線，讓她看不清楚他的樣子。「大哥，你去了哪裡？我一直在等你……」

「我回到了澤縣，在母親的墓前守了好幾個月，直到現在。」他伸指拂去她眼角的淚意柔聲開口。

「我以為……你丟下我了……」她哽咽著開口，貪婪地將他上下打量。

「瑤光，」楚離衣澀然開口。「我說過，即便妳已經是現在的樣子了，我還是會一直陪在妳的身邊，守護著妳。」

「那麼大哥不是要在我身邊蹉跎一生嗎？」她笑了一笑，卻帶出了洶湧的淚意。

「那有什麼關係？」楚離衣淒然一笑。「反正我這一生已經這樣了，此刻沒有任何要做的事情，我……只有妳了，所以即便將一生蹉跎在妳的身邊，我已經滿足了。」

瑤光淚光盈然。「大哥，我好壞對不對？明明我已經是有夫之婦，卻還是要和大哥牽扯不清……」

楚離衣輕輕扶正她鬢邊藍寶石蜻蜓花釵，看著她的眼睛裡漸漸浮現出微微的笑意。「妳害怕嗎？覺得心下受譴責了嗎？」

瑤光卻輕微地搖了搖頭，看著他含淚一笑。「不，和大哥在一起，即便是做壞人、被人唾棄、嘲笑、謾罵……都沒有關係，只要能夠和大哥在一起，不論怎麼都好，我都不在乎。」

明知道是錯誤的感情，卻還是控制不住。

猶記得那一日的初遇，彷彿故人重逢，又驚喜又緊張。

似是前緣誤。

「那麼，就這樣吧。」楚離衣輕輕一握她的手，隨即慢慢鬆開，看著她淡然一笑。「讓我守護在妳的身邊，保護著妳，照顧著妳。」

好想開口問她，可不可以跟他一起走。

卻明知道不可能。

當初她為了家人離開了他，如今她貴為一國之母，更是不能輕舉妄動。

所以……就這樣吧。

只要能守候在她的身邊，他就已經很滿足了。

尚書房內，睿帝勃然大怒，房間內被摔得一片狼藉，他驀地回頭，看著地上跪著的禁軍統領。「你確定？」

跪在下首的禁軍統領魏岩立即俐落點頭。「確定，皇后娘娘的寢宮內此刻的確藏著一個男子，與皇上說的那個人非常相似，我想應該就是他。」

「你還說！」睿帝抓起桌案上的鎮紙，重重地朝跪在下首的魏岩砸了過去，眼看就要傷到他，也不知道魏岩的身形是怎麼轉換的，他的姿勢根本就沒變，而且彷彿依舊跪在那裡沒動，鎮紙卻已經落到了他的身旁，一點也沒傷到他。

「微臣只是在陳訴事實，並沒有胡說。」魏岩靜靜開口。

睿帝雙手握拳，許久之後突然冷笑了起來，被羞辱和被辜負的恨意頓時洶湧而出，從來沒有任何一刻像現在這樣憤怒過。

很好、很好！

她居然……居然這樣對他！

居然讓那男人藏身在她的寢宮之內，她到底將他這個夫君放在什麼位置上？

「請皇上小心身體。」跪在下首的魏岩低頭開口。

睿帝終於止住了冷笑，微微瞇起了眼睛，回手一拍桌案。「朕不管你們用什麼辦法，總之……給朕解決掉他！」

他幾乎從來沒有想過要恨一個人，但是此刻，他控制不了自己，除了恨，他不知道該怎麼發洩自己此刻的滿腔憤怒。

他已經……已經成為一朝天子，卻連她的心思都拿捏不了，即便他成為了皇帝又如何？他依然得不到自己想要的東西。

她不愛他……

他那般地傾心以對，換來的卻是什麼？

是什麼?!

夜色深沈，空氣中瀰漫著淺淡的草木之香，稀疏星子掛在天邊。

埋伏在暗處的人警惕地盯著婉儀宮內的所有動靜，哪怕再細小，幾乎都逃不出他們的眼睛。

想到之前睿帝的交代中約略提及那人曾經與先帝在宮中偷偷會面，他們就忍不住要暗道一聲慚愧。

他們可是堂堂的皇家禁軍，居然讓人混進皇宮來猶自無知無覺，若是這次再完成不了皇帝的命令，那他們也不必回去見皇上了。

時間一分一秒過去，許久之後，終於見到一條輕忽身影慢慢朝婉儀宮靠近。

果然來了！

眾人頓時興奮起來，幾乎是在瞬間一同閃身而出，攔截下了那人影。無數劍光刀光劃過，將他逼離了婉儀宮的範圍，隨即朝宮外的方向飛掠而去，預備乾淨俐落地解決掉這個囂張到完全不顧及他們面子的人。

皇帝說過，活要見人，死要見屍！

只是他們若想生擒此人，似乎頗有難度……

一念及此，心中所想有志一同的禁軍高手們頓時有所覺悟，下手再不留情，劍招狠厲，拳腳如風。

夜色更深，銀白月亮斜斜掛在天邊，冷冷地看著這一場無聲而激烈的爭鬥。

升平二年二月十七日，南朝國后許瑤光誕下一子，取名仲溥，舉國大賀。

此時江南冬去春已來，雖然猶有寒意，但是草色已然漸漸返青。

宮城之內，婉儀宮中。

撩開簾子之後，便有暖意拂面而來，瑤光面上微有倦然之色，斜倚在一張軟榻之上，出神地看著外面難得的日光透過緋色窗紗照在大殿內的地上，映出了斑駁的花紋。

自從生過孩兒之後，她的身體便一直不是很好，神色間頗有懨懨之態。

在房內靜坐了片刻之後，她突然站起身來，焦躁地來回走了兩步，一旁隨侍的清菡連忙上前。「娘娘，妳身子不大好，還是多多歇息吧。」

「我的身子如何，我心裡自然明白，」瑤光面色蒼白，頰上泛起不健康的潮紅，終於憤然開口。「但是……但是皇上怎麼為此便不要我照顧我的孩兒？」

她急促喘息，緩了幾緩才平息過來。

她的夫君……是從何時起開始變得如此陌生和疏離？她幾乎還沒有看清楚她的孩子相貌如何，就已經被抱到了太后那裡照顧……

清菡低聲開口。「奴婢想……皇上是擔心娘娘吧，娘娘剛剛誕下麟兒，實在不宜太過操勞。」

瑤光睜著一雙因為消瘦而顯得更大的眼睛看著她。「擔心我？」

清菡低低點了點頭。「皇上自然是擔心娘娘的……」

瑤光驀地開口。「不行，我要去看看我的孩子！」

她說著便要朝殿外走去，一旁的清菡急忙開口。「娘娘，外面風大，娘娘還是好好歇息吧！」

「我要歇息到什麼時候？我自己的孩兒，為什麼不能讓我自己照顧？」瑤光百思不得其解，心下頓時又煩又亂，根本不理會清菡，照舊朝外快步走去。

「娘娘！」清菡連忙追了過去。「娘娘千萬不要啊！」

瑤光的手觸上殿門，微微用力之後推開了殿門，隨即就見殿門外長長走道兩邊的宮人瞬間跪下去一大片，她又驚又怒。「你們在做什麼？」

「娘娘請留步！」殿門外跪下的宮人一起開口。

瑤光急促地喘一口氣，冷冷看了她們一眼之後，依舊抬腳朝前走去，但是她每走一步，那些宮人便隨著用力磕一下頭。「娘娘請留步！」

她逼著自己狠下心來，繼續抬腳朝前走去，但是那些宮人繼續叩首不止，她還沒走多少路，那些宮人的額頭已經紅腫不已，微微泛起了血色。

瑤光終於停下了腳步，渾身都在發著抖。「為什麼會這樣？為什麼會這樣！」

清菡也在她身後跪了下去。「娘娘，請回宮吧！」

她回頭，看著清菡惶恐地跪在那裡不作聲，突然想到之前碧瑚離開時蒼白的臉色，心下忍不住一軟，她終於一步步走了回去。

清菡急急地跟了上來，走進大殿之內幫她撩開了簾子。「娘娘，請小心身體。」

「為什麼會這樣？」瑤光的眼神茫然而失焦地看著殿內斑駁的日光碎片。

清菡無言以對，只好扶她重新靠在軟榻上。

「我要見皇上！」瑤光低低開口。

「娘娘，奴婢這就去請皇上好不好？娘娘還是好好休息吧。」清菡看了她一眼，心下不忍，輕聲對她開口。

「究竟是為了什麼？他為什麼要這麼對我？」瑤光神色黯然，彷彿是在喃喃自語一般低聲呢喃。

他怎麼狠得下心讓他們母子分離？

她沒有辦法照顧自己的孩子，而大哥……大哥他失蹤也已經好長時間了，一直沒有再來看她。

到底是出了什麼事？

桌案上擺著半面銅鏡。

其實這半面銅鏡並不大，即使原本是完整的時候也非常適合隨身攜帶。

銅鏡的邊緣上刻著繁麗的花紋，看起來倒是極為精緻之物。

睿帝伸手拿了起來，翻來覆去看了好幾遍，隨即看向一旁的魏岩。「這就是你們給朕的交代？怎麼不見他的人？」

「這是他的隨身之物。」魏岩簡單扼要開口。「為了他，我們禁軍中的高手損傷許多，雖然我們讓他逃了，但是微臣的那一刀正割在他喉嚨之上，他應該是不可能再活下去了。」

將那半面銅鏡握在手中，睿帝臉上浮現出了一抹冷笑。「如此最好。」

魏岩無語，片刻後才開口。「皇上……」

「什麼事？」睿帝回眸看他。

「那個人……」魏岩遲疑地開口。

「朕與魏統領認識也有很多年了吧？」睿帝淡淡開口。

「是，當年若不是皇上向先帝引薦微臣，微臣說不定依然混跡在街頭，以賣藝為生。」魏岩低聲開口。

「沒想到朕與魏統領居然相識了那麼久。」睿帝笑了笑。「因此朕以為，魏統領應該是個讓朕放得下心說話的人。」

「是。」魏岩點了點頭，噤聲不語。

睿帝微微一笑，隨即開口。「若是魏卿無事，就先下去吧。」

「是。」魏岩應聲開口，輕輕退了下去。

卻有宮人同時進門上前，對睿帝開口。「皇上，皇后娘娘身邊的清菡求見。」

睿帝微微挑眉，隨即將那半面銅鏡收起。「讓她進來吧。」

守候在書房外的清菡在宮人帶領下走了進來，對睿帝行禮。「皇上，請皇上去看看皇后娘娘吧！」

睿帝隨意拿過了一個摺子翻看。「皇后怎麼了？」

「皇后身體不好，現在特別掛念著小皇子……今天還要出婉儀宮，說要去鳳藻宮那裡看小皇子，被奴婢們給勸回來了。」清菡輕聲開口。「清菡看娘娘很是難過，這樣下去，對娘娘的身體也不好……」

「她有沒有說什麼？」睿帝並未放下手中的摺子，隨口又淡淡地問了一句。

「娘娘一直在說『為什麼』，說……為什麼皇上要這麼對她……」清菡停了下來，小心地看著他的神色。「皇上不去看看娘娘嗎？畢竟她剛生下小皇子沒有多久，這樣下去……」

睿帝突然看著她開口。「清菡，朕記得妳是雩王府的人吧，真難為妳對娘娘這麼上心。」

「娘娘和皇上對奴婢都很好。」清菡連忙回答。

「既然如此，妳就回去好好照顧皇后就好了。」睿帝對她淡淡地揮了下手。

「可皇上……」清菡無奈地皺起了眉。

睿帝終於放下手中的摺子。「朕知道了，有時間會去看皇后的。」

清菡只好退了下去。睿帝等她離開之後，過了許久，才長長地吐了口氣，目光冷淡地看著書房門上精細的雕花。

婉儀宮內空闊寂靜，銅漏聲聲清晰，鮫綃紗簾層層掛起，因為殿內擺設甚少，所以更顯得冷清。

門外的宮人突然快步走了進來。「娘娘，皇上駕到。」

瑤光心下一驚一喜，也沒有收拾手裡的東西，隨手放在一旁，連忙起身走到宮門前迎接。「恭迎皇上。」

其實睿帝已經來了有一會兒了，隔著窗子見她拿著似乎是布料之類的東西在出神，因此沒有要宮人立即通報，如今見瑤光在自己面前盈盈行禮，他立即一手攙住她。「不必多禮。」

瑤光同他走回宮內坐了下來，睿帝這才發現原來她剛才所拿的是給小孩子所製的小小衣物，手工精緻繁巧，顏色鮮豔活潑，看起來極為可愛。

睿帝又左右一打量，發現她宮中所設甚是簡陋，顏色也多是素淡，她今日身上又穿著一件家常藕荷色衫裙，顏色亦是素淡，面上頗有倦色，居然一點也沒有所謂皇后的樣子。

真不知道她是無心妝容，還是根本不願意做皇后才這副樣子。

睿帝忍了一忍，恍惚想到去年她剛嫁入雩王府沒多久時，那一晚她紅衣長裙，腰束金色綺羅帶，素手纖纖，即席譜就〈天香調〉，那時是何等的風采，如今卻是這副模樣……

「皇上？」瑤光疑惑地喊了他兩、三聲，卻沒聽到他的回答，只好大聲地又喊了一句。

睿帝這才回過神來，心下不由一軟，隨即輕聲開口。「瑤光，妳……瘦了許多。」

瑤光微微地低下頭。「臣妾會儘量調理，皇上不必擔心。」

睿帝看著那嬰孩衣衫出神，隨即開口。「自己做這個多費時間，妳身子不好，不要太過勞累。」

瑤光正在心下想著要如何開口跟他提孩子的事，聽他自己主動提及孩子，於是連忙開口。「皇上，臣妾可不可以自己照顧孩兒？畢竟母后的身體也不是很好，我想著……」

她心下一酸，隨即想到自己一直都沒有見到自己的孩子，如今已有月餘多的時間了，也不知道孩兒如今長成什麼模樣。

「這是母后的意思，說是妳身子不方便，暫時由她來照顧我們的孩兒。」睿帝微微轉過頭去，隨即又淡淡開口。「等妳身子好了再說這事吧。」

「皇上……」瑤光咬唇，隨即又輕聲說道：「歷來都沒有這樣的，雖然我看起來身子不大好，但是照顧一個小小孩童倒不是問題，更何況……臣妾還沒有好好地看過自己的孩兒呢……」

睿帝見她神色哀婉，與他說話時陪著十分的小心，心下一軟，隨即握住她的手將她朝懷中一帶。「瑤光，妳恨朕嗎？」

「臣妾……不恨……」瑤光只覺眼中一熱，隨即就要落下淚來。

「撒謊！」睿帝聽她這麼開口，頓時心內竄出一絲莫名的怒氣，握住她肩膀的手微微用力，看著她的眼裡交織著愛恨不明的複雜情感。「妳為什麼不說恨朕？妳為什麼……要這麼冷靜？妳在朕的面前從來都是這麼冷靜！」

「皇上……」瑤光遲疑著開口，不明白為什麼他一副彷彿被踩到痛腳而突然爆發出了怒氣的表情。

「朕封了妳的妹妹為妃，身邊也有了別的女人，甚至在妳生下孩兒的這段時間內都不怎麼來看妳。仲溥出生後，妳連看都沒能好好地看看他……妳為什麼不堅持來找我，即便是跟我發脾氣鬧彆扭或者罵我打我都可以……但是妳沒有，妳根本不來找我，妳到底把我當成了什麼人？陌生人嗎？陌生得根本不足以讓妳信賴和依靠？」睿帝猛地將她朝後一推。「為什麼……妳要這麼對朕？」

他用的力氣太大，瑤光被他推得重重撞上了桌案，只好伸手一撐，桌案上的東西頓時被她拂落在地，小衣服立即散落開來，其間「啪」地一聲，睿帝看了過去，卻是一個布包，不知道包了什麼，因此重重一響。他伸手撿起，瑤光下意識地想要去搶奪，但是那個布包已經被他打開，裡面包的卻是半面銅鏡，邊緣上刻著繁麗的花紋。

「這是什麼？」睿帝只覺得眼前一黑，頓時有些氣血不穩。

瑤光微一咬唇，才輕聲開口。「半面……銅鏡而已。」

而已？只是「而已」？

睿帝不怒反笑。「半面銅鏡也值得這麼好好收藏嗎？」

瑤光目光閃爍，只覺得眼前睿帝的眼神突然變得凌厲無比，她頓時有些心虛地開口。

「因為……因為……」

「不好說就算了，朕也沒興趣聽。」將手中的鏡子重重地丟在她身後的桌案上，睿帝的眼神瞬間已經變得冷淡無比，口氣更是冰冷。「既然如此，皇后還是好好調養吧。至於皇兒，還是留在母后那裡比較好。」

他說完，再不給她一絲開口的機會，就已經大步朝外走去，明黃的衣袍一閃，隨即就已經消失在她的面前。

他怎麼了？

瑤光被剛才他拋過來的鏡子「砰」一聲給嚇得一顆心狂跳不止，隨即忍不住抓過那半面銅鏡，心中隱約升起很不好的感覺，怔怔地看著殿門，半晌無語。

第十一章　寂寥深宮黃花瘦

七、八顆星掛在天邊，稀稀疏疏，微微泛起淡粉淺白的光。

來儀宮內，絲竹聲聲，奏的是常演的〈柳絮翻飛〉。

琴音婉轉輕柔，撫琴的樂女慢慢行指，整座宮中除了這琴聲之外，似乎沒有別的聲音。

睿帝斜倚在桌案之後，手中拿著一杯酒慢慢啜飲，臉上沒有任何表情，眼神落在那個撫琴的樂女身後時突然一動，隨即微一抬手。「停！」

琴聲戛然而止，撫琴的樂女驚慌地抬頭，就見睿帝正看向她身後的同伴。

那是個身穿緋色平羅衣裙的女子，懷中抱著琵琶，十指纖纖，膚色淡白，只是此刻垂著頭，看不清楚相貌如何。

睿帝又看了她兩眼，隨即對她淡淡開口。「揀妳拿手的曲子彈來聽聽。」

抱著琵琶的樂女應了一聲，隨即琵琶微微橫放，未有過多的動作，熟悉的曲調一下子就抓住了睿帝的所有心思。

〈天香調〉？

居然是〈天香調〉?!

雖然感覺略有不同，但是指法流暢自若，一氣呵成，精彩華美之處絲毫不遜於他記憶中的那一晚所聽到的曲子，彈到興起之處，那個樂女索性起身且彈且舞，緋色長裙散開如夭桃般灼灼明豔。曲終收撥時，她反手而奏，身子婀娜如敦煌望月飛天，餘音嫋嫋，繞樑不絕。

睿帝放下了酒杯，靜默片刻後突然慢慢走下去，伸指抬起她的下頷。

映入眼中的是一張與他希冀的完全截然不同的臉，有著過分明豔和清晰的眉目，但是眉間卻竭力釋出一絲淡然。就是那一抹輕忽的淡然，讓睿帝突然為之目眩，隨即輕聲開口。「妳叫什麼名字？」

「回皇上，奴婢名叫灼色，明灼色。」她輕聲回答，不得不抬起臉迎視睿帝的目光。但是她並未緊張，因為她有很美麗的笑容，此刻微微一笑，恍若明珠玉露，乍然生輝。

睿帝微微一愣，隨即開口。「這曲子，妳彈得似乎很熟？」

「因為奴婢很喜歡皇后娘娘補的這首〈天香調〉，因此平時多有練習。」灼色見睿帝面無表情，笑容僵了僵，忙開口輕聲回答。

「難道除了這首妳就不會別的了嗎？」睿帝突然重重鬆手，臉色也變得不大好起來。

灼色心下頓時忐忑。「自然不是。」

「下次不要再讓朕聽到妳彈這首曲子。」睿帝冷著臉看她，語氣中帶著幾分肅然。

「是。」灼色忙低聲回答，一顆心早就提了起來，七上八下地跳得飛快。

「換一首曲子聽。」睿帝又看她兩眼，隨即淡淡開口。

「是。」灼色心下緊張，只好揀了一首〈長相思〉細細彈了。

美人如花隔雲端，上有青冥之高天，下有淥水之波瀾。
天長路遠魂飛苦，夢魂不到關山難。
長相思，摧心肝……
灼色一邊彈一邊在心下暗思，本以為〈天香調〉會得到皇上的喜歡，但是如今看來……
不知道皇上是不允許別人彈皇后作的曲子，還是只是不許她來彈？
一首〈長相思〉彈完，灼色忐忑地悄悄看睿帝的神色，卻見他頗有悵惘之意，不知道在想什麼想得那麼出神。
宮殿內一時靜了下來，直到許久之後，銅漏微微的一聲響傳了過來，睿帝才恍然一驚似地醒了過來，隨即對遠遠守在一旁的內侍總管開口。「傳旨，加封樂女灼色為美人。」
內侍總管吃驚地上前開口。「皇上……」
睿帝只冷眼一掃，內侍總管忙低頭噤聲，隨即躬身退了下去。
其他人也跟著退了下去，來儀宮中此刻只剩下睿帝和灼色相對。睿帝看了她片刻後，微微一笑。「彈得很好。」
「灼色還以為皇上不喜歡。」灼色見他微笑，終於放下心來。
「朕喜歡。」睿帝的眼神落在她的眉間，癡癡凝思片刻之後，看著她又微微一笑。
灼色心下歡喜異常，抬頭對著睿帝又笑了一笑。

婉儀宮中此刻的宮人們個個緊張得彷彿如臨大敵一般，所有人的視線都落在慧妃的身上，只因她臨盆在即，居然只帶了兩個宮女就大老遠地從居住的慶儀宮來到這兒。

瑤光面色蒼白，略帶責備之色地看著她。「妳怎麼這麼冒失，萬一有個閃失，我怎麼向娘交代？妳如果有事找我，直接差人過來說一聲，我過去看妳也就是了。」

「姊姊身子也不好，還是妹妹來看妳好了。」飛瓊微微笑了一下，略帶了些不自然的神情。

「那妳今日來找我，是為了什麼事？」瑤光扶著她在軟榻上躺好，這才開口問她。

飛瓊目光閃爍，隨即輕聲開口。「也沒什麼事……對了姊姊，怎麼一直不見仲竱？」

瑤光面色一僵，隨即開口。「皇上……說我身子不太好，所以把仲竱孩兒抱到太后那裡照顧去了。」

飛瓊頓時驚訝地微微啟唇，卻不知道該說些什麼，愣了片刻之後才虛弱地開口。「或許皇上……的確是擔心姊姊……」

「妳也說是『或許』不是嗎？」瑤光嘲弄地開口，淡然看著簾外春意。

飛瓊看著她面上頗有鬱鬱之色，忍不住拉了她的手。「姊姊，妳還在怨飛瓊是不是？」

瑤光無奈一嘆，似笑非笑地揚起了唇。「傻妹妹，曾經的雩王，已經是現在的皇上了。」

身為皇上，又豈會此生只擁有一個女子？

不是飛瓊，還會有其他人。

沈默片刻，瑤光看她一眼。「皇上常去妹妹那裡嗎？」

飛瓊難堪地搖了搖頭。「偶爾……」

瑤光微一咬唇，隨即伸手撫在妹妹背上。「飛瓊，我知道妳完全是因為喜歡他的原因……如果妳進宮以後更少見他，姊姊倒寧願妳沒進宮。妹妹要的，不就是想和喜歡的人在一起嗎？」

飛瓊被她說得心下更是難過，忍不住低聲開口。「現在……新封的明美人很是受寵，皇上哪裡還能想到我呢？」

「明美人？」瑤光有一瞬間的恍惚。「那她一定很美吧？」

飛瓊吃了一驚。「她沒有來見過姊姊？」

「可能……是皇上跟她說了我身體不好，不宜見她吧，也沒什麼。」瑤光飄忽一笑，輕聲回答。

飛瓊輕皺眉，微微咬唇。「據說……她很會彈琵琶。」

瑤光聞言抬眸看向她。「妹妹，妳想說什麼？」

飛瓊看了她片刻後才淡淡開口。「我前兩天見過明美人一次，因為隔得遠，我幾乎誤以為是皇上陪著姊姊，所以沒有去打擾，但是後來琵琶聲響起來的時候，我才聽了出來。姊姊彈琵琶向來隨心所欲，不拘一格，但她不是。」

「那又如何？」瑤光淡然開口。

「姊姊，他喜歡的人……一直都是妳！」飛瓊終於忍受不了她臉上的淡然和無動於衷。「如果不是因為我們姊妹兩個人頗有幾分相似之處，他不會在喝醉酒之後把我當作妳。如果他不喜歡妳，怎麼會喜歡上那個彈琵琶的樂女，直接封她做了美人？妳沒有見過她，自然不知道……皇上把她打扮得多像妳！我以前說過，要妳好好珍惜他，但是妳到底做了什麼，讓他開始這麼疏遠妳，不再來妳這裡？」

瑤光被她問得啞口無言，怔怔出神地看著屋中一角，過了許久，才低聲開口。「他喜歡我……所以我……」

就要回應他的「喜歡」嗎？

就要接受他曾拆散她與大哥的事實嗎？

「飛瓊，妳最愛的人是皇上嗎？」許久之後，瑤光終於開口。

「當然，我一直都愛著他！」飛瓊鄭重地點頭。

「那麼，如果有一天，有人說愛妳，然後要妳永遠地離開妳最愛的人……妳會怎麼做？」瑤光微微側眸看向她。

「即便是死，我也不會離開！」飛瓊立即斬釘截鐵地回答。

瑤光微微笑了一笑，隨即輕輕移開了視線。

飛瓊滿心疑惑地看著她，但是隨即感覺一種莫名的痛突然席捲全身，她頓時面色大變，一旁的宮女跟著叫了起來。「不好了！慧妃要生了！」

「快點把慧妃送回慶儀宮！」

瑤光猛地沈下了臉。「都這個時候了，還講究什麼，就在這裡好了！」

「姊姊！」飛瓊緊緊抓住了她的手，臉色蒼白眼神慌亂。

「沒事，姊姊在這裡。」她頓了下，輕輕地拍了拍她的手背。

一陣兵荒馬亂後，整個婉儀宮頓時人仰馬翻，清菡固執地把瑤光推過去坐到了一邊。

「娘娘別著急，奴婢們已經通知皇上了，至於其他的事情，就由我們來做吧！」

瑤光看著眾人忙碌地自她面前匆忙地經過，片刻之後，宮裡的御醫也慌忙地跟著跑了過來，個個行色匆匆，一臉緊張的模樣，她突然想到自己那一日切膚之痛的時候，應該……也是這般慌亂吧？

她慢慢地走過去拿起琵琶，心中萬語千言，盡皆流訴在指間。

一曲〈長門賦〉，脈脈此情同誰訴？

經過宮人通報而匆匆趕到婉儀宮殿門前的睿帝慢慢停下了腳步。

雖然婉儀宮內腳步匆匆，不時響起說話聲，也能夠清晰地聽到飛瓊的呼痛之聲，但是那一縷若有似無的琵琶聲依舊清晰入耳，讓他幾乎是在入耳的瞬間就開始心煩意亂起來。

她到底想要他怎樣？

都說時間能沖淡思念，那麼為什麼……他身邊明明已經擁有了別的人，為什麼聽到她的琵琶聲之後，還是會覺得割捨不掉，總想著朝前一步、再朝前一步，那樣就可以更靠近她一些？

為什麼？

在南朝昭后誕下皇長子之後，慧妃於一個月之後誕下一子，取名仲瀠。其後，慧妃晉為貴妃，同時晉明美人為明妃。

轉眼間，天氣漸漸和暖，草長鶯飛，滿目春色，上林苑中繁花似錦，正是觀花弄景的好時候。

兩個多月左右，瑤光的身體已經完全恢復，只是她心中有事，所以常常在婉儀宮中一坐就是一天，臉色依舊蒼白，略顯消瘦。皇上來過兩次，只坐了一坐，囑咐她好好休息不要隨便走動之後便離開，根本不給她機會開口。

她想念仲竱，卻沒有任何辦法，每次她要出去，身後總跟著一堆人拉著她不讓走，只說是皇上的命令……

這算不算是變相的軟禁？

她愈是想念仲竱，想要快點接他回來自己照顧，她就愈想和皇帝說清楚。皇上不來看她，她便無計可施，心中憂悶，更是難以好好休養，臉色也越來越蒼白。

可是……那是她的孩兒啊，是她懷胎十月、經歷過生死之痛後生下來的孩子，就在他出生的那一刻起，潛伏在她身體內部的母性便已覺醒，但是……他居然讓他們母子活活生離！

他太狠心了！

「娘娘，我們還是到那邊走走吧。」清菡跟在她身後輕聲開口，扶著她朝另一邊走去。碧波之上有小小石橋，橋盡頭有小亭一座，正好方便歇息。

隱約傳來一縷琵琶聲，瑤光疑惑地看了一看，隨即轉身朝琵琶聲傳來的方向走了過去。

「娘娘！」清菡連忙跟了過去。「娘娘還是不要過去了，走了這麼半天也該累了，歇歇腳吧。」

瑤光一怔，隨即回眸看了她一眼，帶了三分歉意。「清菡，對不起，我只是看一看，沒想著要做什麼。」

「娘娘這麼說真是折煞清菡了。」清菡微微嘆了一口氣，也只好跟著她朝樂聲傳來的方向走了過去。

分花拂柳，撥開攔路的花木，直到看清彈琵琶的女子後，瑤光才靜靜地停了下來。

果然很美，是一種明豔的嬌美，微笑的時候彷彿有明光流動一般。

她穿一身緋色裙裳，腰間繫著金色綺羅帶，上面打著同心結，九鳳釵綴著明珠顫巍巍地偎在髮間，膚色淡白，眉目如畫，身後是一棵老杏樹，開了一樹淡粉的花，團團簇簇猶如上好雲綃所製，如冰如雪。

琵琶聲乍起，一隻流鶯霍地「嘀」了一聲，隨即振翅高飛。

不知道為什麼，畫面那麼美，卻那麼刺眼。

她差宮女去了好多次，說要求見的皇上，此刻居然懷抱著對面的女子倚靠在杏花樹下，聽她慢慢彈曲。

好一曲〈春日宴〉，好一首〈長命女〉！

「娘娘！」清菡見她面色頓時大變，連忙低聲開口喊醒她。

瑤光身子一怔，隨即慢慢地把手搭在清菡肩上。「我們走吧。」

清菡又看了一眼，這才默默地對她點點頭，隨即便要扶著她轉身。

她本以為自己能夠走得若無其事，誰知怎麼會腳下一軟，隨即踩到裙角。

「娘娘！」清菡慌張地扶起了她。

「我們快走！」她咬牙開口，強自撐起身子。

但已來不及了，身後的腳步聲清晰傳來，隨即清菡已經低聲拜了下去。「皇上！」

瑤光只好回頭，福了一福。「皇上。」

「妳怎麼會在這裡？」睿帝挑眉看她。

「因為皇上說只要臣妾的身子好了，便可以去照顧仲竱皇兒，所以臣妾想著出來走一走，對身子會好一些。」瑤光起身後低低回答。

睿帝見她當作沒看到他身邊的人的樣子，隨即重重地拂袖轉身，冷然開口。「清菡，送皇后娘娘回宮，今日風大，免得她傷了身子！」

瑤光心下一急，連忙開口。「皇上，臣妾有事和皇上說！」

睿帝停下了腳步，慢慢轉身看著她。「妳想和朕說什麼？」

「臣妾的身子已經好了許多……所以能不能讓我把仲溥孩兒接回來照顧？」瑤光哀求地看著他。

「母后不是幫妳照顧得很好？我看皇后的臉色還是很蒼白，還是回去好好休息吧！」睿帝微微揚了下唇，心下卻憋著火沒有爆發出來。

「但是皇上……」瑤光大急。「我是他的母親啊！有哪一個孩子不是由娘親照顧的？」

「是嗎？」睿帝挑眉冷笑。「我還以為，妳並不想要這個孩子！」

瑤光訝然地看著他。「皇上的意思臣妾不明白……」

睿帝見她如此，冷笑一聲後，對身後的明妃招手，要她前來，指著她對瑤光開口。「如何？朕的明妃琵琶彈得如何？」

「恭喜皇上，明妃的琵琶自然是極好的，臣妾自愧不如。」她低聲垂眸，並不看他。

睿帝見她始終不抬頭，心下惱怒。「怎麼？朕的明妃難道面目可憎到皇后不願意相見？」

「臣妾豈敢？」瑤光只好慢慢抬起頭來，看了明妃一眼，隨即輕聲開口。「明妃麗質天生，又能彈得一手好琵琶，臣妾自愧不如。」

睿帝見她說話時神色連變都不曾改變，心下更是窩著火氣。「皇后居然一點也不生氣嗎？」

瑤光低頭開口。「臣妾為何要生氣？有明妃在皇上身邊服侍，臣妾應該恭喜皇上才是。」

睿帝終於勃然大怒。「瑤光，我是妳的夫君！」

瑤光一愣，隨即開口。「皇上……」

睿帝猛地捏住她的手腕，眼神中寫滿了焦灼之色。「瑤光，難道我不是妳的夫君嗎？見到我和別的女人在一起，妳為什麼不能有任何一絲讓我覺得妳在意我的感覺？」

「但是……你已經是皇帝……」瑤光抬眸看向他，隨即虛弱地笑了一笑。

「若我只想鍾情於妳一人呢？」睿帝手上用的力氣很大，讓她忍不住蹙眉。

「臣妾不敢。」瑤光微微蹙眉，雖然手腕被抓得生疼，但是並未阻止他。

「不敢？」睿帝猛地大笑起來，笑聲卻漸漸變得淒然，隨即他目色森然，冷冷地看著她。「真是個好藉口！」

「皇上……」身後的明妃低聲開口：「皇上抓痛皇后娘娘了……」

「滾！」睿帝猛地大喝一聲，隨即用力把瑤光扯到身前。「妳哪裡是不敢！妳是還沒有忘記那個人吧！楚離衣？哈哈哈！」

瑤光心下頓時有如波濤洶湧翻滾，大驚失色地看向睿帝，唇顫抖著，卻怎麼也說不出一句話來。

「說不出來是不是？妳喜歡的那個人是他是不是？妳的不敢，只是因為想要疏遠我，只想念著那個人對不對？」睿帝抓著她的手腕在她耳邊厲聲喝道，幾乎想要一手掐住她的脖子。「我告訴妳，妳永遠也別想再見到他，永遠也別想！」

瑤光終於回過神來，顫抖著開口。「你知道他在哪裡？你知道他在哪裡對不對？」

睿帝冷笑著看向她。「沒錯，我當然知道他在哪裡！」

「快告訴我，告訴我大哥在哪裡！」瑤光猛地攥住他胸前明黃色的衣襟一角，焦急而慌亂地看著他。

「妳想知道他在哪裡？」睿帝挑眉，隨即冷笑一聲，抓著她的手腕就走。「好，我就告訴妳他在哪裡！」

瑤光被他拉著一路跌跌撞撞地朝尚書房走去，沿途宮人紛紛側目，但是他與她皆無暇顧及。

行至尚書房內，睿帝重重地鬆手，將她恨恨推在一旁，隨即翻出那半面銅鏡，「啪」地一聲摔在瑤光面前。「妳還識得這個東西吧？」

銅鏡！

瑤光心下頓時一涼，衝動地立即抓起那半面銅鏡細看。

果然，同她那半面合起來……

才是完整的一面。

再抬頭，她臉色都變了，聲音也顫抖得幾乎不成樣子。「他……在哪裡？」

睿帝見她此刻失魂落魄的模樣，頓時怒氣勃發，冷笑著開口。「既然這東西都已經落在朕的手裡，妳以為……朕還會讓他活命嗎？」

瑤光身子一顫，隨即抬頭絕望地看著他。

睿帝渾若未覺，帶著一抹冷凝的笑意，淡淡地開口。「據說，他們幾乎把他的頭都給割下來。」瑤光的瞳孔瞬間放大，呼吸頓時急促起來，整個人搖搖欲墜，恍如風中的落葉，睿帝卻對著她輕輕笑了笑，恍如很久很久以前，他伸手過來欲扶她起身時的那個笑容。

「你……」瑤光顫顫地伸出手指著他，口中卻只吐出了一個字，眼前一黑，她頓時身不由己地陷入了一片黑暗之中，心中嘔出的血順著唇滑落，在她蒼白的臉上形成一抹鮮明的血色。

痛苦地輾轉反側，她恍如被夢魘魘住一般難過。

心中痛到了極致，彷彿被人硬生生地把心一剖兩半似地痛苦。

又或許，她也連帶著被人一剖兩半，此生再也不得完整了。

「砰」地一聲，遠方黑暗中傳來煙花的燃放聲，眼前頓時有無數色彩繽紛呈現，深綠、水碧、緋紅、淡紫、明黃、瑩橙……

此生再也沒有任何一場煙花表演能打動她的心了。

「娘娘、娘娘……」耳邊似乎有人在低泣。

什麼娘娘？

她只是瑤光而已。

大哥略一猶豫的時候，她便是這麼說的。

她只是瑤光而已，哪裡是什麼娘娘？

但是大哥呢？他去了哪裡？

她已經很久很久都沒有見到他了……

一瞬間的前塵往事頓時洶湧而來，幾乎將她當場淹沒。

大哥死了，他已經死了！

難以抑制的悲傷和憤怒幾乎讓她當場瘋掉。為什麼……為什麼那人不當場連她也一起殺了？

「娘娘、娘娘……」耳邊有人在啜泣。「娘娘，妳已經昏了好幾天了，再不醒來，說不定連皇長子的面也見不到了，妳不是一直想見他嗎？妳為什麼還不醒來？」

皇長子……那是她的仲竱孩兒……

雖然是那個人的孩子，卻也是她的孩子，是從她身上掉下來的肉，他怎麼了？

勉強睜開眼睛，她虛弱地一把抓住面前的人。「仲竱……仲竱怎麼了，快告訴我！」

眼前的清菡哭得眼睛都快要腫成核桃了，見她醒來，頓時欣喜萬分，抹一把眼淚後慌張開口。「娘娘，妳醒了……」
即便全身上下沒一處舒服的地方，她卻僵直著眼睛看清菡。「仲漙怎麼了？快點告訴我！」
「沒事……」清菡猶豫著開口，隨即又點頭。「皇長子沒事……」
她說著話，眼淚卻又要掉下來似的，瑤光猛地翻身直直而起，用力抓著她，虛弱地開口。「妳……妳……」她眼前一黑，幾乎立時岔氣。
一旁的清菡被嚇了一跳，連忙輕撫她的背。「娘娘，妳不要嚇奴婢。」
「仲漙……」瑤光吃力地開口。
清菡左右為難，眼淚卻愈掉愈多，最後終於開口。「皇長子在出痘……」
恍若被冰雪突然拂面，瑤光頓時僵如石塊。
仲漙……她的仲漙……
她驀地掀開身上的被子，來不及穿鞋，已經朝外衝了出去。
她必須要去見他！
她必須要去照顧他，他還那麼小！
「娘娘！」身後的清菡追了上來。
瑤光充耳不聞，卻猛地回身抓住她。「仲漙現在在哪裡？」
清菡見她狀態若瘋癲，只好回答她的問題。「在太和殿，方便御醫照顧……」

瑤光立即朝太和殿方向奔去。她衣衫凌亂，釵環不整，腳下沒有穿鞋，一路飛奔而去，沿途的宮人見她如此，居然震驚得沒有一個人攔住她。

朱紅雕花殿門在她面前終於顯現出來，她快步上前，手上猛一用力，太和殿的大門轟然頓開。裡面正在嘆息的御醫詫異地回頭，隨即紛紛跪拜行禮。「參見皇后娘娘——」

宮殿之中到處都飄蕩著艾葉的味道，腳下的地觸肌生涼，她渾然未覺，一步步朝前走去，有御醫想攔住她。「娘娘……」

她低聲開口，縹緲的聲音在宮殿中彷彿迴響一般嗡嗡共鳴。「他是我的孩子。」

「還請娘娘保重身子……」依然有人想攔住她。

她推開那人的手。「他是我幾乎算素未謀面的孩子！」

她終於看到了她的孩子。

小小的一張臉，微微泛起不健康的粉色，臉上猶自帶著出痘形成的痕跡。

他還那麼小，小手小腳都微微蜷著，偌大的一張床上，他只占了小小的一點點地方，讓她幾乎無法想像他以後會長成翩翩英俊的少年模樣……

這就是她的孩兒。

「仲溥……娘從來沒有抱過你，現在，娘來抱一抱你好不好？」她忍著眼淚，輕輕將床上的小小孩兒抱起來，然後輕輕地哄著他。

做了母親，她卻是第一次知道做母親是什麼樣的感覺，只是……只是……

「請皇后節哀。」御醫低低的說話聲被淹沒了，她聽不到。

她只看得到眼前的小小孩兒，即便他臉上有著出痘的痕跡，依然能看出來他是個多麼冰雪可愛的孩子。她還不曾盡到母親的職責，還不曾將這世間所有最好的東西呈送到他的面前，甚至還不曾好好地抱一抱他，親一親他……

為什麼要這麼對她？

「皇后，皇后……」似乎有人將她懷中的孩兒奪走了，似乎有人半扶半抱著想要將她送回自己的宮中，似乎……似乎太和殿內突然亂成一團，在那個明黃色的身影出現之後，簡直是一團糟。

為什麼？為什麼要這麼對她？

她驀地劇烈掙扎，聲音尖利到微微刺人耳膜。「把仲溥還給我！把他還給我！」拉住她的宮人無措地想要把她帶出殿外，她卻仍在極力掙扎，直到宮人怕傷到她而鬆手。她立即一頭朝離她最近的柱子上撞了過去，頓時發出了「砰」的一聲悶響。

她剛才……就已經想這麼做了……

心神痛苦到了極點，是不是只有肉體也跟著痛苦才能緩解？

血模糊了視線，她卻緩緩地彎起了唇角，看著眼前恍惚的人影笑了。

最壞的結局……也不過如此。

不是嗎？

升平二年四月初，皇長子仲溥歿。

整座宮城再不聞任何歡聲笑語，即便有事，也只是匆匆交談，隨即錯身而過。

婉儀宮內冷寂得彷彿一座活死人墓，風吹起白色的鮫綃床帳，床上的人兒也不知道是好不容易入睡了，還是又陷入了昏迷之中。

明黃的身影一步步走進這座宮中，消瘦了許多的身形此刻更顯得孑然蕭索，彷彿孤零零地撐著一副人架子而已。

微微的冷陽透過窗紗照進殿中，將他的身影拉得更是瘦長。

「皇上。」已經兩日未曾好好休息過的清菡被驚醒，連忙輕聲開口。

睿帝看著她眼睛下的陰影，略略頓了一下之後，問：「皇后怎麼樣？」

清菡似有難言之隱。「娘娘……還好，好不容易睡著了。」

「她說什麼了嗎？」睿帝看著那就在不遠處的床榻，卻沒有半絲力氣再走過去靠近她。

「沒有，娘娘一直在出神，不吃不睡直到現在。」清菡抬頭看了她一眼，隨即又猶豫地垂下頭去。

「妳也沒有好好休息過吧？」睿帝驀然生出了憐惜之意。「清菡，下去休息一會兒吧，這兒我來看著。」

清菡欲言又止，突然跪在了睿帝面前。「奴婢可以求皇上一件事嗎？」

「說。」睿帝輕聲開口。

「不論娘娘說了什麼、做了什麼，皇上能不追究嗎？她已經受過太多打擊了……」清菡抬頭看了他一眼。「奴婢知道，碧瑚的事也是皇上的意思，所以要責罰的話，皇上就罰奴婢好了……」

睿帝神色古怪，看了她片刻後，卻只是揮了揮手。「好了，我知道了，妳下去吧。」

清菡應了一聲，終於退了下去。

睿帝在房內站了許久，才慢慢朝床榻之處走了過去，伸手搭在那鮫綃床帳上，想拉開看一看她，卻還是頹然放棄了。

他不知道……該怎麼面對她……

那一日，她在太和殿中滿頭是血地指責他是如何地毀去了自己的幸福……他才恍然驚覺，原來錯誤居然是這樣地深……

他以為他會給她幸福，他以為她嫁給了他，她同樣覺得這是幸福，卻沒有想過，用皇權欽定的愛情……

注定淒豔如血。

她愛的是別人，一直到現在都不曾愛過他。

他惱過恨過，但是又能怎麼樣？

若是當初他與她彼此交錯，她能夠得以嫁給她所愛著的人幸福一生，而他……也不會變得如此醜惡，甚至命人殺掉了他不願承認卻又無法否認的兄長。

是他一手毀去了這麼多人的幸福，他居然從來都沒有想過，唯一一個真切愛他的女子被他丟在慶儀宮中無奈度日……

如果當初……

這個世界上，最欠缺的就是如果和早知道。

即便他悔不當初，又能如何？

楚離衣不會復活，她也不會再幸福，他和她的孩兒也已經過世……

床榻上的人兒突然一動，隨即他便聽到了那個久違了的聲音。「是你嗎？」

「是。」他朝前走了兩步，卻又退了回去。

「你還來做什麼？」她倦倦地問他，聲音嘶啞，彷彿突然老了許多。

「我……只是想看看妳。」他低聲開口，生怕驚擾了她。

沈默。

無言的沈默將他層層包裹，越是如此，他便越是忐忑，最後只好趕在她開口前說話。

「我知道妳現在不想看到我，所以我等下就走，但是我有一句話，要對妳說。」

他沒有再用「朕」字，小心的語氣彷彿依舊是那個對她百般憐惜寵愛的夫婿。

過了片刻之後，她終於開口。「說吧。」

睿帝眼神一動，隨即輕聲開口。「對不起。」

她依舊沒有任何表示。

又過了片刻之後，睿帝又開口。「我愛妳。」

他說完之後便立即轉身，生怕在她面前失態，只好匆匆逃離她這裡。

「皇上。」她淡淡的聲音突然喚住了他。

「什麼？」他轉身，遲疑地看著那鮫綃床帳內掩住的身影。

「放了我，給飛瓊幸福。」她淒然微笑，隨即輕輕掀開了床帳。

睿帝頓時愣住了。

鮫綃床帳內的她頂著一頭已經不知何時被剪去、參差不齊的頭髮看著他，手一伸，床下頓時委落一地烏髮。

她輕聲開口。「德淨尼院，我去那裡。」

升元二年四月底，昭后許瑤光因痛失愛子後心神俱碎，歿於婉儀宮，時年不過二十歲。

升元二年六月，慧妃許飛瓊被封為皇后，並冊封其子仲濚為皇太子，為將她與姊姊昭后許瑤光區分，時人稱其為「小昭后」。

在大昭后許瑤光的葬禮之上，睿帝親筆做〈南朝昭后誄〉一文，連續十四次用了「嗚呼哀哉」之詞深切悼念大昭后，此誄情真意切，含血浸淚，幾乎令人聞之生悲。

只是冷月當空，柳煙淒迷，桐花依舊，蛾眉卻已全非，睿帝即便身為帝王，也有不稱意的時候。

不如意事十之八九，原本便是人生至理。

而此時的北朝，更是蠢蠢欲動，面臨著改朝換代的危機。

帝王之家，也不過如是而已。

番外之楚離衣〈人間不許見白頭〉

天色將明未明，整座都城尚未從夜的夢鄉中甦醒，大街上罕有人走動，只有遠處隱隱地幾聲響，卻是附近的尼院敲響了做早課的晨鐘，除此之外便是一片沈默的死寂。

這時候也正是守城兵衛最為放鬆懈怠的時候，再加上城門緊閉，因此他們完全沒有料到，有人會在此時縱身越過高牆，翻過緊閉的城門，朝著內城中心那片紅牆黃瓦的禁宮飛掠而去。

此時啟明之星依然高懸於空中，彷彿一隻了然世事的眼睛，靜默地看著那人避開皇宮內重重耳目，徑直來到昔日南朝國后居住的婉儀宮前才停下身形，那樣沈默地站在宮門之前，彷彿渾然不怕被人當成刺客將他拿下一般。

暗淡天色下，隱約可以分辨出他修長的身形，卻看不清楚他到底什麼模樣，只能模糊地察覺到他臉上似乎覆有一物，只是到底是什麼東西，卻完全分辨不出。

他就那樣站在婉儀宮門外許久，直到不知何處傳來的聲音驚醒了他，他這才閃身進入宮殿之內。但是不過片刻，他便自宮殿內空手而出，隨即辨了一下方向，朝皇帝的寢宮位置掠去。

不消片刻，便已來到那寢殿之外。

他隱在暗中張望片刻，突地自身邊隱蔽之處的花木上折了一段木枝，信手彈出，那木枝便驀地彈在了遠處的涼亭簷角之上，發出一聲響來，隨即就聽到「咻咻」幾聲，不知道從何處竄出數條黑影，四下張望一番後散開，像是要追蹤剛才那聲響的來處。

這人見那些黑影離去，這才輕巧閃身躍入寢殿之內，朝裡悄聲行去。

寢殿之內薰著淡香，有幾個宮女想來夜裡過勞，居然在此時打起了瞌睡，因此方便他一路行去，輕鬆闖入內殿，隨即就見那內殿的龍床之上躺著一人，容貌俊逸，正是當今南朝國主，景珂。

他看了兩眼，緩緩上前，自腰間抽出長劍，擱在了景珂的脖子上。

長劍冰涼，直滲肌膚，景珂從睡夢中察覺，驀地睜開了眼睛，隨即便見到一人，戴金色面具，穿一身青衣，正冷冷地看著他。

而那把劍，正握在那人手中。

景珂頓時大驚失色，只是劍在頸上，不得不勉強維持鎮定，他看著那人，勉力開口。「你是誰？好大的膽子，居然擅闖皇宮禁地？」

那人卻不作聲，依舊看著他。

景珂與他目光相視，漸漸覺得此人身形無比熟悉，尤其他目光沈肅，令他突然心下一動，如醍醐灌頂，驀地驚道：「難道你是……」

那人終於開口，聲音艱澀無比，似是咽喉受損一般。「不錯，正是我，楚離衣。」

「你沒死？」景珂的臉色頓時變得蒼白萬分。

「是……我沒有死。」楚離衣靜靜看著他，然後緩緩地摘下了他臉上的金色面具。

景珂不禁朝他臉上看去，卻吃了一驚。

眼前所見觸目驚心，只見他半張臉上傷痕累累，自面頰開始，直劃入頸中，沒入衣內。

景珂張口結舌，不知道要說什麼才好，半晌他才澀聲道：「你……是來找朕復仇的？」

楚離衣突然嗤笑一聲，笑容牽動他臉上傷口，越發可怖。他冷冷看了景珂一眼。「復仇？我若是要復仇，剛才便不會喊醒你，只會一劍割開你的喉嚨。」

景珂只覺得他握劍的手似乎緊了一緊，劍尖微微刺入他的頸中，傳來一絲刺痛，他僵持半晌，終於再次開口。「那你到底所為何來？」

楚離衣目光灼灼。「我來……只為瑤光。既是國喪，何以婉儀宮中未設靈位？你到底將她藏到了哪裡？」

景珂臉色頓時一滯，不知為何，他只覺得分外可笑。

這兩個人……這兩個人！

他驀地抬頭挺胸，跳下床來，渾不懼長劍就抵在他頸中，冷然面對楚離衣。「我為何要告訴你？」

「我已死過一次，不會再怕第二次，」楚離衣劍尖朝前一逼。「但是你卻不一樣。皇上，告訴我她到底在哪裡？」

當日他被大內侍衛逼出宮去，身受重傷，九死一生，若非他掙扎逃離，途中又被農人所救，只怕早已悄無聲息地死去。

只是沒想到待他養好傷，卻已經過了這麼長的時間，而他前幾日求救他的農人進城來打探消息，才獲知……瑤光居然已經離世！

可是他不信。

生要見人，死要見屍，即便瑤光真的已經不在了，他也絕不會就此離去，他一定要見到她！

楚離衣心下急切，長劍朝前一送，已將景珂劃傷，一線血痕頓時順著他的頸子滑落下來。「告訴我，她在何處！」

景珂突然冷笑起來。「好一個楚離衣，好一個許瑤光！」他一聲比一聲淒切，一聲比一聲憤恨，驀地，他伸手抓住楚離衣的長劍，逼視著他。「你憑什麼問朕要人？你憑什麼？瑤光她是朕的皇后，不論是死是生，都跟你毫無關係！你想知道她在哪裡，朕就是不告訴你，便是你今日當場殺了朕，你也休想知道瑤光在哪裡！」

他大聲開口，重重抓住那把長劍，鮮血頓時順著長劍滴了下來，弄得地上血跡斑斑，甚是嚇人。

有守在殿外的侍衛察覺到殿內的動靜，著急之下，大聲開口。「皇上，發生了什麼事？」

「你們都不要進來！」景珂厲喝一聲，止住了他們，隨即他冷冷地再度看向楚離衣。

「怎樣？你今日若是殺了我，你也休想再次逃出這皇宮！」

一時間，二人之間劍拔弩張，暴烈情緒一觸即發，但是這般僵持半晌之後，楚離衣突然臉色蒼白地後退了兩步，鬆開了手裡的劍。他看著景珂淒然一笑，輕聲道：「逃？我為何要逃？我來，只是想知道瑤光她到底怎樣了，若是她真的死了……我便下去陪她，若是她還活著……若是還活著，她若出不了這皇宮，我便守在這裡一世陪她……」

景珂暴怒至極。「她是朕的皇后！是朕的！」

楚離衣奇怪地看了他一眼，突然看著殿內無人之處，淺淺笑了一笑。他原本容貌俊俏，如今雖然相貌已毀，但是這一笑，卻是說不出的溫柔。他又看了景珂一眼，輕聲道：「她心裡，有我。」

雖是七月盛夏，景珂卻因這一句話而徹骨冰寒。他死死盯著楚離衣，彷彿想要殺了眼前這世上至可惡之人，卻又想大哭一場，既是為自己，也是為瑤光和眼前這人。

天意弄人，在他不知道的時候，他以為瑤光的出現是上蒼的恩賜，但是他明明知道了所有的事情之後，卻還是眼睜睜地看著這事情一錯再錯，直至不可收拾。

「你是南朝的皇帝，你想要什麼，都可以擁有，楚離衣不過一介草民，自出生始到如今，平生所得，也不過瑤光一個，」楚離衣靜靜看著他。「我曾以為，了卻身世之傷後，我便可帶著瑤光離去，卻沒想到會發生那麼多陰差陽錯的事情。可是，你既然深愛瑤光，卻為何要看她憔悴傷心下去？任她在這皇宮裡一日日逐漸枯萎下去？與其讓她葬身在這囚牢裡，為何不放她自由，就當我求你——」楚離衣驀地抬眸看他。「我求你，放了瑤光，還她自由，如果皇上答應的話，楚離衣這條命，隨你處置！」

他說完話之後，驀地一撩外袍，對著景珂「咚」地一下重重跪了下去。

景珂驚得臉色大變，想要閃開，卻不知為什麼身體重得彷彿完全動不了似的。他看著跪在他面前的楚離衣，只覺得心中百味雜陳，難以言說。

眼前這個人，叫楚離衣。

他曾與他把酒言歡過。

他亦知道，這個人其實是他同父異母的哥哥，他們身上，流著相同的血……

景珂的目光怔怔地在他臉上梭巡，直到這個時候，彷彿才突然發覺，其實他們二人長相頗有相似之處，不論是臉型，還是眉毛、鼻子，都像極了他們的父親。

寢殿之內靜悄悄的，時光一寸一寸離去，景珂不知道自己看了他多久，他只知道他握劍的手終於變得疲軟，於是他手裡的那把劍便「啪」地一下掉在了地上。

他既冷又倦，幾乎說不出一句話來，只能慢慢地揮了揮手。可是那個人還是跪在那裡，腰背挺得筆直，連動都沒有動。

瑤光……他是為了瑤光……

景珂只覺得自己頭疼欲裂，他慢慢上床，將自己重新裹進錦被裡，翻身朝裡，許久之後，才模糊地吐出了一句話。
他說：「德淨尼院。」
身後彷彿傳來風聲，又過了許久之後，景珂轉過身來才發覺，這偌大宮殿之內，如今已只剩下了他一個人，如果不是那把長劍還丟在地上，他幾乎懷疑之前的一切是不是自己作的夢了。
他終於慢慢地閉上了眼睛，準備再睡一會兒，好作個好夢。
夢裡，應該有晴絲一閃，依稀彷彿，那人戴著金累絲鑲寶石的髮簪，陽光下燦然生輝……
天色終於亮了起來，德淨尼院內鐘聲再度響起，卻是早課修持已經結束了。
已是盛夏時節，院中高木枝枝葉葉恍如要蔽天遮日一般，滿眼的綠意，幾乎讓人睜不開眼睛。樹下坐著的灰衣女尼雖然聽到了鐘聲，卻是始終沒動，只是抓著一本佛經，依舊在那裡坐著慢慢地翻閱。
人生有八苦：生，老，病，死，愛別離，怨長久，求不得，放不下。
有愛故生憂，有愛故生怖，若離於愛者，無憂亦無怖。
她盯著那行字，沈思了許久。不知道過了多久，她終於起身，伴著耳邊隱約傳來的誦經之聲朝院中放生池走了過去。

池水明明若鏡，清晰地映照出了她的樣子。

依然是舊時的鳳眸瓊鼻，只是她如今眉色淡雅，目光沈靜如水，曾經令睿帝一見傾心的容華似乎已經消失，整個人黯淡了許多，只怕便是熟人見到，也不敢貿然認她便是昔日的南朝大昭后許瑤光。

她正是許瑤光，昔日的許威將軍之女，亦是已經成為當今南朝國主的雩王親封並下旨「厚葬」的大昭后。

世人都以為她傷心孩兒過世而隨之病逝，有誰知道她居然會在這皇家尼院之內隱身呢？雖然尚未削髮，但是德淨尼院的人早已經默認了她的存在，一同保守著這個秘密。

對著那明鏡般的水面癡然看了片刻後，她輕輕摘下頭上的灰色衲帽，一頭參差不齊的短髮頓時披散下來。

臨水而立，她伸指握著短短的髮尾出神。

當日剪去後，便再也沒有長長過。

曾有過的愛恨情仇，似乎隨著那髮被一併剪去，再也不曾留下些許。

昨日師傅問她。「癡兒可有所悟？」

她微微一笑閉上眼睛，輕輕開口。「相見不如不見，有情還似無情。種的前因，結來後果，生生死死，死死生生，如是而已。」

彷彿有穿堂的風襲來，心上頓時一痛。

佛語有云：風亦不動，樹亦不動，乃汝心動也。

她根本絲毫未悟，託身尼院，終是愧對佛祖……

一顆淚慢慢自她眸中溢出，隨即滑落下來，滴在如明鏡般的水池面上，泛起一圈一圈的漣漪。

朦朧中，她似乎看到以前無數個畫面，紛亂地掠過她的眼前。

她以袖掩口，想將自己此刻心中的痛苦盡數嚥下，但身體卻忍不住在瑟瑟發抖，直到……直到有雙溫熱的手突然伸來，萬分憐惜地握住了她短短的髮尾。

她忍不住一驚，不覺朝那水池面上看去。池水清澄如鏡，清晰映出她身後分明站了一人。

那人穿一身青衣，身形……甚是熟悉。

狂喜、慌亂、緊張、無措、茫然……種種情緒頓時紛亂地交織在一起，她驀地轉身，看著那突然出現的人臉上卻覆著奇怪的金色面具，似乎有恐怖的傷痕隱在下面，甚至連他的咽喉之處亦有恐怖的傷痕，彷彿被人一刀割斷了半個頸子似的，但是他眸中的不捨和憐惜，隔著面具，依然清晰可見。

楚離衣！

他是楚離衣！

她以為他已經死了，可是他……可是他……

與君初相逢，猶如故人歸。

她難以置信地看著他。「大哥，我以為……以為你死了……」

「沒有……我還活著……」楚離衣心中酸楚萬分，驀地伸手攬住她，將她緊緊抱在懷中，為這久別的重逢。

受創的那一日，他看著天上冰涼的月亮，真的以為自己必死無疑了，卻突然在那個時候想到了她。

他告訴自己，他絕對不能死，因為他還要活著……去見她……

「大哥大哥大哥……」瑤光臉埋在他懷中，終於可以肆意地流下淚來，不多時便打濕了楚離衣身上的青衫。

她任性地喊著他，彷彿唯有這樣，才可以證明眼前這個人是活生生的，沒有離開她。

「我在，我在這兒……」楚離衣伸手輕撫她短短的髮尾，感受著她溫熱的體溫，心中雖然酸楚萬分，卻終有一種塵埃落定的慶幸和滿足。

他自那日受傷被砍傷頸子之後，說話一直比較艱澀，因此半晌才道：「瑤光……妳的頭髮，留長吧。」

那麼長的日子不見，他的第一句話，居然只是要她把頭髮留長？

含淚點一點頭，瑤光哽咽著開口。「大哥，我聽你的……」

楚離衣沒再說話，只是更緊地抱住了她，瑤光情不自禁地閉上了眼睛，彷彿一瞬間回到了最初相見的那一日。

黑暗中的眼前似乎突然炸開萬紫千紅，一如初次相見的那個夜晚，耳邊轟然聲動，隨即繽紛繚亂，一如星落急雨。

若是從一開始便明白想要的是什麼該多好，那樣的話，也就不必無端生這許多是非。原本就該成就神仙眷侶，只羨鴛鴦不羨仙，卻總奈何似水流年，錯牽紅線兩難全。這望斷的青春，拋擲的時光，要找誰人才能歸還？

遠遠地身影一閃，卻是同樣灰色尼裝的碧瑚，默然看了片刻，隨即帶淚含笑走開。

抬頭四顧，水般豔色陽光已然四處飛濺，映得院中一片明朗。清風忽來，夏日的早晨意外地清涼而寂然，晨鐘再次響起，驚飛了林間棲鳥。遠遠地看去，一點黑影飄然而去，倏忽消失在天上雲邊。

番外之景珂〈傾城〉

天色黯淡，皇城外殺聲震天價響，催戰的鼓聲更是一聲接著一聲響不停，震得整座皇城彷彿在下一刻就會轟然坍塌似的，讓人忍不住心驚膽戰。

站在城牆之上朝下看去，北朝的軍士彷彿密布四面八方，將整個皇城團團圍住。這般場景，看得久了，只會讓人忍不住心生絕望。

圍城之役已經整整持續七天了，守城的兵士深知他們已經沒有辦法在這場戰役中獲勝，但是，只要那個人還在，只要他還站在他們身邊，他們就一定會血戰到底！

傾國之戰，不死不休！

他們的目光忍不住追隨那人——南朝國主，景珂。

鋼盔鎧甲下隱隱露出了明黃服飾一角，那是象徵著天子身分的顏色，經歷了戰火的洗禮，他原本俊美飄逸的容貌如今略帶了煙塵之色，雖然看起來憔悴不少，可是看著他那緊抿的唇角、堅毅的表情，卻是他們以前從不曾見過的樣子。

詩書風流、文采飛揚，他曾是這樣的人，可是如今，他佩著劍、穿著盔甲，一身兵戎裝扮，與往昔的那個人彷彿完全不同模樣……

他是他們的君王，他是南朝的國主睿帝，亦是他們此生唯一效忠的人。

「衝啊！」城牆外的敵軍再次高喊起來。

不知是誰認出了站在城牆上的睿帝，遙遙一指，對著他高聲嘶喊。「看啊，那是南朝國主！」

守城士兵被城牆外震天價響的喊聲嚇了一跳，不及多說，便將敵軍所指的他給攔在身後，牢牢護住。

有人急匆匆對他大聲開口。「國主，這裡危險，還是速速退到安全的地方去吧！」

他卻不發一言，看了半晌城牆外如潮水般湧來的敵軍後，微微頓了一頓，突然開口。「給我抬一面鼓來！」

守城的士兵不知道他想做什麼，愣了下之後才有人急急抬著一面大鼓快步跑了過來，將鼓豎了起來，立在那高高城牆之上。

接過士兵手中的鼓槌，他緊抿唇角，略一沈吟，陡然在那鼓上敲了一記。

「咚」的一聲響後，守城的兵士只覺得身子陡然一震，頓時齊齊向他看來，可是他眼底，彷彿只看到那洶湧而至的敵兵。

「咚——」

鼓聲再響。

「咚——」

鼓聲三響。

他此時心中激蕩，翻滾著無數悲壯蒼涼之情，眼睜睜看著眼前昔日繁奢綺麗的國都遭受戰火洗禮，戰士浴血奮戰，將軍百戰而死，他只覺得滿心倉皇悲涼。

鴉啼影亂天將暮，他的眼前彷彿又浮現出這幾日因這場圍城之役而死去的那些將士，那些染血的戰衣，那些被折斷的兵器，還有那些因為在這場戰爭中失去了親人而痛哭失聲的百姓……

彷彿直到這個時候，才發現他這個皇帝當得有多失敗，醉生夢死這些年，他寄情於詩書禮樂，渾然忘了防備一直懷有覬覦之心的北朝，如今只得被人攻城掠地，逼在城下。

「衝啊！」城牆外的高喊聲如潮水一般，再次傳來。「殺啊！」

他眼前視線漸漸模糊，手中兀自敲著那面鼓，渾然未察亂軍之中有人彎弓搭箭，遙遙瞄向了他，只待將他一招折損，便可攻入城內，占據這座皇城。

「國主小心！」一個年輕的聲音陡然傳來，隨即就覺得有人大力推開自己。

「噗」的一聲，那是羽箭刺入身體的聲音，接著他便看到一個軟軟的身體倒了下去，那是一個年輕的兵士，臉上猶帶著稚氣，看起來也不過才十五、六歲的樣子。

他握著鼓槌的手僵在那裡，半晌不知道該怎麼辦才好，耳邊廝殺聲震天響起，又是一道尖銳的破空之聲後，立在城牆上的旗幟陡然被箭射中，旗杆從中頓時折斷。

城下的敵軍頓時發出勝利的喊聲，士氣如虹，再次向城門發動猛烈攻擊。在他們的重創之下，已經傷痕累累的城門終於不支，被撞開了一個缺口，敵軍歡聲雷動，頓時如潮水般湧入城內。

城……終於破了……

即便早知道是這樣的結局，但是一切真的出現在面前之時，他卻仍然還是難以接受。

南朝百年基業，盡毀他手……

被兵士保護著第一時間從城門之上撤離的景珂，滿心只有這個念頭。只是就在他以為再不會有比此刻更讓他絕望之時，卻陡然聽到有人驚呼。「看，失火了！」

「那是……那是……皇家寺院的方向！」有人亦同樣驚呼。

景珂大驚，舉目看去，果然看到黯淡天色下一片火光沖天，看那方向，火勢分明起自德淨尼院。

他渾身冰涼，只覺手腳發顫，卻不知道是哪裡來的力氣，直朝德淨尼院的方向奔去。

不可以！

怎麼可以！

她還在那裡！她還在裡面！

景珂瘋了一般，連著跑了數條街，直到衝至德淨尼院近前。

此時尼院四周已成火海，不時聽到裡頭傳來木頭被燒時發出的「噼啪」聲，他還聽到裡頭傳來的誦經聲、敲擊木魚的聲音，那些聲音幾乎快要逼瘋了他，他迫切地想要抓住什麼。

有人從他眼前驚惶地跑過去，他一把抓住那人，逼問對方。「為什麼？為什麼德淨尼院會失火？」

那人顫抖著回答。「師太……師太說城破便家破，若是做了亡國之人，留著性命又有何用，所以……所以便率了眾人將尼院四周放滿積薪，然後縱火點燃……」

景珂聽得對方聲音尖細，這時才發現被他抓住的人是名小尼，他驚慌地看著肆意舔捲的火舌，驀地抓緊那小尼，神色癲狂。「她呢？她去了哪裡？」

那小尼膽小怕事，被他的神色嚇得幾欲哭出來。「誰……誰呢……」

「靜覺！靜覺！」他大喊。

那小尼嚇得眼淚都掉下來了。「我不知道……靜覺是誰……」

景珂放手，眼前漫無邊際的彷彿盡是那火光，他心中悲痛異常，手指慢慢握拳，呆怔半晌之後，驀地朝前衝去，分明是要衝入那片火海之內。

「國主不可！」有兵士攔住了他。

景珂大力掙扎，神色如癡如狂。「放開我！她在裡面，我必須要救她，我要救她出來！」

瑤光！

每次念及這個名字，他心下便忍不住一痛，但是唯獨這一次，卻痛得最狠。

若是她死了……若是她死了……

無論以前怎樣，他只要知道她還活著就好，只要她還活著，即便是在德淨尼院，抑或是在別的什麼地方，只要她還活著，他心裡的那片空缺，便總有能填補的一絲希望。

可如今她卻要死了……

一念及此，景珂掙扎得更加用力，之前護著他的兵士此時卻牢牢拉住了他。「國主不可！火勢這麼大，沒法進去救人了！何況便是此刻進去了，也已經來不及了！」

來不及了……

彷彿全身的力氣都被抽光了一般，他頹然倒地，目光呆滯地看著眼前的火海。

火苗肆意，如紅色惡魔，在他眼前跳躍飛舞。

熱意逼來，彷彿可深入他的骨髓。

可他渾身打顫，如被冰雪澆灌，全身上下冷到極點，對由遠及近的喊殺聲聽而未聞，沒有半分要躲避的意思。

「國主，此地不宜久留，還是快點離去吧！」眼看敵軍就要殺到此地，兵士焦急開口。

景珂只怔怔地看著眼前在大火中逐漸傾頹坍塌的尼院出神，絲毫沒有離去的意思。

「國主，請速離開！」一群兵士圍著他紛紛跪下，大聲求他。

他仍然沒有動。

眼見他置若罔聞，敵軍的攻勢已經快要到近前了，那些兵士咬一咬牙，擔著冒犯於他的風險，硬是將他從地上拉了起來，帶著他朝另一個方向撤去，他的眼神卻自始至終停留在德淨尼院的方向。

當他終於被帶離此處時，忍不住開口高喊出那個幾乎能讓他痛上一生的名字。「瑤光！」

他的這顆心，從此只怕再無圓滿的可能了。

彷彿還記得那年，碧空下晴絲一閃，她髮上簪著一枚玉兔銜仙草累絲金簪，耳上盈盈碧綠墜子，婷婷如荷一般。

如今想來，眉目婉轉如昨，可是如今一切成空……一切成空……

景珂癡癡怔怔，喊出那聲之後，便不再言語，也沒有再掙扎，就那樣被那群兵士給帶走了。

他走了許久之後，長街上隱蔽的街道裡，才有兩個人靜靜地走了出來，對著他適才離去的方向看了許久。

其中一個身穿深色緇衣，黯淡天色下，眉目依舊婉轉靈動，另一個半張臉上卻覆著奇怪的金色面具，面具下依稀可見恐怖傷痕。

半晌之後，那穿著緇衣的人才說：「大哥，還好你及時趕來，否則的話，只怕我真的要葬身在這火海裡了。」

戴面具的人深深看她一眼，輕聲道：「瑤光，我不會讓妳再出事的……」他沒有說下去，只在心裡慶幸，還好他來得及。

這二人赫然便是許瑤光和楚離衣了。

當年因著瑤光誤以為景珂命人殺了楚離衣，再加上愛子病逝，雙重打擊之下，她傷心難抑，居然剪了頭髮自願出家，因此景珂才託詞她病逝，遂了她的意。只是誰又能想到，楚離衣大難不死，而瑤光也在尼院平靜的生活裡找到了寄託。

雖然楚離衣來探望過她不少次，但物是人非，瑤光一直沒有離開，這次若不是這場傾城禍事，只怕她定要在尼院孤獨終老了。

看著街上混亂情形，半晌後，瑤光苦苦一哂。「國破家亡……誰能料到……」

楚離衣問她。「瑤光，如今妳有何打算？」

瑤光被他一問，居然一時語塞。她微微咬唇，露出猶豫表情。「大哥，你帶我去皇宮看看好不好……我爹娘已然在此戰中過世，我只求妹妹……妹妹她還能好好活著……」

楚離衣點了點頭。「好！」

不再多言，他護著她離開此處，朝皇宮方向行去。

瑤光忍不住悄悄看他。楚離衣因為面上受傷的緣故，所以這些年來一直戴著半張金色面具，其實她一直很想揭開那面具，看看他的傷勢，可是不知道為什麼，每次想要這麼做的時候，最終總是猶豫，以至於又放棄了這種念頭。

她曾愛過，也曾恨過，可是如今，歲月磨損了她曾有的熱情，不論是楚離衣，又或者是剛才，她曾經的夫君，她都不知道該如何面對。

可是剛才……

瑤光想到剛才景珂痛哭失聲的樣子，心下忍不住又是一痛。

這種感覺……好陌生，好奇怪。

為什麼她在看到他那樣癲狂的表情時，會忍不住痛？會忍不住苦？苦得她幾乎忍不住要掉下淚來？

她不解。

從很久很久以前，她就放棄了想要弄懂他的想法，是寵愛也好，是冷淡也好，隨便他想要怎樣對她，她都無所謂。

可是為什麼，剛才那一瞬間，聽著他喊出自己的名字，一顆心彷彿突然之間控制不住地被刺了一下，幾乎痛徹心腑？

他那種絕望，那種失落，那種痛苦，她為何……會感同身受？

所以她才忍不住開口，想要藉著去尋找妹妹的藉口，去……去看一看他，去弄明白，為何……她會如此……

升元七年春，三月廿七日，北朝軍隊攻破南朝皇都內城，南朝國主景珂率眾前往北朝軍隊統帥曹鉞營中奉表獻璽，肉袒出降。

三月廿九日，珂親率一干宗室近臣登舟北上，至北朝親自接受皇帝的接見。

——《南朝志》

楊花三月使人愁。

漫天飛絮中，景珂慢慢沿著皇城內苑御道前行。

離登船北上尚有一段時間，他囑咐了飛瓊等人後，一個人在這皇城內做最後的告別。

飛絮多情，撲面而來，似是一隻溫柔小手，正在對他挽留。景珂面無表情，目光卻從眼前的楊花飛絮直到遠處的雕欄畫柱，似是要將眼前這一切，牢牢記在心底一般。

再過一會兒，便看不到這些熟悉的景物了……

他滿心愴然，留戀無比，只是眼前再痛，又怎及那日親看著德淨尼院被大火吞噬得一乾二淨來得痛苦？

他這顆心早在那一刻，便已徹底死去。

他果然是昏庸的帝王，那一日心死之後，他萬念俱灰，再無半分戰意，再加上不想再有死傷，所以他索性獻璽投降，做了這亡國之君……

「皇上！」遠遠地有人快步迎了過來。

「飛瓊，妳來了？」他抬頭看了一眼，對她勉強笑了一笑。

快步走來的正是許飛瓊，不過她雖是昔日南朝的小昭后，但是如今南朝已經向北朝稱臣，所以她的打扮毫無半分華麗之色，只綰了髮髻，插了幾根扁銀簪子，身上穿的也是月白的裙衫，只略微帶了些素色花邊。

只是她容顏依舊秀美，眉目婉轉之時像極瑤光，景珂忍不住多看了兩眼。

飛瓊走到近前跟他說：「曹將軍派的人來催了，說是怕耽誤了時辰登船。」

景珂微微一頓，低聲道：「這樣快……」

「皇上，」飛瓊看他神色，猶豫開口。「我們到了北朝，皇帝會怎樣安置我們？」

景珂握了她的手，仔細看了看她，輕聲問她。「飛瓊，妳怕死嗎？」

飛瓊忍不住垂下頭去，忍了半天將淚意逼回去，這才抬頭，對他輕輕搖了搖頭說：「不，不怕，只要跟皇上在一起，飛瓊便不怕。」

「委屈妳了。」景珂將她擁在懷中，看著漫天飛揚的柳絮，心裡想的，卻是那個葬身火海的人。

他對飛瓊委實不夠好，可是飛瓊對他，卻是情深意重。如今那人……已經離世，他待飛瓊，自然要連那人的分，一併算上才是。

他這句話將飛瓊的淚意又勾了出來，她含淚道：「不，不委屈……臣妾心裡，很是歡喜。」

從很久以前，就喜歡上了這個人。

喜歡到……即便明知道他是姊姊的夫君，卻仍然沒有辦法控制自己向他靠近，喜歡到即便不顧廉恥，也想要拉近彼此之間的距離……

景珂將她擁得更緊。「此次北行，難免要受到委屈，飛瓊，只怕要牽連妳跟我一起受苦了。」

飛瓊搖頭。「不算什麼，不能跟皇上在一起……才是苦，才是委屈。」

「癡兒！」景珂輕輕嘆了一聲。

飛瓊強忍半晌，終於還是開口。「那一日……德淨尼院失火，皇上可是親眼看到姊姊不得救的？」

被她一語刺到心裡痛處的景珂半晌才開口。「是……那日火勢極大，我聽到裡面傳來了誦經聲、敲擊木魚的聲音，還有大火燒得那木頭噼啪作響的聲音……」

彷彿有一把鈍刀，正在一來一回地拉扯著他的皮肉，明明每說一句話，便多痛一分，可是他忍不住回想，一遍遍回想。

飛瓊忍不住低聲抽泣起來。「我父母已然亡故，沒想到同一日，連姊姊她……她也……」她痛到極處，恨不得大哭一場才好。

景珂強忍心痛。「她……她……」他連說了兩個她，卻沒有辦法繼續開口說下去。

「若是姊姊還活著，皇上會否放她自由？」飛瓊抬眸癡癡看他。

「若是早知如此，當初便不允她留在德淨尼院，若是早知，便任她天高鳥飛……」景珂心下愴然，雙眸一閉，一顆清淚頓時滑落下來，隨即又搖了搖頭，喃喃道：「不，不會放開她，無論怎樣，都要留她在身邊……」

飛瓊抬指接住他那顆眼淚，沒有再說什麼，臉上露出了一抹慘淡的笑意。

無論怎樣……原來無論怎樣，她都沒有辦法取代姊姊在他心中的位置。那個位置，承載著他最初的笑和他最終的痛，讓他這一生，只怕都難以忘記了……

要到此刻才明白這一切，要到此刻，才知道她所愛著的這個人，心眼太小，小得其實只能容納下那麼一個人……

許久之後，飛瓊輕輕動了一下，啞聲開口。「皇上，走吧。」

景珂點了點頭，攙了她的手，帶著她一起沿著御道，慢慢走出了這座皇城。

楊花飛絮，點點盡是離情別緒。

兩人行至城門外時，曹鉞的副將羅西列已經在外恭候多時了，見得他來，行了個禮，道：「請移步江邊碼頭，北行之船已經備好，正在等待各位上路。」

景珂點了點頭，攙了飛瓊和一干在城外等候他的宗室近臣，朝江邊行去。一路之上，只見游絲飛絮不定，天色陰沈，他心中不覺滿是愁緒，以至於他走至江邊登船之時，不覺分心，趔趄了一下，差點翻入江中，還好有人攙了他一把，才免得他落入水中。

「好了，啟程吧！」曹鉞已在船上等候，見景珂上船，這便迎了上來。

景珂聽他這麼一說，忍不住回頭再三流連，這時卻見遠處有一隊宮娥攜著樂器快步行來，一邊走一邊高喊。「國主留步！」

景珂大驚，忍不住上前一步，看著那群花容慘淡的宮娥。

曹鉞驚訝。「這些人是……」

景珂苦笑一聲。「她們是我宮中教坊的樂工。」為首的女子懷中抱著琵琶，梳飛仙髻，穿一身碧色長裙，婷婷如水上芙蕖，見到景珂後，隔船拜了一拜，含淚道：「國主今日遠行，婢子們無法隨行，特來送國主一程。」

景珂想到往昔光景，只覺物是人非，一切成昨，半晌後，他才倦倦地點了點頭。「再奏一曲吧，權當是為……為我餞行。」

那些樂女應了一聲，對著景珂又拜了一拜，這才操著各自手中樂器，為他再彈奏一曲。

曉月斜墜，宿雲低垂，夢回畫堂舊時院。

早鶯啼散，閑花漫亂，寂寞芳草春深遠。

樂曲婉轉，盤旋在江水上空，景珂臉色蒼白，不禁緊緊抓住了船舷。

〈天香調〉……居然是〈天香調〉！

他忍不住想起，那年那月，柔儀堂內，舞姬踩亂紅錦地衣，而瑤光……瑤光一氣呵成，續出〈天香調〉的曲譜……

瑤光……

景珂心下一陣難過。不知道怎麼回事，最近總是時時都會想到瑤光，明知道她已不在，卻總想到很多以前的事情，跟她有關的事情……

景珂驀地回身對曹鉞示意，曹鉞點了點頭，揚聲道：「開船吧！」

船隻緩慢離岸，岸邊頓時傳來一陣哀泣之聲，那些被留在南朝舊都的樂工們個個雙目垂淚，手中奏樂的動作卻並未停歇，依舊彈奏著那曾經在南朝皇城內風靡一時的天香樂曲。

就在這樂聲當中，尾隨在主船身後的小船上，打扮成普通宮女樣子的許瑤光，心中百感交集。

那岸上的樂工，還是她親手調教出來的，只是如今……物是人非……

景珂決定向北朝稱臣的最初，瑤光很難想像他究竟是如何作出這個決定的，包括楚離衣，雖然他身上有一半北朝血統，但同時……他的身世，也讓他沒有辦法做到面對這個消息時視若無睹。

從楚離衣那裡得知他的身世之謎時，瑤光很是震驚了一會兒，待她將這消息消化之後，才知果然世事無常，一切自有天定。

只是景珂畢竟曾是堂堂一國之君，作出這種決定後，他將自己關在宮中整整兩日兩夜，由此可知稱降絕非他所願，因此她終是存了一絲不忍，喬裝後藏身在隨他北往的隊伍裡，一起離開南朝國都。

瑤光回首南望，只見船隻緩緩駛離江岸，船槳在水中劃過之時，拖出長長的弧形漣漪。

她知道，再過片刻，這船將會徹底揮別南朝的一切，一路北向而去。

此番北行，是吉是凶，還是一個未知之數，若是那北朝的皇帝因此次南征時遇到的抵抗而震怒，那麼景珂的性命……

瑤光忍不住一陣心悸，不覺牢牢盯著前方船隻上那著一身月白長袍的身影。

隔得遠了，並不能看到他的表情。

可是她知道，他此刻一定同她這般，因著未知前程而忐忑不安。

若是這次北朝的皇帝果然對他不利……無論如何，也要求大哥幫他一把，保全他的性命！

她忍不住暗自下了決定。

北朝皇帝姓況名胤，曾是前朝殿前都點檢指揮使，只是英雄莫問出處，如今他已是堂堂天子，天下最為尊貴之人。

這次南征其實是他親自率軍，曹鋮將軍亦不過執行他的旨意罷了。

如此親為，也算對得起南朝三千里地山河了。

不過他待南朝歸降而來的君臣，倒也算得上優撫，雖然以「違命」二字封了景珂為侯爺，算得上是極端諷刺了，但是總算賞了宅邸給他做侯爺府，又撥了奴婢給他使用，其他一應所需，只要景珂開口，便有專人為他打點。

只有一點——

這皇帝時不時便傳召飛瓊入宮，而且每次飛瓊回來，均有不同賞賜。

景珂也就此事問過飛瓊，飛瓊卻有些含糊其辭，只說數年前見過此人一面，至於其他，也說不出所以然。他無可奈何，雖不肯讓飛瓊入宮，但是無奈那皇帝態度強硬，一有託詞便派人抬了轎子來，徑直將飛瓊接到宮中，完全不顧他的臉面何在。

瑤光聽聞此事後，回想之前入城時，那人策馬馳來，從她身邊經過之時，她見得他五官端正，眉極濃，眸極黑，微帶英氣，竟是似曾相識的樣子，這才回想起她究竟是從何處見過他。

這一日，正好楚離衣前來探她，瑤光忍不住開口。「大哥若是得閒，不如替我看看妹妹入宮後到底……到底那皇帝想要怎樣。我還記得，那一日他跟飛瓊不過是初見，他卻貿然開口求親，我總覺得這人是個執念極深的人，我怕他對飛瓊不利……」

楚離衣點了點頭。「好。」

不論什麼也好，只要她求他，他總是會為她去做的。

「大哥，」瑤光舉目看他，躊躇半晌，又說：「你千萬小心，若是被人發現，千萬不要硬來，我不要你有危險。」

楚離衣淡淡笑了笑，看著瑤光稍稍恢復些紅潤的臉色，忍不住伸手掬了她一些髮在手。

「瑤光，妳何必……」

他欲言又止。其實他想說，瑤光，妳何必委屈自己在這兒，若是妳想，大哥帶妳去別處，看更好的風景。

可他知道，若是以前的瑤光，他這樣說，她自會答應，只是現在……

瑤光有些手足無措。她在尼院待了許久，自問心中平靜不少，對男女情愛之事，看得淡了許多，如今面對楚離衣偶爾如曇花一現的熱情，總覺得愧疚歉然。

並非不愛，可是不知為什麼總覺得有什麼阻止了她，令她裹足不前。

楚離衣見她尷尬，只好鬆開了她的髮，在心裡感喟再三，這才開口。「瑤光，我許久不曾聽妳彈曲了，不如……為我演奏一曲如何？」

瑤光有些為難。「可我這邊沒有樂器……」她略一躊躇，突然眼前一亮，對楚離衣輕輕一笑。「有了，大哥且等著。」

楚離衣便看著她忙忙碌碌取來許多茶盅，有的倒滿水，有的則是半滿，還有的只得三、兩分。等她弄好之後，取了一根銀筷，對那些茶盅輕輕敲擊，初次尚不成調，幾遍下來，楚離衣漸漸聽出味道來。

桃夭。

桃之夭夭，灼灼其華，之子于歸，宜其室家。

他看著瑤光，她正全神貫注在敲擊那些茶盅，所以並未察覺到他的注視。楚離衣凝視半晌，心下漸漸漾出淡淡苦澀。

究竟為何，他與她之間，竟會演變成這般？

楚離衣心下再三感嘆不已，卻深知她之前用情過猛，以致自傷太深，若不等她痊癒，只怕便是他們兩人之間，也是斷無機會了。

敲擊聲依舊繼續，楚離衣凝視良久，只覺得那茶盅裡似乎都生出細小白蓮一般，隨著敲擊聲翩翩起舞……

「誰？是誰在奏樂？」隔牆卻在此時陡然傳來詢問之聲。

瑤光吃了一驚，聽出那熟悉聲音，不禁朝楚離衣看去，楚離衣微微點了點頭，她這才遲疑開口。「婢子一時閒來無事，隨便敲來助興。」

一牆之隔，景珂負手站在一株梨樹下，出了會兒神，又說：「不如到前院來，為我奏一曲如何？」

瑤光聽他這麼一說，更是緊張，無奈之下，只好託詞道：「婢子面貌醜陋，恐怕驚擾了閣下，倒不如就這般聽了便是。」

景珂又隔了半晌，才說：「也好。」

說完這兩個字之後，他也不再說話，逕直聽那敲擊之聲。等到一曲終了，他才說：「可還會其他樂器？」

瑤光看了看楚離衣，楚離衣指了指院牆之外，對她示意後，縱身越牆而去，瑤光注目他離去的方向，半晌後，回答景珂的話。「婢子粗愚，略通琵琶。」

「奏一曲聽聽如何？」景珂一聽「琵琶」二字，心下便不由得軟了一軟。

「婢子的琵琶失落了，暫時不在身邊。」瑤光與他一問一答，心中卻直呼好險，還好隔著院牆，不然的話，她真的懷疑自己能不能鎮定地站在他面前。

「無妨，」景珂隔牆道：「告訴我妳的名字，回頭我命人給妳送一把琵琶便是。」

瑤光一時情急，抬頭見那院牆外探進來梨樹枝條，順口道：「棠梨，婢子名喚棠梨。」

景珂聽她這麼一說，不覺看了看身側的梨樹，這才說：「棠梨……好，我記得了。」

瑤光緊張得大氣也不敢喘，只盯著那探出院牆外的梨枝，半晌後，見景珂終於不再言語，這才鬆了口氣，悄悄地收了東西離開此處。

她這次隨行，一向低調，甚少與其他人打交道，再加上有心欺瞞，所以要楚離衣在她外貌上動了些手腳，相信若非刻意，應該也不會輕易認出她便是許瑤光來。

但是即便如此，也該小心才是。

她好不容易從那座皇宮裡走出來，如今不想再與他多糾纏，免得……徒生牽絆……

誰料過沒多久，忽生事端。

原來數年前，北朝首次遣使來南朝要南朝歸降時，景珂派了七弟景珀隨使至北朝商議和談之事，但是自那時起，北朝便扣下了景珀，這幾年來，景珂也陸續想過不少辦法，希望可以將七弟接回南朝，卻都徒勞無功。

這次南朝降於北朝，景珂又親自前來，景珀接到消息後，一時情難自控，未經皇帝允許便私自前來探望，以至於被皇帝當場撞見，將他拿了下來，立時便打入了獄中。

景珂雖然當場跪求皇帝開恩，但皇帝絲毫不留情面，徑直離開。此後景珂數次求見，皇帝均避而不見，念及手足兄弟可能正在牢中受苦，景珂心急如焚，數日來一直多方奔走，均沒有成效，後來更被皇帝的禁軍侍衛所傷，頭破血流，被抬回侯爺府時，簡直將人嚇得半死。

但是即便如此，他在昏迷中，卻仍唸著兄弟景珀的名字。

見他如此，正巧皇帝派了人來傳召她，飛瓊雖然知道皇帝是為了前兩次她拒絕為他表演舞蹈的事情而耿耿於懷，不肯死心，而因此不想進宮去見皇帝，可也還是去了，只希望皇帝念在昔日交情，可以讓他們到大牢內一探景珀。

瑤光聽說此事後，很是吃了一驚，趁著四下無人，悄悄到了前院探視景珂。

上次景珂隔牆聽了她奏曲之後，卻沒有立即派人找她，她兀自緊張了數日，才漸漸安下心來，心中慶幸不已。

只是，雖然不想與他多糾纏，可如今他遭逢大變，她心下終究還是不忍。

侯爺府中的下人多是來北朝後皇帝撥來聽差的，自然做不到十分盡心盡力，也正是如此，瑤光一路行來，到了景珂所居的房外時，居然毫無阻攔，無人察覺。

她站在房門外，正在猶豫，突然聽到景珂在裡頭似是呻吟出聲。「水……」

聲音虛弱，若不是她離得近，只怕外頭的人根本聽不到。

瑤光聽他喊了兩聲，咬一咬唇，毅然將門推開了一道縫隙，隨即就從那縫隙中看到，景珂僅穿著中衣，卻甚是狼狽地睡在地上，雙眸緊閉，口中喃喃出聲。

瑤光大驚失色，將門一推，便快步走了進去，順手又將門掩了起來。

「水……」景珂再次出聲。

瑤光將他用力攙起，扶他重新睡回床上，隨即便拿了茶盅，幫他倒了杯水。杯子才碰到景珂的唇角，他便飢渴地喝了起來，瑤光伸手一探，才發現他額頭滾燙，之前在皇帝近侍那裡所受的傷包紮得甚是粗陋，隱隱滲出淡淡血色來。

他何曾受過這般苦？

瑤光看他臉色蒼白躺在床上的模樣，本想走開，身子卻彷彿自有意識一般，硬是坐著不動。她隔了許久，嘆一口氣，終於還是忍不住伸出手去，將他頭上纏裹的紗布解開，為他重新包紮。

景珂原本因為未及理會傷口的事，導致自己外邪入侵，燒得整個人有些昏昏沈沈的，如今好不容易喝了水，又有人細心將他傷口重新處理一番，令得神智清明許多，他只覺得有隻纖巧柔軟的手在他額上忙碌個不停，於是不覺睜開雙眸，便看到一個以紗掩面的女子坐在他床邊一側。

四目相交，兩人同時一怔。

瑤光嚇了一跳，驀地站起身來，朝後一退，隨即便伏下身去，藉著行禮，將頭緊緊埋下。

景珂盯著她看了許久，這才問：「妳……是誰？」

「奴婢……」瑤光本來只是想看看他，哪裡會知道自己居然因為一時不忍而被他發現個正著，所以她在心裡抱怨了自己半晌後，才說：「奴婢是棠梨。」

景珂頓時恍然。「啊……是妳！」

他看著她的身影，總覺得有點熟悉，可是……

「妳的臉……」景珂費力開口。「為何要蒙著面紗？」

「奴婢臉上有舊傷，怕驚嚇到他人。」瑤光生怕他看出什麼來，所以將頭更深地埋了下去。

景珂點了點頭。「也罷了……」他話沒說完，便咳嗽了幾聲。

瑤光忙道：「既然侯爺身體不適，奴婢還是不要打擾比較好，侯爺歇著吧，奴婢先行告退。」

景珂見她轉身就走，連忙喊住她。「夫人呢？」

瑤光背對著他停下腳步。「夫人進宮去了，說是想要求求皇帝開恩，讓他放了侯爺的弟弟。」

景珂頓時住口不語。他雖然不知飛瓊與皇帝之間到底有何牽絆，但是那皇帝幾次三番強留飛瓊，卻是不爭的事實，如今她這樣主動求他，只怕……只怕……

他越想越是擔心，努力掙扎著便要起身。「不行，我得去找她……」

瑤光聽得聲音不對，回頭去看，正好看到景珂掙扎起身，只是他到底身體虛弱，用力之下不覺過猛，以至於頭腦發暈，差點一頭從床上栽下來。她嚇了一跳，連忙過去扶住他。

「侯爺別擔心，還是躺著吧！」

隔著那一層面紗，景珂隱約看到她臉上的傷痕，他怔了一怔，卻也沒說什麼，躺回床上閉了一下眼睛，苦澀一笑，輕聲道：「原來我這般沒用……」

瑤光不知道該怎麼接話，索性閉口不語。

他看著頭頂紗帳，喃喃道：「我既救不了她，也沒有辦法護她周全……我果然是這天下最沒有用的男人……」

瑤光聽他語氣悽苦，靜默了片刻，這才說：「侯爺不必擔心，夫人她一定會沒事的。」

「但願如此……」他閉上眼睛，覺得十分疲倦。「其他人呢？」

「不清楚，」瑤光看了看他說：「侯爺尚病著，不如還是再歇一會兒吧，奴婢在房外守著，若是有事，便喊奴婢的名字。」

景珂睜開眼睛看向她，突然有些歉然。「上次我曾說，要送妳一把琵琶……」

瑤光忙道：「奴婢的事情是小事，不勞牽掛。」

景珂略停一停，突然說：「妳到書房去，那裡牆上掛了一把琵琶，妳去取過來，為我彈一曲好了。」

瑤光點了點頭。「稍候。」她轉身出了房間，自去書房取琵琶。

景珂看她身形窈窕，只是可惜那張臉……不知為何，她讓他覺得十分熟悉，雖然以前不曾見過，卻是似曾相識的感覺。

過了片刻之後，瑤光便取了琵琶回來。其實剛才在書房她便發現，他讓她取來的琵琶，分明是她曾經用過的那把燒槽琵琶。

她沒有想到，他居然……將它帶了過來……

見她回來，景珂躺在床上輕聲道：「上次隔牆聽見妳奏樂，所以……為我奏一曲吧。」

瑤光點了點頭，在房內坐了下來。「侯爺想要聽什麼曲子？」

「揀妳拿手的彈吧。」景珂一直看著她抱著琵琶的樣子。

若不是那張隱隱透出傷痕的臉與他記憶中的大不相同，其實她抱著琵琶的樣子，倒有幾分……幾分相似……

景珂不由暗嘲自己，他果然是傷到了腦袋，怎麼會將這婢女棠梨，看成與瑤光相似？

「是。」見他這麼說了，瑤光點了點頭，隨即便彈了一曲〈柳絮翻飛〉。

怕景珂認出自己，她刻意彈得斷斷續續，一副指法生疏的樣子。

景珂果然沒有認出她，他閉目傾聽，待她一曲終了，才說：「曲是好曲，不過指法也太生疏了，以後勤練著吧。」

「是。」瑤光只好點了點頭。

「繼續彈吧。」景珂重新閉上眼睛，突然又說：「我本來有位妃子，名喚灼色，彈得一手好琵琶。」

瑤光知道他說的是誰，於是便點了點頭。「是，奴婢知道。」

景珂卻突然睜開眼睛。「妳不是北朝人？」

「奴婢不是……」瑤光猶豫了一下。「奴婢以前是南朝的……宮婢。」

「原來妳是這次隨行過來的……」景珂剛才一直以為她看著眼生，必是北朝皇帝指派過來的人，沒料到遇到前朝舊僕，大為感觸，停了半晌又說：「很好……」

瑤光見他神情惘然，低下頭去，抱著琵琶，揀了一曲〈長門賦〉，細細為他彈來。

景珂感喟良久，尤其聽到這〈長門賦〉，心下更是突然難過到了極點。

他還記得，那一日飛瓊產子，他在婉儀宮外便聽到瑤光彈琵琶的聲音，以至於根本沒有進去便離開了。

那個時候，他總以為時間還很多，多到可以任意與她置氣，冷落她、埋怨她、疏遠她……他一直都以為還來得及，他可以這樣任性地對她，可是哪裡知道，他與她的時間，居然那麼少……

千金縱買相如賦，脈脈此情誰訴……

景珂心中癡想，顛倒來去，面色神情隨著耳邊樂曲之聲變換個不停。

「砰」地一聲響，卻是房門突然被人重重推開了。

瑤光嚇了一跳，抱著琵琶便站了起來，回頭一看，就見飛瓊花容慘淡、衣衫不整地站在門口，眼神直直地看著他們。

景珂看到飛瓊後，用力撐起身子。「飛瓊，妳回來了？」

飛瓊點了點頭，夢遊一般輕聲道：「是，我回來了，不好意思，打擾了你聽曲的雅興……」

景珂看她臉色蒼白，神情完全不對勁，又仔細看了一眼，才發現她的衣袖居然被扯裂了大半，他心下一驚，頓時失聲道：「飛瓊，妳……妳還好吧？」

他這話一說，飛瓊忍了許久的眼淚頓時掉了下來。她今日入宮，非但被逼著給皇帝跳了舞，更被皇帝用強，若不是她逃得快，只怕……只怕……

可是哪裡知道，她狼狽逃回來，本以為終於找到可以讓她痛哭一場的懷抱，沒料到推門所見卻是他和別的女子彈曲賞樂，一副和諧場景。

雖然眼前的女子蒙著面紗，但是看她身姿窈窕輕盈，定然是位美人兒……

飛瓊越想越是憤怒，再加上又是失望又是傷心，突然連連冷笑起來，眼淚卻又同時撲簌簌落下。她用力吸氣，勉力控制自己，可是心中的憋悶卻越來越是脹大，她忍了半晌後，終於忍無可忍。「原來我回來得這般不是時候……」

瑤光看她神情不對，忙說：「夫人，妳誤會了……」

「不，我沒有誤會，」她用手掩著自己被扯破的衣袖，淒然道：「早知如此，我便晚些回來。」

「飛瓊，」景珂解釋道。「棠梨她本是來照顧我，是我知道她會彈琵琶，所以……」

「所以？」飛瓊此時只覺身心俱疲。「那又怎麼樣？她來照顧你……侯爺府莫非只有她一個人不成？」她越想越是難過，適才在皇宮內的危急情形，誰又能想像得到？

「飛瓊，」景珂對她招手。「妳來……」

飛瓊卻連連後退，一個不小心，被門檻絆了一下，她頓時狼狽地跌倒在地。

景珂驚呼一聲，瑤光不禁丟下琵琶過來攙她，誰料到飛瓊見她靠近，二話不說，驀地扯下了她的面紗。

瑤光猝不及防，驚愕地看向她。

面紗除下之後，頓時露出一張傷痕累累的臉。

飛瓊同時大驚。「妳……妳的臉……」

瑤光急忙將面紗重新戴上，隨即屈膝行禮。「婢子貌醜，驚擾了夫人，夫人請見諒！」

「不，不……」飛瓊喃喃自語，猶未從剛才的震驚中回過神來。

她本以為……她本以為……

「棠梨，妳先退下吧。」景珂揮了下手，示意她離開，隨即下了床，將飛瓊扶起。

瑤光默默退了下去，一時間，房內只剩下了飛瓊與景珂兩人。

景珂將飛瓊扶到床邊，不過他這般一動，眼前已是金星亂冒，不過猶自強撐著。「飛瓊，妳……」他撫著她被扯破的衣袖。「妳還好吧？」

飛瓊被他軟語一問，適才的委屈驚懼全部湧上心頭，她頓時放聲大哭起來。

景珂安慰地拍著她的肩膀。「不哭不哭……」

雖然飛瓊不肯將她遇到的事情跟他說，但是看她這狼狽模樣，便可知道她遭遇到什麼。景珂嘆了口氣，將她緊緊擁入懷中，一時又看到剛才被放在桌上的那把燒槽琵琶，忍不住悵然良久。

因為被他擁著，飛瓊只覺得身上絲毫沒有寒意，她的哭泣聲漸漸止了下來，貪婪而溫順地伏在景珂懷中。此時他的懷抱彷彿一方小小而安全的天地，一點一點驅逐走她心中的不安和恐懼。

「從嘉……」她忍不住開口。

「什麼事？」景珂垂眸看她。

「我並未有意為難她……」她有些抱歉。

景珂知道她是指之前強自摘下棠梨面紗的事情，他輕輕搖頭。「不要緊，我想她不會介意的。」

「你……認識她多久？」飛瓊想到剛才那張臉，卻還是有些害怕。

「只是聽過一次她奏曲而已。」景珂低聲道：「妳別介意。」

飛瓊搖了搖頭。「是我不好……我……」

「我明白。」景珂嘆了口氣。「只是……只是突然想聽琵琶，所以我才……是我不好。」

他忍不住又去看那桌上的燒槽琵琶，飛瓊也忍不住隨之注目，半晌後才說：「若是姊姊在就好了……」

若是姊姊在，他一定會比較開心。

若是姊姊在，這把琵琶，也必然不會閒置至今……

若是姊姊在……

飛瓊輕聲道：「剛才我在門外，聽到她彈〈長門賦〉，突然想到那一日，我生仲瀠孩兒的時候，姊姊彈的也是這首曲子……姊姊以前很少彈這曲子，可是那一日，她卻……」

長門賦，宮怨詞。

景珂默然良久，半晌才說：「她……的確很少彈這首曲子。」

「是因為那是你冷落姊姊太久的緣故吧，」飛瓊心酸。「姊姊她……她終究不是無情之人……」

「是嗎？」景珂苦笑。「可在我對那個人做出那樣的事後，她怨我怪我還來不及，否則的話，她也不會非要去德淨尼院了。」

飛瓊抬眸看他。「這次北行，從嘉應該將明妃帶著才是，她的琵琶彈得好，若是……若是從嘉想念姊姊，可以讓明妃來彈奏曲子給你聽……」

景珂搖了搖頭。「算了，少來一個是一個，只是……」他低頭看她。「少不得終是要委屈妳來了。」

飛瓊沈默了一會兒，才說：「只要跟你在一起，就算是來這裡，也沒有關係。」

「我知道。」他點了點頭，更緊地將她擁在懷中。

看著在房間內隱隱現出輪廓的那把琵琶，飛瓊沒有再說話，也沒有喊人掌燈，只是那樣溫順地伏在他懷中，享受來到北朝之後難得的只屬於他們二人的寧靜。

那日之後沒幾天，飛瓊特地命人喊了棠梨來見她，瑤光很是意外，卻不得不過去見她。還好楚離衣為她的改裝很是成功，否則的話，若被認出來……

瑤光忍不住嘆息。

飛瓊約了她在後院涼亭見面，瑤光去的時候，依舊蒙著那層面紗。

到了後院涼亭，瑤光見到飛瓊已經在亭中等候，她謹記自己此刻的身分是「棠梨」，所以見了飛瓊便對她屈膝行了個禮。「見過夫人。」

「免禮。」飛瓊示意她起身，隨即仔細看了她兩眼，這才說：「上次的事，是我太唐突了。」

「夫人不必這麼說，奴婢擔當不起。」瑤光看著妹妹日漸清減的容顏，有些不忍。「原是奴婢的錯。」

「妳會彈琵琶？」飛瓊示意她坐下，隨即取了放在身旁的琵琶。「我特地找人選了這把琵琶來送妳。」

瑤光連忙推辭。「折煞奴婢了，奴婢不能……」

「妳有時間，便為侯爺多彈兩首曲子吧，」飛瓊嘆了口氣，目光幽幽。「侯爺他……很喜歡聽人彈奏琵琶曲。」

「奴婢怕驚擾到侯爺。」瑤光忍不住摸了摸自己的臉。

「會彈曲子就成，」飛瓊看著她。「我……我以前有位姊姊，她的曲子彈得很好。」

「是嗎？」瑤光一時不知道該怎麼說，只好隨便接了一句。

「侯爺他……是太想念我姊姊了，妳又是南朝舊屬……」飛瓊嘆了口氣，突然看向她。「棠梨，彈首曲子來聽吧。」

「奴婢遵命。」瑤光點了點頭，取了那把琵琶，略一思忖，隨即便信手彈去。

飛瓊聽她樂聲中春意融融，突然來了興致，解下身上的披風，隻身著鵝黃薄衫，在亭中曼舞起來。她身姿柔軟，飄若驚鴻，一舉一動之間，莫不空靈飄逸，恍如凌波微步，步步生蓮。

一曲終了，飛瓊慢慢收姿，朝瑤光看去。

二人目光相觸，瑤光連忙垂下頭去。

飛瓊微微一笑，悵然道：「以前我與姊姊也常常這般……說到這兒，棠梨，我突然覺得，妳和我姊姊倒有幾分相似……」

瑤光心驚，忙道：「奴婢命若蒲柳，怎能與夫人的姊姊相比？」

飛瓊淡淡一笑，微微搖了下頭，卻沒有再說什麼。

她為景珂做到這些，已經足夠。

在景珂心裡，即便盛怒，卻也從未將瑤光離棄。之前南朝尚在之時，因為瑤光執意要去德淨尼院的關係，雖然他由得她去了，但是她宮中一應之物，他全部命人妥貼收藏著。那些東西對他來說，上面承載了他對瑤光所有的懷念，誰也不可以動。

此番北行倉促，他只帶了瑤光那把燒槽琵琶，其他的全部都留在了南朝舊都。他本以為，放在那裡才是最好，卻沒想到，北朝皇帝突然心血來潮，要將宮中舊物盡皆充入國庫。

得知這個消息之後，景珂悵然若失良久，將自己關在房中半日之後，大膽進宮去求皇帝，讓他容許他將一些瑤光舊物取回。

皇帝在書房內接見了他，見他提出這般要求，不覺失笑。「違命侯對髮妻倒是情深意重，只是人都死了，要那些東西又有何用？」

景珂臉色難看。「人雖離世，但是尚有遺物可以寄託思念……」

「難道卿就不怕蘭華夫人吃醋不成？」皇帝似笑非笑。「不過，姊妹二人共事一夫，卿倒真是好福氣，左擁右抱，豔福不淺。」

景珂見他說話難聽，敢怒卻不敢言，只得沈默以對。

好在皇帝也並沒有過多為難。「算了，念你夫妻情深，便准了你的意願，待南朝舊物運來之後，你自去取回你的東西。」

景珂沒料到他真的准了，連忙千恩萬謝去了。

差不多半個月後，南朝宮中舊物經過點檢之後，經水路運送至北，景珂從中選了瑤光遺物後，便自行回到侯爺府，將那些東西收在書房之內。

他收好之後，卻又忍不住一一取出來把玩，裡頭有瑤光記載的樂曲手稿數疊，還有她素日最愛的薰香等物，更有瑤光以前所用的首飾等物，如今再看，每一件物品，幾乎都有瑤光的身影。

他把東西重新收好，坐在書房內發了一會兒呆之後，突然開了門命人喊來棠梨，並且特意交代，要她帶著琵琶過來。

瑤光到了書房之後，就見他一臉若有所思的表情，她行了禮，問他。「侯爺今日是想聽曲子？」

景珂點了點頭，將瑤光所記的手稿取了一疊出來，問她。「可看得懂？」

瑤光點了點頭。「可以。」

「那麼，彈來聽聽吧。」景珂隨便選了一首。

瑤光點頭，帶著琵琶坐了下來，對著那曲譜細細彈來。這首曲子是她昔年一時遊戲之作，甚是歡快，名喚〈蝶紛飛〉。

一曲彈完，她見他似乎沒有讓她停止的意思，於是只好按那曲譜順序，一首接一首地彈了下去。

蝶紛飛。櫻落盡。捲簾春深。子規啼。夜月明。鍾情。相思引。

瑤光彈得手指生疼，一個不小心，食指居然被琴弦割傷，她不由低呼一聲，頓時停了下來。

沈湎在對瑤光懷念之情裡的景珂剛才無暇注意她，此時不由心生歉意，想了一想，突然取出一個精美的玉盒，示意她過來。「這裡面裝的是……是我髮妻以前所用的藥膏，特意找宮中御醫配的方。她彈琵琶的時候，也會令手指受傷，用了這個東西後便會好許多……如今給妳用吧。」他把那東西放在掌心內，神情惆悵不已。

瑤光自然知道那玉盒裡裝的是什麼東西，所以便道：「多謝侯爺。」

她伸手去取玉盒，卻冷不防被景珂一把握住了手，她驚得臉色大變。「侯爺……」

景珂卻只看著她的手，輕聲開口。「我幫妳。」

他固執地拉了她在自己身側坐下，隨即打開那玉盒，將裡頭的藥膏取了些出來，給她細細抹在手指上。

他的手勢很輕，撫過她手指的時候，彷彿一陣清風，瑤光手指輕顫，為他與她之間的距離暗自心驚，所以一待他停手，她便起身想要離開，但景珂突然出手拉住了她。

瑤光低呼。「侯爺……」

景珂並沒有看她，只是此刻想找個人說話罷了。「別走，陪我坐一會兒吧。」

瑤光只好小心翼翼地在他身側坐了下來，心中不免暗自提防，免得露餡。

景珂把玩著手中那小小玉盒，隨即拉過她的手，將那玉盒放在她手心裡。「給妳了。」

「謝侯爺。」瑤光將那玉盒小心收了起來。

景珂轉過頭看她。「棠梨，妳是何時學的琵琶？」

「奴婢記不得了。」瑤光不想暴露太多，索性這般託詞。

「瑤光──」景珂突然開口。

瑤光被他嚇了一跳。「什麼？」

「瑤光，我是說我的髮妻，她是從很小就善琵琶的，」景珂唇角含笑，雙眸看向空氣中茫茫一點。「我最愛她彈琴時的樣子。我還記得，有一次雨後，正是春末時節，她穿著淡青薄羅衫，不知道在想什麼，一邊彈著琵琶一邊輕笑，那笑容……甚美……」

直到現在，仍然還記得那一幕。

即便那笑容不是給他的，他卻一直沒有辦法忘記。

「侯爺很是思念她？」瑤光半晌才撫平自己的紛亂思緒。

「是，一直都想念，從未有過遺忘，」景珂坦然看向她，隨即嘆息。「只可惜……若是從不曾遇到過她便好了。」

瑤光從來沒想過他會突然這麼說，於是滿面訝異朝他看去。

景珂苦苦一笑。「若是不曾與她想念，或許對彼此來說，都是最好……又或者，若我見了她，不曾強求，也許她的一生，不會這般不快活。」

瑤光沈默，許久才輕聲道：「這世上可沒有後悔良藥……」
「正是如此，如今我這般追悔莫及，又有何用？」景珂自嘲。「她早已不知道。」
「所以，不如憐取眼前人。」瑤光朝他看去。「侯爺理應多關心夫人才是。」
「棠梨說得有理，或許我太疏忽了，」景珂應了一聲。「或許我總是會這樣，總是要到失去了，才追悔莫及。我一直以為，我還有時間，還能彌補，還可以……可是沒想到，她不曾等我……」
當日戰時，德淨尼院燃起熊熊大火那一幕，從未有一日自他腦中抹去，他自始至終記得異常清楚，不曾有半絲偏差。
他曾以為隨著時間的推移，終有一日可以坦然地說起瑤光當日的死因，卻沒料到如今才只這般略一回想，整個人便已不受控制，痛到極處。
他以手掩面，幾乎失聲痛哭。
瑤光見他這般神情，心下又豈好過？他之哀慟，她感同身受。
唯這一點，讓她最難理解。
她曾怨過他，恨過他，可如今……卻忍不住覺得心痛憐惜他……
幾乎忍不住就想要告訴他，我並沒有死，我就好好的站在你面前，我還活著——可是她終究什麼都沒有說，她只是就那樣抱著她的琵琶，靜靜坐在他身側陪著他。
日光偏移，溜進書房，灑落在景珂身上。瑤光看著他，恍恍發現他兩鬢黑髮之間，彷彿夾著絲縷斑白，如寒霜堆積，不由十分心驚。

他明明才不過三十來歲，居然卻已有白髮了……

一剎那的憐惜湧上心頭，瑤光自己都被驚了一下，她驀地站起身來。「時候不早了，奴婢有事先行告辭。」一說完話後，她匆忙行了個禮，隨即便急匆匆地離開了書房。

飛瓊又一次入宮之後，不過頓飯工夫，便被人從宮裡送了回來。景珂緊張不已，因為御醫剛才在宮中才診斷出，飛瓊已經懷有三個月的身孕了。

這個孩子居然選擇在這個時候來到他們身邊……

景珂又是歡喜又是心酸。他如今只有仲濚一個孩兒，之前瑤光所生的孩子早在數年前便已離世，如今好不容易飛瓊又有身孕，讓他如何不高興？反正他如今是個閒散侯爺，有的是時間陪在飛瓊身邊，看著孩子慢慢長大。

一想到自己終於可以盡一個做父親的責任，景珂便忍不住歡喜，那一點點心酸也很快釋然了，於是一連數日，他均守在飛瓊身邊，對她噓寒問暖，甚是關懷備至。

瑤光遠遠看到，也覺十分欣慰，只是終究免不了想起她的孩兒。她也曾為人母，只可惜，未盡到一天做母親的責任，未給過那個孩子一天來自於她的關懷……

「在想什麼？」有人在她身後悄然出現。

瑤光並未回頭，卻知是誰在她身後，她輕聲道：「大哥，我在想，若是我的孩兒長大，到如今，也有好幾歲了……」

楚離衣聽她說得傷感，忍了又忍，終於還是伸出手輕輕拍了拍她。「以前的事情，不必想了。」

瑤光回眸看他，淚光盈盈。「大哥，我是不是很討厭？若是早知如此，又何必當初，我既不能做到成親之前對你全然斷情，又不能對他做到成親之後完全無情……我真的是很壞很壞的人……」

楚離衣心下惻然。「現在說這些，又有何用呢？只怪造化弄人，不然，要怪也只得怪我沒有堅持帶妳走……」

若是當初在她成親之前，擄了她去，是否他們都不必落入今天這樣的地步？

瑤光垂下頭去，一顆眼淚頓時滑落下來，掉在她的腳邊。

楚離衣看她如此，心中難過至極。其實他很想問她，那如今呢，如今卻又是為何羈絆在這裡？為何不願意隨他離開？天大地大，他自能帶著她去到她喜歡的地方，找到能夠令她綻開真心笑顏的東西……

就在他們兩個這般沈默的時候，前院突然腳步聲匆亂起來，人聲嘈雜，似是發生了什麼事情，瑤光驚訝抬頭，仔細聽了一下動靜，隨即看向楚離衣。「莫不是發生了什麼事，我去看看。」

楚離衣點了點頭。「妳小心點。」

瑤光應了一聲，快步朝前院行去，到了前院一問才知道，果然發生了大事，原來就在剛才，皇帝的三弟突然前來造訪，說了一大堆羞辱景珂的話，並且在拉扯之中推倒了飛瓊，令得她摔倒在地，傷及腹中胎兒。

瑤光想到她已經歿去的孩兒，心中大驚，立時便去探望飛瓊。

臥室內有淡淡的血腥味，飛瓊此刻正蒼白虛弱地躺在床上，景珂滿臉擔憂，兩眼緊盯著那才請來正在給飛瓊做診斷的大夫，但是不到片刻，那大夫就搖了搖頭，起身施禮道：「侯爺、夫人，恕老朽無能，只怕這孩子是保不住了。」

他這話才說出口，飛瓊便已受不住打擊而昏了過去，景珂頓時驚呼。「飛瓊！大夫，快、快！」

那大夫連忙又去診斷，一時間，房內兵荒馬亂的，景珂在房間內慌亂踱步，心下則對剛才那突然登門的不速之客充滿了憤怒，他無意間瞥到瑤光，連忙喊她。「棠梨，妳快進來。」

瑤光進得屋內，立時關切地看向飛瓊，不過還沒等她問出口，景珂便說：「妳且在這裡照顧一下夫人，我去去便回！」

瑤光急忙問他。「侯爺要去哪裡？」

景珂憤然握拳。「三王爺欺辱我，又連累飛瓊腹中的胎兒，這一次，我絕對不會善罷甘休，我現在就去見皇上，讓他還我一個公道！」

他不管不顧，說完後徑直出門，瑤光阻攔不及，只得奔去後院匆匆囑咐楚離衣跟著他去看看，一邊又回到前院照顧妹妹。

飛瓊昏迷了好一陣子才慢慢恢復過來，睜眼便看到瑤光。她的目光在房間內四下尋找，啞聲詢問：「侯爺呢？」

「侯爺說要進宮找皇上還他一個公道……」瑤光皺眉不已。

飛瓊下意識摸了摸自己的肚子，突然翻身坐起，驚慌道：「我的孩子呢？我的孩子……」

瑤光心下難過，只得沈默不語，飛瓊頓時淚如雨下，掩面哭泣。

見她如此，瑤光怕她自傷過甚，於是將她攬過來，輕輕拍哄她的背，口中低喃。「不哭不哭，不要哭，阿妹不要哭……」她一時忘情，仍如幼時一般哄勸妹妹。

飛瓊心中頓時驚異不定，雖然眼前這張臉與姊姊瑤光完全不同，但是這人，卻總給她似曾相識的感覺，她與瑤光姊妹情深，自然熟知她每一個動作，沒想到如今眼前這叫棠梨的奴婢，居然也做出姊姊待她一般的行為……

飛瓊不由暗自把疑惑埋種在心底，暫且按下不提，一時又想起景珂，問她。「侯爺什麼時候回來？」

瑤光搖了搖頭。「不清楚。」

「我去找他！」飛瓊說著便要起身，只是她身體虛弱，因此才一起身，便覺得眼花撩亂。

瑤光連忙扶住她。「別急，我想侯爺不會有事的，夫人別太過擔憂了。」

飛瓊只好乖乖躺了回去，只是她愈看眼前這個自稱「棠梨」的婢女愈是覺得眼熟，忍不住問她。「棠梨，妳何時入的宮？妳的臉……又是怎麼回事？」

這個瑤光早有準備，因此穩穩回答。「奴婢十三歲便入宮了，只是相貌平平，所以便不為人注意，至於這臉……其實是我自己劃的。」

「啊？」飛瓊頓時大吃一驚。「為什麼？」

「奴婢到了年紀應該放出宮了，只是奴婢的叔嬸卻想將奴婢嫁給奴婢不中意的人，於是奴婢索性劃花了自己的臉，」瑤光說的這番遭遇，自然不是她的，而是她在德淨尼院時結識的一位女尼說的。「一了百了，倒也輕鬆。」

飛瓊信以為真，不覺心生憐憫。「何必如此自傷？」

「奴婢的事不算什麼，倒是夫人應該好好保重身體。如今是非常時期，更應該快點康復才是。」瑤光幫她掖了一下被角，並沒有要走開的意思，依舊繼續陪著她說下去。

二人東拉西扯了半天，一個不想提及自身的傷心事，一個刻意避開眼前的這件傷心事，因此倒也難得粉飾太平。正說著話時，外頭傳來腳步聲，卻是景珂走了進來，瑤光舉目細看，發現他頗有些垂頭喪氣的樣子，心知他定是在皇帝那裡吃了癟，不由在心內嘆了口氣。

起身行了個禮，瑤光輕聲道：「婢子先行告退。」

景珂看她一眼，點了點頭。

瑤光與他擦肩而過之時，低聲道：「夫人很是傷心，望侯爺待夫人，日後更為細心妥貼。」她忍不住回眸看一眼飛瓊，嘆了口氣，然後便出了門，順便幫他們帶上了房門。

景珂很是意外。「想不到棠梨對飛瓊妳甚有回護之意。」

飛瓊也點了點頭。其實她倒想說，覺得棠梨很像姊姊——只是她想了又想，終究沒說出口。

休養了半個月後，飛瓊才勉強下床，只是到底此次打擊對她來說頗重，因此她成日裡悶悶不樂的，便是皇帝召她，她偶爾也耍性子抗旨不從一下。雖說皇帝後來倒是罰了肇事的三王爺，但是無論如何，飛瓊因為此事而性格大變，倒是不爭的事實。

但是飛瓊對棠梨的態度，卻比以前熱絡許多，閒暇時間幾乎都與她在一起，聽她彈琵琶，或者是跟她說話聊天，兩人相處得倒真是像姊妹一般，她只以為眼前的女子，不過是與姊姊瑤光相似的棠梨，又哪裡會真的將兩個人想成是一個人呢？

瑤光雖然不介意妹妹這樣黏著自己，卻也不想讓景珂察覺到她的真實身分，因此對待飛瓊的態度，便稍顯冷淡一些，但到底她是歡迎飛瓊的，所以十次怎麼也得有七、八次被飛瓊纏住。

只是這樣，終究落在了景珂的眼中。

那一日景珂正在書房寫字，他做了一首懷念故國的新詩，自覺是難得的佳作，自然也不會想到日後會因為這首詩而差點喪命，只一門心思興沖沖地準備拿給飛瓊看，誰知道找了半晌後，都不見飛瓊的蹤影，待他問了人找到後院，赫然看到飛瓊身著淡黃衫兒，揮著衣袖正在跳舞，臉上難得輕鬆快樂，而一旁蒙著面紗的女子，似是棠梨，卻又彷彿並非棠梨，她抱琴的姿勢以及垂首時的弧度，像極了他心中的那個人。

景珂頓時愣在原地，只在心裡想，原來棠梨這麼像瑤光。

假如不看蒙在棠梨臉上的面紗的話，從背影看，他真的誤會她是瑤光……

他站在遠處癡癡看了她們許久，然後才無比悵然地回到書房。

當然，他認為棠梨不是瑤光，但無論怎麼說，剛才那一幕，像極了瑤光的棠梨彈琵琶的模樣卻仍然深深地刻入他的腦海，令他記憶深刻。

為何她會給他這種感覺？

景珂自此對棠梨更是留心，而且他既已起了這般心思，因此越看棠梨，便越是覺得像瑤光，心中疑惑越來越多，卻又不敢去問她，只得自己一個人在心裡犯嘀咕。

瑤光對此卻一無所知，她自覺自己扮棠梨扮得十分成功，卻不知道飛瓊和景珂各自心裡都對她起了疑。

只是這樣平靜的日子卻沒有維持太久。又過了些許日子，皇帝突然召飛瓊入宮，待她進宮之後才知道，原來皇帝心血來潮，居然想帶她出去打獵。

說是打獵，飛瓊卻也知道皇帝是怕她沈湎在痛苦裡不能自拔，所以特地找藉口讓她散心。

也真是費心了。

只不過飛瓊仍然悶悶不樂的，所以打獵時，一直心不在焉，自認還不如跟棠梨在一起彈琴跳舞來得快樂。

誰知道就這麼出了事。

她本來就有些走神，皇帝見她如此，一時興起，揚鞭抽了一下她騎的馬兒，馬兒受驚之下朝前狂奔而去，飛瓊一時無法控制住牠，於是只能由著牠瘋跑，誰料想就在這時，林中不知何處飛來一枝羽箭，直朝她當胸襲來。

飛瓊驟然遇刺，頓時痛呼一聲，重重跌下馬來，皇帝直被嚇得魂飛魄散，策馬疾馳過去，抱起飛瓊就朝皇宮方向馳去。

待景珂及瑤光得知消息後進宮求見，卻意外地吃了個閉門羹，皇帝將自己跟飛瓊牢牢鎖在他的寢宮裡，誰也不許探望。景珂心急如焚，若不是得了皇后相助，將飛瓊接回侯爺府，只怕皇帝真的不知道會做出什麼事來。

飛瓊的傷勢很重，以至於昏迷了許久，瑤光衣不解帶，盡心照顧。她如今在這世上，也無非這一個親人，若是她也走了……瑤光幾乎不敢這麼想像。

但是飛瓊的傷勢卻時斷時續、好好壞壞地反覆了許久，有幾次都要故去了，卻又硬生生被拉了回來，瑤光只急得每日不住在心內唸佛，只盼神靈庇佑，保佑妹妹快點好轉。

直到一個多月後，那一日午後，瑤光看顧得太累了，不覺有些昏昏欲睡，矇朧感覺到有人輕拉她的衣袖，她吃了一驚，睜眼看去，卻是飛瓊，氣若游絲一般看著她，口中低語。

「姊姊……姊姊……」

瑤光只道飛瓊不好，所以便輕輕點了點頭。

飛瓊眼中閃過一絲狂喜，她心裡長久以來的疑惑終於解開，如懸在心頭的一塊大石終於墜地，整個人異常輕鬆起來。

別人只道她不大好，可是她就這樣也漸漸地好轉了起來，兩個月後，她已經如常下地，雖然身體依舊虛弱，但總算是死裡逃生。

瑤光此時卻不知該如何是好，飛瓊如今黏她黏得緊，又這般親熱，她無奈之下，找了時機對飛瓊道：「妹妹舉動要仔細，別讓……別讓侯爺看出來。」

「為什麼？」飛瓊不解。「王爺想念姊姊，姊姊也不是不知道，為什麼不許我告訴侯爺姊姊還活著？」

瑤光嘆息。「我就是怕他知道……」

飛瓊看她臉上的面紗，又說：「姊姊戴著這勞什子做什麼？對了，看來姊姊臉上的傷也是假的了？」

瑤光只好點了點頭。「只是改裝而已。」

飛瓊看著她的臉，只覺得礙眼至極，但是無論如何，總算姊妹二人可以作伴，也就不再多說什麼了。不過景珂因為前陣子面臨可能會失去她的危險，如今對她也格外細心，因此飛瓊其實有幾次想跟他說，但話到嘴邊，卻因為姊姊叮嚀過讓她不要說出的緣故，終於還是沒有說出口。

但是景珂卻也慢慢地瞧出不對勁。

只因飛瓊如今與瑤光在一起的時間越來越多，瑤光既已在妹妹面前恢復身分，所以舉手投足細小動作之間，不免恢復了以往模樣，景珂看在眼中，越發令他回想起前陣子心內起的疑惑，直到那一日，他無意間聽到飛瓊叫「棠梨」為姊姊，對方那側臉莞爾應承的表情，與他記憶中的簡直一般無二。

於是得了空，他便讓「棠梨」到書房為他彈曲，瑤光不知他起疑，照常前往。

到了書房，瑤光抱著琵琶坐在下首，才信手彈了半支曲子，便看到景珂不知道在對著她寫寫畫畫的做什麼，瑤光遲疑地繼續彈她的曲子，等到景珂終於忙完，他便招了手，示意她上前。

瑤光心下狐疑，到了上首去看他剛才寫寫畫畫的東西，卻震驚發現那居然是一張她的小像。

是她，卻又非她。

畫上的女子明眸流轉，婷婷如荷，手持一把燒槽琵琶，笑容柔婉。

瑤光震驚後退，驚疑不定地看著景珂，景珂將手中的筆一放，看著她，努力放緩了聲音。「瑤光，要到這時，我才終於認出妳！」

瑤光驚得毛骨悚然，一步一步，朝後退去。

景珂步步緊逼。「瑤光，我以為妳死了，妳既然在我身邊，又何必看我一人日日獨自愁苦？」

瑤光勉力掙扎，終於開口。「你何苦要揭穿我的身分？」

「妳是說，若我不揭穿妳，妳便繼續做棠梨騙我？」景珂苦笑不已，惆悵低語。「妳便如此恨我，非要到不得已被我逼著，才肯承認自己是誰？妳……妳就這麼不肯原諒我？瑤光，其實我對妳……」

他話沒說完，瑤光卻驀地跳了起來，隨即衝出了書房，回到自己住的地方，不由分說便開始收拾東西。

「妳在做什麼？」楚離衣輕悄地出現在她臥室內。

瑤光驚慌回頭。「大哥，他認出我了！」

楚離衣皺眉。「果真？」

她點了點頭，正要再說什麼，不料景珂追到了這裡，伸手便將她房門推開。「瑤光，妳——」他沒說完，一眼就看到站在房中的男子，以及正在收拾行李的瑤光，於是要說的話頓時吞了回去，與二人同時僵在了原地。

楚離衣下意識護在瑤光身前，那種純粹保護的姿態，讓景珂不覺一陣失落，許久後，他才低語道。「原來你們……」

原來……他們一直都不曾分開過。

原來直到這時，他們之間仍然不離不棄……

景珂臉色大變，失落異常，站了半晌後，也沒再說什麼，仔仔細細看了瑤光一眼之後，轉身就那麼慢慢走了。

日光將他身影拉得極瘦極長，瑤光看著他拖著那樣細長的身影離去，想及他方才那種表情，不知為何，眸中隱約泛起淚光，心底彷彿壓了一塊沈甸甸的大石頭一般，重到讓她無法負荷。

她垂下頭去，繼續慢慢收拾自己的東西。

楚離衣輕聲問她。「瑤光，妳有什麼打算？」

瑤光回眸看他，遲疑地開口。「大哥，不如你帶我走吧？」

不知道為什麼，就是直覺地想逃，總覺得只要靠近他，就會受傷害，就會重蹈覆轍……

她很害怕，非常非常害怕。

見她神色驚惶，強自鎮定，楚離衣點了點頭，只應承她一個字。「好。」

可是他心底卻知，不好。

他本以為，只要他還能守在她身邊便好，總有一日，他們還可以像最初那樣——可是原來世事總是無常，原來總是這樣。

瑤光她居然這樣粗心，難道沒有想過，她究竟為什麼會這樣大的反應？難道竟不知道，何謂……近君情怯？

已是夏末時節，沿途綠葉華滋，林木蔥郁，多少遮擋了一些毒辣的日光。坐在馬車內的瑤光撩開布簾，神色淡淡地看著路兩側的風光。

楚離衣駕著馬車，一路前行，偶爾回頭看一眼，便會看到她淡淡倦倦的臉。她已恢復了舊日容貌，去了臉上刻意做出的傷痕和面紗，略微綰了一下頭髮，點綴了一把梅花簪，總算不像以前在德淨尼院的時候那樣沈默、黯淡無光。

楚離衣忍不住想起當年，是那一年的上元節，他自橋下接住她……

「大哥，還要走多遠？」瑤光突然開口。

楚離衣停下了馬車。「沿著官道一直朝前走。」

其實無論走到哪裡，都一樣的，只要有她在身邊。

「我們真的要去北狄嗎？」瑤光不知為何有些遲疑。

「如果妳不願意去的話，我們可以去別的地方。」楚離衣靜靜看她。

其實很久以前，楚離衣便曾想過，若是瑤光肯跟他走，便帶她去塞外，領略一番絕對迥異於南朝風光的景色。

大漠孤煙直，長河落日圓。

那是個不屬於南朝，也不歸北朝監管的地方。

北狄，游牧民族的天下。

他一直都那麼想，若是瑤光肯跟他走，那麼他一定盡自己餘生最大努力，讓她快活。

可是如今，她雖然同意了跟他走，他卻不知道為何猶豫起來。

一切只因為她不快樂。

雖然她不說，他卻看得出來……

被他那樣的眼神盯著，瑤光略顯慌亂地搖了搖頭。「沒有，我並不是這個意思。」

那麼，究竟她是什麼意思呢？

前幾日從侯爺府中倉皇離開之後，楚離衣便找了這輛馬車，載著她一路向北行去，說是要帶她去北狄騎馬。

若是以往，也就去了，可是如今……可如今……

瑤光臉上忍不住現出幾分猶豫的神色，她只道楚離衣看不出來，哪裡知道，她的一舉一動盡皆被楚離衣收在眼底。

楚離衣也沒作聲，放開了韁繩，由著馬兒自己慢慢前行。

隔了會兒，瑤光又說：「大哥，你去過北狄嗎？」

「去過。」楚離衣回身看她。

「那兒……好玩嗎？」瑤光有一搭沒一搭地跟他說著話。

楚離衣唇角微微一勾。「妳自己親自去領略一下，不就知道了？」

他這樣一說，瑤光又不言語了。

馬車繼續前行，瑤光停了會兒，突然說：「大哥，我們不要急著去北狄，就這樣隨便走走好不好？」

她這提議自然很好，只不過……

楚離衣驟然止住了馬車，隨即調頭，朝來路駛了過去。

瑤光驚訝無比。「大哥，你怎麼又回去了？」

楚離衣回頭看了她一眼，深深地凝視她。「瑤光。」

「嗯？」她不解，抬頭看他。「什麼事，大哥？」

楚離衣看著她，隔了片刻又說：「瑤光？」

「嗯？」瑤光更為奇怪地看著他。「大哥……」

話未說完，馬車驟停，卻是楚離衣放開了韁繩，瑤光只覺得眼前一花，整個人便被抱進了一個溫熱的懷抱裡。

臉上頓時緋紅一片，她結巴不已。「大……大哥……」

「噓——」楚離衣將她緊緊抱入懷中。他一向感情自持，與瑤光雖然曾久別重逢，但也一向以禮相待，如今……如今卻是……

瑤光略掙扎了下，終於不動了，伏在他懷中，溫順如一隻鳥兒。

許久之後，他才終於開口。「瑤光。」

「嗯？」她輕聲應了一下。

「瑤光，我送妳回去，」他說得很是艱難，似是一字一頓，可又異常清晰明白。「我知道妳的心思，妳……其實妳是想留在那兒對不對？」

他將她稍稍推開一臂的距離，仔細地看著她的眼睛。

瑤光略有些慌亂。「大哥，你……」

楚離衣深深地看著她，似乎是準備將她的樣子牢牢記刻在心中一般。

是從什麼時候開始，她的眼睛就不再因為他的存在而閃閃發亮了呢？他總以為，時間還有很多，多到他還可以等瑤光變回以前的樣子，可是沒想到，完全不是那麼回事……

他和瑤光，中間已經隔了那麼多的時光，她和他的生命曾短暫地交會在一起，可是隨即便各奔東西。

「瑤光，我不知道妳是從什麼時候開始，眼睛裡不再只看得到我一個人，」楚離衣看著她。「我很自私，我只想像以前那樣，妳心裡有我，我心裡也只有妳，可是如今妳已不是，妳的眼裡心裡，已經悄悄地藏下了別人留下來的痕跡。」

瑤光立即搖頭。「不，不是那樣的……」

楚離衣握著她的肩膀。「相信我，閉上眼睛去想像，妳最先想到的，會是什麼？」

瑤光不知所措地看著他，楚離衣卻伸手擋住了她的眼睛。

一片黑暗，卻彷彿有一團小小的紅色火苗，在眼底跳躍。

火苗漸漸長大，逐漸在她心中幻化成那一日的大火，隔著那熊熊火勢，她看到景珂聲嘶力竭，滿面哀慟，彷彿在下一刻，他就會撲進那場大火裡似的。

她難以置信地睜開了眼睛，不知所措地看向楚離衣。

他低聲問她。「清楚了？」

瑤光搖了搖頭，卻又點了點頭，難堪至極，眼淚都快掉下來。「大哥，我……我不知道……」

楚離衣眸底的亮光暗暗熄滅，可隨即便笑了。「瑤光，我送妳回去。」他俐落地操起韁繩，繼續駕著馬車趕回去。

什麼都沒有說，因為沒有必要。

瑤光深深凝視著他的背影，不知道為什麼，她只覺得心口沈甸甸的，心裡滿滿的全是歉疚和不安，可是她什麼都沒有說，因為她知道，他全部都懂。

大哥他……實在是這世上對她最好的人……

可是她的那顆屬於他的心，卻不知道何時被人偷偷給拿走了。

侯爺府這幾日最重要的事情，便是景珂生辰將至，眾人都想為他好好慶祝一番，也算是苦中作樂，只是近日侯爺府中氣氛，委實太過壓抑，侯爺常常是一個人發呆，也不再找棠梨彈曲，而夫人前陣子常常跟棠梨膩在一起，可是如今卻根本見不到這樣的景象——

一切無他，只因棠梨突然離去。

也不知道她到底去了哪裡……

其實眾人心裡都有些疑惑，只是既然侯爺跟夫人都不說，那麼他們更不用說了。

八月十二日乃是景珂生辰，早在前幾日侯爺府中便特地妝點起來，懸掛彩燈繡球，多少顯出幾分熱鬧氣氛來。

景珂換了新衣，一大早眾人便在飛瓊的帶領下，向他祝賀生辰快樂，她又囑咐了廚房中午著意做些好吃的，然後準備去書房找景珂，想陪他說說話，讓他開心一些。自從姊姊瑤光離去之後，他已經好多天沒有露出笑顏了。

她一路行到書房，推了門，正要進去，突然發現書房內，景珂負手而立，面對著牆壁，而牆壁之上，分明懸掛著一幅圖，圖上的女子笑容溫婉，眉目婉轉，顧盼生輝，分明正是瑤光。

飛瓊呆了呆，終於還是沒有進去，只將門重新又掩了起來。

她一人獨自惆悵，在後院來回走動，宮中卻有人突然到府說皇帝有旨，召蘭華夫人覲見。飛瓊原想託詞不去，但是來人異常堅持，說是皇帝說了，要蘭華夫人務必進宮一趟，飛瓊無奈，只好命人去跟景珂說一聲，自己則隨著那人先行離去。

這個時候的飛瓊決計料不到，皇上此舉分明別有深意，當然，她更是沒有料到，她此次進宮，便再也沒有回來——

不過一盞茶工夫之後，便有內侍到侯爺府中傳旨，違命侯生辰，皇上特賜美酒一罈，以示恩寵。

景珂叩謝皇恩收下了那罈酒，原本想暫時收起來，哪想到那來傳旨的內侍卻說：「違命侯，皇上說了，要奴才親眼看著你違命侯喝下這酒，奴才才好回去覆命，另外，皇上讓奴才告訴侯爺，前些日子侯爺寫的那首詞不錯，皇上看了，很是稱讚了一番。」

要到此時，景珂才知道皇帝的意思。他寫那首詞，無非是感慨故國生活已是夢，醒來已是百年身，一時信手之作，又怎麼會想到居然會讓皇上看到……

他臉色蒼白，看著面前的酒罈，恍若面對毒蛇猛獸，而那內侍則袖手盯著他，一邊不耐煩地催促。「侯爺，你就快點按照皇上的旨意做吧，奴才還要回去覆旨呢！」

景珂遲疑地問他。「蘭華夫人進宮去了，我可否等她……」

那內侍一臉譏笑的表情。「侯爺莫不是還要等夫人回來？算了吧，今日夫人忙得很，正在陪皇上呢，侯爺你還是快點吧。」說著話，他逕自把那罈酒開了封，倒了一杯後，把酒杯遞給景珂。

景珂手指微顫，接過那酒，躊躇再三，一旁下人早已跪倒了一大片，其中有不少南朝舊僕，見他如此，紛紛哭喊。「侯爺不要！」

景珂禁不住苦笑起來。

便是不要……又豈是他能決定的？只是沒想到，今日他便要命喪於此……

他看著杯中酒液，想到此時入宮的飛瓊，以及……以及前幾日不辭而別的瑤光，只覺滿心愴然，驀地狠下心來，揚手便要飲盡手中美酒。

只是他這邊才抬起手來，那邊驀地飛來一顆小石子，「啪」地一聲打碎了他手中的杯子，碎屑濺了一地都是。他驚訝萬分，抬頭看去，就見楚離衣乍然出現在他視線之內，還沒容他反應過來，那名傳旨內侍便已經被楚離衣制住，然後丟到了他的腳下。

景珂怔忡半晌，尚未開口，便見到一個纖瘦身影自楚離衣身後探了出來，他眼前一亮，脫口道：「瑤光！」

可不正是她。

瑤光見他眨也不眨地盯著自己，不禁迴避了一下，卻又突然想起飛瓊的事，頓時急了，朝楚離衣看去。「大哥，怎麼辦？妹妹還在宮裡……」

原來他們二人自城外回來之後，正好看到皇帝差人前來傳旨，把瑤光嚇了一跳，所以才要楚離衣出手相助。

「我去去就回，」見她著急，楚離衣匆匆開口。「瑤光，妳且去收拾東西，待我回來後，我帶你們趕緊離開！」

「怎麼可能出得了城？」瑤光皺眉。「皇帝還沒等到內侍回話呢！」

楚離衣想了想，再看看那躺在地上的內侍，突然有了主意，隨即便彎下腰去剝內侍身上的衣服，瑤光頓時明白他在想什麼，立時便說：「大哥，我去收拾東西！」

不多時，楚離衣便換好那內侍的衣服。他身材比那內侍高大，這衣服穿在身上頗有點不合身，但是好歹還算能看得過去，他也不甚講究，換好衣服後便要匆匆離去。

景珂卻喊住了他，與他四目相交，半晌後，終於開口。「謝謝。」

楚離衣淡淡道：「我只是為了瑤光。」他又看了景珂一眼，這才轉身離去。

他離去之後，景珂原地愣了半晌後，突然被一種莫名的狂喜擊中。他急急行去後院，見到瑤光正在四下打點，隔得遠遠地，他便看到她身上所穿的水碧色輕衫，心中突然異常寧靜安詳。

他慢慢地走了過去，遲疑開口。「瑤光……」

瑤光回頭看他，急急道：「你且看一下，有沒有什麼要收拾的，趕緊收拾了再說！」

皇帝這般猝然發難，只怕也是看準了沒人救助他們，還好她跟楚大哥又回來看了看，否則，真的很難想像……

「沒有。」他幾乎還沒等她話說完，便搖了搖頭。

瑤光有些驚訝地朝他看來，景珂唇角微微一挑，現出淺淡笑意，只覺心滿意足，他低聲道：「我以為妳走了，便不會再回來……」

瑤光垂下頭去，半晌才說：「回來了也還是要走的。」

「妳……」景珂愣了一愣，急了。「妳還要走？」

瑤光沒有作聲，景珂卻以為被他猜中，臉色頓時大變，驀地上來將她擁入懷中。「不，瑤光，我不許妳再走！」他低吼。「妳若再走，我……我……」

瑤光淡淡看他。「你待怎樣？」

景珂急得臉色煞白，卻不知道該如何，最後一狠心，道：「妳若走了，我便立即喝下那內侍送來的酒——」

瑤光有些想哭。「你……你這傻瓜！」

景珂將她緊緊扣在懷中，只覺生命彷彿突然得到最大的圓滿。

有多久沒有這樣了？

他也不知道，一直以為她已經去世，一直以為自己心上破裂的那個傷口再也不得好，卻沒想到，上天待他終究算是親厚，將她重新又還給了他——

「等接回了妹妹，我們一起離開這兒，」瑤光輕聲開口。「我想你們在這兒，住得也厭倦了。」

「去哪裡都好，只要跟瑤光妳在一起。」景珂對她輕笑，彷彿又是許多年前的那個樣子，陪盡小心，只為博她紅顏一笑。

瑤光點了點頭，沒有再說什麼，只是心裡總有些擔憂。

對楚離衣，她滿心裡全是歉意。她真的是個自私至極的人，非但罔顧了他一番情意，更讓他為她再次涉險，她這一生……虧欠他良多。

景珂見她不說話，也沒有作聲，只靜靜陪她，看她收拾東西，順便等楚離衣回來。

只是沒想到，等來的卻是這般慘重消息——

當楚離衣抱著飛瓊出現在他們面前之時，瑤光幾乎是瞬間便淚流滿面。「大哥……怎麼會這樣？飛瓊她……她……」

楚離衣將飛瓊的屍體放在地上，靜靜開口。「我想她是知道了皇帝派人送了酒到侯爺府的緣故。」

不能同生，但求同死。

她用她的生命，來完成她對景珂許下的諾言……

「瑤光。」默然無語片刻後，楚離衣驟然抬頭。「快，收拾東西，我送你們出城！」

瑤光點頭，俯身貼近妹妹，隨即含淚看向楚離衣。「帶飛瓊一起走。」

「嗯！」楚離衣點了點頭，自去出門打點。

景珂一直默默無言，因為自楚離衣帶回飛瓊之後，他便一直處於失魂狀態，此刻半跪在地上，盯著飛瓊蒼白面頰，握著她毫無知覺的手，他只覺整個人像也跟著她一併死掉了。

從沒有想過，原來這一生，他不但虧欠瑤光，更虧欠飛瓊，只是無論如何，都已經償還不了了……

三日三夜，一路向北，楚離衣一直將景珂和瑤光飛瓊姊妹送過北朝與北狄的邊境交界處，進入北狄疆域，打點好一切事宜之後，他才終於停下了馬車。

這個時節，北狄正是草木生長之時，因是游牧民族，故此草原上不時可見團團牛羊，簇擁著如朵朵白雲一般，在碧色草原上成群移動。

終是到了離別的時候了——

瑤光身上的水碧色裙帶被風吹起來，與那狹長草葉攪纏在一起，起起落落，如她此刻的思緒一般，漂浮不定。

楚離衣站在她對面，為她指點。「瑤光，看到沒？這就是我一直想帶妳來的地方。」天長地闊，遼遠到幾乎沒有疆界的地方，彷彿從這裡便可以找到真正的自由。

瑤光有些鼻酸。「要到此刻，才來到這裡……」

「這般好景色，也不委屈了妳妹妹。」楚離衣對她微笑。「而且我想，妳也會真心喜歡這裡的。」

瑤光點頭，淚光盈盈。「是，我很喜歡……」

喜歡到……恨不得大哭一場……

楚離衣看著她髮上小小的梅花玉簪，柔聲道：「妳既然已經決定了自己的心意，大哥也該走了，妳在這裡好好生活，將來……若是將來大哥想起來了，會來這裡看妳也不一定……」

瑤光可憐兮兮地看著他。「大哥……可以不走嗎？」

楚離衣笑了笑，深深看了她一眼。「若要我不走，除非是妳留在我身邊……」

瑤光心裡此時難過到了極點，她看著眼前正對自己努力微笑的楚離衣，只恨不能將自己一分兩半，這樣才好。

「好了，去吧。」他抬頭朝不遠處看了看，微微一笑。「他在等妳。」

瑤光側過臉去，就見不遠處，穿一身月白長衫的景珂，正站在那裡看著她，那樣專注的深情，彷彿只要他一不留心，她就會消失似的。

「大哥，」她轉過臉來，輕輕看著他道：「我與你，這一生，終是有緣無分。」

楚離衣笑容淒楚。「是。」

「但願有來世……」她輕輕道，不知為何，卻停了下來，自嘲道：「這一生都做不到，又何必寄託來世呢？」

是，就是這個道理。

不求來生，只願今生結緣，只可惜……只可惜……

楚離衣背過身去，極目遠方，那裡天大地大，於他來說，還有一生那麼長的時光供他一一走過，可惜，這般風光，只他一人獨賞……

「走了。」他沒有再回頭，只輕輕說了一聲，隨即便大步朝前方走去。

狹長草葉勾住他身上的青衫，牽牽連連，恍如始終無法放下的那顆心。

瑤光站在那裡一直沒動，直到他的身影終於消失之後，景珂走過來，她才終於止不住淚意，靠在景珂懷中掩面飲泣。

她這一生，終究是要虧欠他了。

她曾在最美好的年華裡遇見他，她以為，一眼萬年，便是永久，怎麼也沒想到，到頭來，她與他終是無法牽手，由此可知這世上果然是造化弄人，若不然，明明在合適的時間裡，沒有早一步，也沒有晚一步，卻為何這段感情，還是不得善終？

盛洪九年，北朝開國皇帝太宗歿，皇長子昭方繼位，改國號繼元。

繼元三年，皇帝頒旨，因昔南朝國主暨北朝違命侯逆太宗意，於數年前私自出逃，著貶為庶人，其子孫後代永世不得入仕。

——《北朝志》

——全書完

一塊神秘的琥珀，一個救曾孫心切的老夫人，
癡癡苦等了四百年，終於讓老夫人等到了能救薄家免於絕後的于雙月，
只要她能回到清朝，救救薄家最後一個子孫，薄家就有救了！
事不宜遲，畢竟只剩不到一年的時間了，只盼一切還來得及……

梅貝兒

一個擅於織造高潮迭起、
纏綿又豐盛故事的作家

婢女求生記

文創風 001　3之1〈自求多福〉

要不是當考古學家的「長腿叔叔」送她一塊琥珀，又怎麼會遇上這種怪事？
一個四百年前的老阿婆，居然要她去清朝救她的曾孫子，免得薄家從此絕後，
她不過是個小小的漫畫家，這個阿婆也太強人所難了！
算她衰！居然就這麼硬是被帶到清朝去當婢女，啊～～好歹也讓她當個小姐吧！
這裡連個抽水馬桶都沒有，萬事不方便，
她頭不會梳、衣服不會穿，完全不懂得怎麼服侍人，
現在卻要她當個婢女，這是什麼可怕的人生啊！最糟的是──
阿婆要她救的那個薄家男人，冷酷得像塊冰，這麼不好親近，教她怎麼救啊！

文創風 004　3之2〈非卿莫屬〉

雙月發現自己的處境愈來愈艱難，她在意的人一個個離開了，
加上薄子淮對她的「另眼看待」，讓夫人開始刁難自己，
甚至連暗戀表哥的表小姐也一反害羞內向的性格，在背後說她的壞話，
身為一個婢女在這個朝代，只有任人欺凌的份兒……
可是她不想因為這樣就當薄子淮的侍妾，
對古代男人來說，喜歡就可以佔為己有，
但是對身為現代人，甚至心中傷痕累累的雙月來說，
她要的是當她伸出手求救，對方會緊緊地抓住她，死都不會放開的男人，
她和薄子淮之間並沒有那樣的繫絆，
他是高高在上的制台大人，而自己只不過是個小小的婢女。
就算要救薄家之後，她可不信就只當他的侍妾一招，她還不想賠上自己……

文創風 007　3之3〈三生有幸〉

不當侍妾，雙月離開了薄家，甚至擺脫了婢女的身分，不必再回薄家，
然而她沒有忘記從現代穿越來到清朝的目的……
薄子淮就快二十八歲了，生死之劫就在眼前。
然而過了一關還有一關，就在她以為可以與他白頭偕老之時，
她居然被打回現代……老天爺也太愛開玩笑了吧……
她真的好想回去清朝，想回到那個有他在的朝代，那兒才是屬於她的家，
該怎麼做才好？誰來幫幫她……

鳳妝

文創風 022

國家圖書館出版品預行編目資料

鳳妝 / 淇奧著. --
初版. -- 臺北市 : 狗屋, 民101.05
面 ; 公分. --（文創風）
ISBN 978-986-240-820-9（平裝）

857.7　　101006767

著作者	淇奧
發行所	狗屋出版社有限公司
地址	台北市104中山區龍江路71巷15號1樓
電話	02-2776-5889～0
發行字號	局版台業字845號
法律顧問	蕭雄淋律師
總經銷	知遠文化事業有限公司
電話	02-2664-8800
初版	101年05月
國際書碼	ISBN-13　978-986-240-820-9

本書由吳丹楊授權台灣狗屋出版社繁體出版

定價250元

狗屋劃撥帳號：19001626

網址：love.doghouse.com.tw　E-mail：love@doghouse.com.tw